MODERN KLASİKLER DİZİSİ

ANTHONY BURGESS
OTOMATİK PORTAKAL

ÖZGÜN ADI
CLOCKWORK ORANGE

ÇEVİREN
AZİZ ÜSTEL

Sertifika No: 40077

GÖRSEL YÖNETMEN
BİROL BAYRAM

DÜZELTİ
COŞKUN AK

GRAFİK TASARIM VE UYGULAMA
TÜRKİYE İŞ BANKASI KÜLTÜR YAYINLARI

I. BASIM OCAK 2003, İSTANBUL
XXXVII. BASIM EKİM 2021, İSTANBUL

ISBN 978-605-295-792-9

BASKI
UMUT KAĞITÇILIK SANAYİ VE TİCARET LTD. ŞTİ.
Keresteciler Sitesi Fatih Caddesi Yüksek Sokak No: 11/1 Merter
Güngören İstanbul
Tel: (0212) 637 04 11 Faks: (0212) 637 37 03
Sertifika No: 45162

TÜRKİYE İŞ BANKASI KÜLTÜR YAYINLARI
İstiklal Caddesi, Meşelik Sokak No: 2/4 Beyoğlu 34433 İstanbul
Tel. (0212) 252 39 91
Faks (0212) 252 39 95
www.iskultur.com.tr

Modern
Klasikler
Dizisi -3

Anthony
Burgess

Otomatik
Portakal

Çeviren: Aziz Üstel

TÜRKİYE İŞ BANKASI
Kültür Yayınları

Birinci Bölüm

1

— Söyleyin bakalım ne yapacağımızı? Ha?

Bu soru benden çıktı. Alex. Benim adım bu. Korova Sütbarı'nda oturmuş düşünüyorduk arkadaşlarla. Arkadaşlar? Pete, Georgie ve Aptalof. Aptalof ki ne Aptalof! Ne yapacağız bu gece? Kuru ayaz dışarısı. Kış! Korova Sütbarı harika bir yerdir kardeşlerim. Ama siz neyin harika neyinse beş para etmez olduğunu çoktan unutmuşsunuzdur. Gazete okuma alışkanlığını yitirdiniz de ondan. Her şey öylesine çabucak değişiveriyor ki gazetesiz kalan bizler, sizler, onlar değişiklikleri izleyemiyoruz. İçki satabilmek için izin almamışlar. Sadece süt ve afyon satıyorlar. Sütü eline alıp içine afyon, esrar kırıntıları, eroin katacaksın. Dikeceksin kafana. Başlayacaksın onları, bunları, şunları görmeye. Koca Tanrı yanında on iki melek harp çalarak, şarkılar söyleyerek, el çırparak dikilecek önüne. Ya da eskiden dediğimiz gibi bıçaklı süt içersin. Mavili siyahlı, sarılı kırmızılı, cicili bicili küçük kapsülleri havanda döver, toz eder, süte katar, kafana dikersin. Zaten öykümüzün başladığı bu soğuk kış gecesini bıçaklı süt içerek açıyoruz.

Ceplerimiz mangır dolu. Tıngır tıngır öten, hışır hışır eden bozuk para, kâğıt para var. Onun için ara sokakların birine dalıp yaşlı bir herifi kan revan içinde bırakmanın anlamı yok. Zaten para istesek küçük dükkânlardan birine girer, kasada oturanı parçalar, bir yandan kanını içer öte yandan da paracıklarını alıp dört kişi bölüşürüz. Eğlenmek için aslında paraya gerek yok.

Modaya uygun giyinmişiz. O günlerde modayı izleyenler bilir bunun ne demek olduğunu. Siyah, ikinci bir deri gibi bacaklarımıza yapışan pantolonlar var ayağımızda. Deri ceketler sırtımızda. Yakaları geniş, zımbalı, pırıl pırıl. Ceketlerin sırtında resimler... Modaya uygun dedim ya! Benimki örümcek. Pete'inkindeyse el resmi var. Georgie çiçeği uygun görmüş. Aptalof da kocaman bir soytarıyı seçmiş kendine. Kardeşlerim giysilerimiz bunlarla bitmiyor tabii. Beyaz, inci rengi boyun bağları; bacak kırmak, diz parlatmak, diş dökmek için ucu sivri deri çizmeler... Ha, ha, ha...

— Söyleyin bakalım ne yapacağımızı? Ha?

Yan yana üç piliç oturuyor bizimle birlikte. Ne yazık ki biz dört kişiyiz. Hepimiz birimiz, birimiz hepimiz için olduğundan piliçlere saldıramıyoruz. Yavrular da modaya uygun giyinmişler. Kellerini örtmek için midir nedir bilmem ama kafalarında mor, yeşil ya da portakal rengi peruklar var. Dünyanın parasına yapılır bu takma saçlar. Karılar yan yana oturmuşlar. Gökkuşağını andıran üç kafa! Upuzun etekleri yeri süpüren giysileri var. Güğümlerinin üstünde de küçücük, gümüş rengi, ad tabelaları... Mike, Joe gibi adlar yazılı. Bu adlar, piliçlerin on dört yaşına basmadan önce yattıkları oğlan çocuklarının. Gözlerini bizlerden ayırmıyorlar. Ağzımın kenarından çocuklara fısıldamak geliyor içimden. Bırakalım Aptalof'u. Gidelim yavrularla bir yerlere. Aptalof'a bir büyük bardak afyonlu süt ısmarladık, herifçioğlu dünden fit. Aptalof çok ama çok çirkindir. Çok iyi dövüşür ne var ki! Hele çizmelerinin ucuna yerleştirdiği demir parçalarıyla birinin dizine bir vurursa çatırtısını köşe başından duyabilirsin.

— Söyleyin bakalım ne yapacağımızı? Ha?

Yanımda oturan arkadaş sırtını maroken duvara vermiş, ağzından salyalar akıtarak bir şeyler söylüyor. Gözleri cam gibi parlak.

— Aristo'nun ipe sapa gelmez yapıtlarını okumalı mı-okumamalı... Tavşan kulağına uzun çatallar batırmalı-matırmamalı-bastırmalı...

Yörüngeye girmiş arkadaşım uzayda... Dolaşıyor yıldızların arasında... Kafayı üşütmüş... Neler duyduğunu biliyorum kardeşlerim. Sütü dikersin kafana, uzanırsın kanepeye. Çevrendekileri bırakır uçar gidersin oraya-buraya-şuraya... Gerçeklerden sıyrılır, bunalımlardan kurtulursun. Korkaklık, ürkeklik, her şeyi görür gözlerin... Masaları, bardakları, yavruları, yerin cilasını... Ama çölde nasıl şarıl şarıl akan su sesini duydum, vahayı gördüm sanıp avuç avuç kum içersin burada da masayı, şunu bunu görürsün ama görmezsin! Gözlerin tırnağına, çizmenin cilasına takılır. Büyülenirsin. Tam o sırada bulutların arasından çıkan bir el seni ensenden yakalar; sallar, sarsar, mideni ağzına getirir. Kedi gibisindir. Ensesinden tutulu havalandırılan bir mırnav gibi. Adını, kişiliğini, vücudunu yitirirsin ama umurunda mı? Tırnağın ya da çizmen sararır, sararır sapsarı olur ama umurunda mı? Birden, durup dururken ampuller patlamaya, paralanıp sağa sola cam kırıkları saçmaya başlarlar, ama umurunda mı? Sonra çizmen ya da tırnağın paramparça olur. Pantolonundaki yağ lekesi büyür, büyür, BÜYÜR! KOSKOCAMAN BİR LEKE OLUP SENİ YUTAR! Üstüne başına çekidüzen verirsin. Tanrı, kocaman Tanrı seninle tanışmak ister de ondan. Sonra dönersin; baş döndürücü bir hızla yanımıza, biraz önce oturduğun yere dönersin. Hıç, hıç, hıçkıra hıçkıra ağlarsın. Sarsıla sarsıla, titreye titreye, iliklerin emile emile, damarlarındaki kan çekile çekile ağlar, ağlarsın kardeşim. Şimdi bu duygular çok güzel, çok renkli. Korkaklık. Çekingenlik. Gerçekten kaçıp saklanmak. Dünyaya gelmenin nedeni Koca Tanrı'yla karşılaşıp konuşmak; derdini, içini dökmek değil ki! Bu tür saçmalıklar kişinin yüreğindeki iyilik kırıntılarını hemen yutar...

— Söyleyin bakalım ne yapacağımızı? Ha?

Üç hoparlörlü pikap bangır bangır bağırıyor. Şarkıcının sesini odanın her yanından duyabiliyorsun. Hoparlörlerden fışkıran ses tavana sıçrıyor, oradan yere vurup duvara çarpıyor lastik top gibi. Sonra dönüp dolaşıyor ve kulağında patlıyor. Berti Laski'nin sesi bu. Eski şarkılardan biri söylediği *Boyamı Kabartıyorsun*! Yavrulardan biri göbeğini öne itip iç çekiyor. Müziğe uyduruyor yani! Yeşil saçlısı bu! Sütün içindeki bıçaklar beynimi iğnelemeye başladı. Fırladım ayağa.

— Dışarı, dışarı, dışarı! – diye havlıyorum.

Yerimden kalkmıştım. Yanımdaki herifin kulaktozuna bir tane çarpmışım. Ama o kendi havasında.

— Telefonlar çalıyor. Virgüller, noktalar, ünlemler, iki noktalar, soru işaretleri zıp zıp zıp zıp zıp diye zıplıyor...

Uzayda, yörüngeye oturmuş dönüyor.

— Nereye gidiyoruz? – diye soruyor Georgie.

— Yürüyelim. Bakalım Koca Tanrı neler çıkaracak karşımıza küçük kardeşlerim benim!

Sütbarın kapısını açıp soğuk geceye daldık. Umutsuzluk Caddesi'nden geçerek Tükeniş Sokağı'na saptık. Ve aradığımızı bulduk. Küçük bir oyunla gecenin başlamasını kutlayacaktık. Öğretmeni andıran, gözlüklü, ebleh suratlı, ağzı açık, gözlerinde yıldızlar yanıp sönen yaşlıca bir adam Ulusal Kütüphane'nin önünde duruyordu. Koltuğunun altına sıkıştırdığı kitaplara bakılırsa okuma meraklısıydı. Bu günlerde kimse kolay kolay Ulusal Kütüphane'ye gitmiyor. Kitap okuyup da ne yapacağız? Aslında bu yaşlı, burjuva tipleri kolay kolay göremezsin gecenin bu saatinde. Polis elini eteğini çeker karanlık çökünce. Sokaklar bizlerin denetimindedir. Zaten koskocaman, inin cinle top oynadığı bu sokakta yaşlı hıyardan başka kimseler yoktu. Kıkır kıkır gülerek yanına yaklaştık. Saygıyı da elden bırakmıyoruz ha!

— Nasılsın kardeşim?

Kalın cam gözlüklerin ardındaki gözlerini kocaman kocaman açarak kuşkuyla bizi süzdü.

— Ne var? N'oluyor?

Sınıfta öğrenci azarlıyordu sanki. Güldük. Kıkır kıkır değil kahkahalarla.

— Kolunun altındaki kitapları gördük kardeşim. Bugünlerde kitap taşıyan birini görmek gerçekten göz yaşartıcı...

— Öyle mi? – diye sordu titrek bir sesle.

Gözlerini bir bana bir Aptalof'a çeviriyordu. Elleri belinde duran diğer iki arkadaşımızı da ürkek ürkek süzüyordu. Tatlı tatlı gülümseyen dört delikanlının çevresini sarması bayağı korkutmuştu moruğu.

— Öyle ya! Koltuğunun altında taşıdığın bu kitapları incelemek isterdim kardeşim. Bakalım neler götürüyorsun evine. Açık saçık kitap okumanın yasak olduğunu biliyorsun tabii?

— Açık saçık mı?

Pete, uzanıp herifin elinden kitaplarını alıp bizlere verdi. Topu topu üç kitaptı. Aptalof hayatında hiç kitap görmediğinden adına uygun bakıyordu kara kaplı kâğıt yığınlarına. Benim elimdeki *Temel Kristalografi* diye ne olduğunu bile anlamadığım bir kitaptı.

Başparmağımı dilimle ıslatıp sayfaları çevirmeye koyuldum.

— Çok güzel... Aferin doğrusu kardeşim.

Sanki birden şaşırmış gibi sesimi yükselttim.

— Bu da ne? Böyle adi sözcükler hiç görmemiştim. Utanıyorum. Beni çok üzdün kardeşim...

— Ne? Ama... Şey...

— Namussuzluk diye ben buna derim. Georgie elindeki kitabı bana gösterdi. "S" harfiyle başlayan yüzlerce sözcük var. Ayıp, ayıp...

Kar Tanesinin Oluşumu'ydu elindeki.

— Yuh be! – dedi Aptalof Pete'in yanından. – Kitaba bak be! Yuh ulan yuh! Kadını şapıyor herif... Ulan moruk, böyle o biçim kitaplar okunur mu be!

— Senin yaşında birinin bu tür yapıtlarla ilgilenmesi beni gerçekten üzdü kardeşim... – Elimdeki kitabın sayfalarını yırtmaya koyuldum. Aptalof'la Pete kahkaha atarak kitabı çekiştiriyor, kabını yırtıyor, sayfalarını koparıyordu.

Öğretmen, tebeşirin tahtada çıkardığı tiz ses gibi sinir törpüleyerek yalvardı:

— Bu kitaplar benim değil. Kent belediyesinin. Siz ne yaptığınızı bilmiyorsunuz. Bırakın, bırakın kitapları...

Üzerimize saldırıp kara kaplı kötü fikir yayıcılarını elimizden almaya çabaladı.

— Sana bir ders vermemiz gerek kardeşim.

Elimdeki kitap kalın ciltliydi. Uzun yıllar dayanmasını sağlamak için iplik dikişle tutturulmuştu. Tüm gücümü harcayarak cildi yırtıp sayfaları kopardıktan sonra havaya fırlattım. Kar taneleri, kocaman iri kar taneleri gibi üstüne başına serpildi yaşlının. Diğer çocuklar da kopardıkları sayfaları havaya fırlatırken Aptalof öğretmenin çevresinde dönüyor, akla gelmedik soytarılıklar yapıyordu.

— Seni gidi kötülük ve ahlaksızlık yayıcılarının okuyucusu seni! – dedi Pete.

— Kitap okursun ha! – dedim.

Arkadaşlarla el ele tutuşup çevresinde hoplaya zıplaya dönmeye koyulduk. Pete kollarını tuttu adamın bir süre sonra. Georgie de dudaklarını yakalayıp ağzını açtı. Aptalof uzandı; takma dişlerini çıkardı ağzından öğretmenin. Havaya atıp birkaç kez tuttuktan sonra yere bıraktı. Çizmesinin topuğuyla ezmeye başladı yalancı dişleri. Yaşlı osuruk konuşamıyordu.

— Hav, hav, hav... – gibi garip sesler çıkardı.

Georgie bu havlamalara sinirlenmiş olacak ki herifin dişsiz ağzına yumruğunu yapıştırıverdi. Yaşlı salak başladı inlemeye. Georgie bir daha vurdu. Bu kez kan boşandı ağzından kardeşlerim; sıcak, kırmızı, köpüklü güzel kan! Başladık paltosunu, ceketini, pantolonunu çıkarmaya. Soyduk adamı. Aptalof çok güldü. Poposuna bir şaplak indirdi öğretmenin. Pete de ensesine yumruğu yapıştırdı; adam yalpalayarak yürüdü birkaç adım. Durdu. Öğürdü. Ağlamaya başladı. Biz de güldük. Ceplerini karıştırdık. Mektuplar bulduk. Eskiydi bunlar, çok eski. Ta 1960'a gidiyordu. Bizim Aptalof herifin şemsiyesini kapıp deliler gibi zıplamaya, bir başına dans etmeye koyuldu. Mektuplardan birinin başlığında "canım sevgilim" gibi saçmalıklar gözüme ilişti. Bu arada Aptalof hoplamayı bırakıp yanıma gelerek elimden mektubu kaptı. Sokak lambalarından birinin altına gitti; heceleyerek yüksek sesle okudu.

— Canım sevgilim... Benden uzakta geçirdiğin bu günlerde kendine çok iyi bakmalısın. Sokağa çıkarken atkını, lastiklerini, eldivenlerini unutma...

Durdu birden. Gülmeye başladı. Çok hoşuna gitmişti bu zırvalar. Yere çömeldi, kıçını silermiş gibi yaptıktan sonra buruşturup attı kâğıt parçasını. Adam ağlıyor, bizse katıla katıla gülüyorduk kardeşlerim.

— Yeter artık benim güzel kardeşlerim! – diye bağırdım.

Öğretmenin cebinden birkaç kuruş çıkmıştı. Fakir eşşoğlusu. Paraları pay ettik. Ceplerimizi dolduran kâğıt paraların yanında çerez gibi kaldı bu teneke parçaları. Şemsiyesini kırdık, giysilerini yırttık, esen rüzgâra bıraktık kumaş parçalarını. Ve öğretmenle işimizi bitirdik kardeşlerim. Biliyorum pek fazla bir şey yapmadık ama gece daha yeni başlıyor...

Sıra biraz para harcamaya geldi. Cebimizdeki mangırları eritelim ki sağı solu kırıp dökerek, adam döverek, dükkân soyarak yenilerini kazanalım. Hem orada burada para harcadığımız görülür duyulursa polis bizden kuşkulanmaz. Parası olan adam hırsızlık yapmaz deyip izimize düşmez.

Neyse, sözü uzatmayalım biz dört yoldaş hoplaya zıplaya Arkadaşlık Caddesi'ndeki New York Dükü adlı bara girdik. Emeklilik maaşlarını biraya yatıran kırış kırış suratlı, gözlerinden bezginlik okunan dört kokona köpüklüyü yudumlamaya uğraşıyordu loş bir köşede. Yanlarına gidip sırıtmaya, gülücükler dağıtmaya koyulduk. Şaşırdılar. Elleri ayakları titremeye başladı korkudan. Bardaklarının çevresinde kenetledikleri mavi damarlı elleri öyle titriyordu ki bira üstlerine başlarına döküldü.

— Bizi yalnız bırakın çocuklar, – dedi kokonalardan biri.

Kırış kırış bir surat, gözlerinin çevresindeki çimdik moru halkalar; binbir yıldır bu dünyanın tozlu sokaklarını aşındırmanın verdiği bıkkınlık yüzünden okunuyordu.

— Biz zavallı, beş parasız, yaşlı kadınlarız...

Dişlerimizi göstere göstere sırıttıktan sonra masanın çevresine diziliverdik. Masanın yanındaki zile bastık ve garsonu beklemeye koyulduk. Ürkek, kaygılı, gençten biri yanımıza geldi, ellerini önlüğüne kurulaya kurulaya. Viskiyle kiraz likörünü karıştırıp getirmesini istedik. İçine de birer dilim limon koymasını buyurduk. Güzel dişlerimi göstere göstere sırıttım garsona bakıp.

— Bu zavallı morukçuklara doyurucu bir şeyler ver. Örneğin büyük birer bardak viski ve yiyecek ıvır zıvır...

Cebimdeki paraları masanın üstüne koyup kardeşlerime göz kırptım. Onlar da tomarlarını oltalayıp masanın üzerine bıraktılar. Neyse kardeşlerim, kırış kırış karıların içkileri geldi ve onlar ne diyeceklerini şaşırdılar. Teşekkür etseler bir türlü, içkileri kabullenmeseler bir türlü! Sonunda niyetimizi anlayıp viskileri buruşuk dudaklarından içeri, pörsümüş midelerine yolladılar. İçkilerini bitirince birer şişe *Amerikan Generali* getirttim. Bu güzel, amber rengi konyakları tutuşturdum ellerine. Garson kardeşime de biraz para bıraktım. Yarın sabah kokmuş karılara onar bardak birayla yiyecek birkaç parça patates kızartması versin diye.

Artakalan paramızla ekmek peynir, bir kesekâğıdı dolusu kızarmış patates ve çikolata aldık. Bunları da moruklara verdik.

— Birazdan geliriz, – diyerek birer selam sarkıtıp voltamızı aldık. Biz kapıdan çıkarken haminneler, "Allah razı olsun sizlerden" diye mırıldanıyorlardı.

— İyi duygularla dolup taşıyor kişinin benliği, – dedi Pete kaldırıma çıkınca.

Aptalof aptal olduğundan bön bön bakıyordu bizlere. Neden para, yiyecek dağıttığımızı kavrayamamıştı yüksüğün içini doldurmayan fındık beyni. Salak deriz, iter kakarız, alay eder nanik yaparız diye korktuğundan da ağzını açıp tek kelime etmedi.

Kanser satan dükkânların bu saatte bile açık durduğu Kodaman Sokak'taki mağazalara doğru yöneldik. Aşağı yukarı üç aydır buralara gelmiyoruz. Koca mahalle sessiz, gürültüsüz patırtısız yaşıyor doksan gündür. Polisle jandarma buralara uğramaz oldu. Baş belası genç çeteciler uğraşıyorlar ırmağın doğu yakasında. Köşe başının gölgelerine sığınıp maskelerimizi taktık. Çok ilginçti yüz örtücülerimiz. Ünlü ama yıllar önce ölmüş kişilerin yüzleriydi bunlar. Benimkisi *Disraeli*, Pete'inki *Elvis Presley*, Georgie'ninki de *VIII. Henri*'ydi. Aptalof tüm maskeleri karıştırdıktan sonra *Shelley* diye adını sanını kimsenin duymadığı, duymak da istemediği bir ozanın maskesini geçiriverdi suratına. Bu maskeler plastikten yapılmıştı. Aynı mağazada takma saç da aldığımızdan biraz önce adlarını saydığım ünlülerin görünümlerine tümden bürünmüştük. İşimiz bitince plastik maskeleri katlayıp çizmemizin içine saklayabilecektik.

Pete erketeye yattı; biz üçümüz de dükkândan içeri girdik. Aslında erkete bırakmanın anlamı yoktu ama bizler dikkatli çocuklarızdır. Zaten bugüne değin yakayı ele vermememizin nedeni de bu. İçeri girdiğimizi gören domuz göbekli dükkân sahibi arkaya koştu. Ya telefona sarılacaktı ya da içinde güzel göğsümüzü kana bulayacak altı küçük kurşunun kuzu kuzu yattığı tabancayı kapıp gelecekti. Aptalof bir ceylan gibi sıçradı tezgâhın üstünden. Pipo tütünlerini avuçlayıp adama fırlattı. Tezgâhın üstünde, duvarda asılı kocaman, renkli bir resim vardı. Yeni çıkan kanserin reklamıydı bu. Çırılçıplak bir karı bembeyaz dişlerini göstere göstere gülüyordu. Koca güğümlerinin ortasında da kanser paketi vardı. Dükkân sahibi perdeli bölümüne geçmişti mağazanın. Aptalof da ardından daldı. Pek bir şey göremiyorduk ama içeriden gelen gürültü patırtılar kıran kırana bir dövüşün başladığını tanıtlamaya yeter de artardı bile.

Homurtular, inleme sesleri, tekme gürültüleri... Küfürün bini bir paraya... Camlar şangur şungur, şangur şungur... Şişkonun karısı Bayan Şişko öbür tezgâhın ardında donmuş gibi duruyordu. Mide bulandırıcı bir domuzdu. Koskocaman, kumsalda oynadığımız koca topları andıran güğümleri soluk alıp verdikçe hop hop ediyordu. Leş gibi de kokuyordu hani! Her an bağırabilecek, "imdaaat!" dedikten sonra mahalleyi başımıza toplayabilecek kadar güçlüdür bu hayvanların sesi. Bir an önce ağzını kapatayım dedim. Avcumu koca dudaklarının üstüne gerdim. Dişi köpek gibi ısırdı. Ve bağıran ben oldum. Tüm kent güvenlik kuvvetlerini yanımıza çağırmak istercesine kulak tırmalaya tırmalaya *aa*-ahhhhhhh'ladım gecenin sessizliğine. Terazinin küfesinde duran kiloluk ağırlığı kapıp, ya Koca Tanrı demeden kellesine indirdim pis domuzun. Hırsımı alamamıştım. Büyük kolileri açmak için kullanılan ucu bükük demir parçasını aldım. İndirdim kafasına, kırmızı aktı; okşadı gözlerimi eski bir dost gibi. Güldüm. Ellerimi çırptım. Arkadaşlarım da yanıma geldi. Yerde inleyen karıyı tekmeledik, güldük; neşelendik... Eğlendik. Giysilerini yırttık. Koca güğümleri ortaya çıkmış, mal mülk sergilenmişti. Acaba diye düşündüm! Acaba şunu becersem mi? Yok dedim kendi kendime. Olmaz. Yaşlandıkça neler gösterecek bize, neler.

Kasada ne var ne yok aldıktan sonra üçer beşer paket kanser yürüttük cam tezgâhtan. Doldurduk ceplerimize. Tüttürdük birer tane de sarma, kalın kanser. Ve çıktık gene kaldırıma kardeşlerim...

— Amma da iyi dövüşüyordu puşt! – dedi Aptalof.

Üstü başı kan içindeydi beyinsiz kardeşimin. Kavgadan yeni çıktığı ilk bakışta belli oluyordu. Aslında domuzla didişen her kişinin üstü başı böyle olur. Gerçek hüner dövüştükten sonra evden yeni çıkmış gibi tertemiz, üst baş ak pak gözükebilmekte...

Boyunbağı pis, pantolonunun kıçı talaş, gömleği yırtıktı Aptalof'un. Ara sokaklardan birine girip maskelerimizi sıyırdık, çizmelerimizin içine soktuk. Aptalof kardeşimizin üstünü başını düzelttik. Mendillerimizi tükürükleyip yüzündeki kirleri sildik. İnsan birine kardeşim demeye görsün, nelere katlanıyor nelere!!!

Çıktığımızdan on dakika sonra gene Dük Barı'na girmiştik. Eciş bücüş yaşlı yaratıklar masalarından kalkmamışlardı. Biralarını yudumluyor, viskilerini içiyorlardı.

— N'aber kızlar! Nasılsınız görüşmeyeli?

— İyiyiz aslanlar, iyi... Koca Tanrı sizlerden razı olsun.

Gene zile bastık. Bu kez bir başka garson dikiliverdi karşımıza. Susuzluktan kuruyan dudaklarımızı ıslatmak için kolonyalı votka istedik. Karılara da ne isterlerse getirmesini buyurduk içki taşıyıcısından. Garson gidince karılara döndüm:

— Sizin yanınızdan hiç ayrılmadık değil mi? Bütün gece bu koşede baş başa içki içtik.

Sulanmış beyinleri hemen kavradı demek istediğimi.

— Evet çocuklar. Bizim dizimizin dibinden hiç ayrılmadınız... – dedi karılardan biri, çizilmiş plak gibi bir sesle.

Polis yarım saat sonra damlayabildi ancak. Gelenler de iki tüysüz oğlandı. Pembe, tonton suratlı aynasızlar...

— Kansercide olanları biliyor musunuz? – diye sordu gençlerin genci.

— Biz mi? – dedim saf saf. Sonra da gençlerin yaşlısına dönüp, –n'olmuş?– diye sordum aynı saf, yumuşak sesimle.

— Hırsızlık. Adam dövmek. Dükkân sahipleri hastaneye kaldırıldı. Ne yaptınız bütün gece?

— Sesinizdeki suçlamayı hiç beğenmedim. Bizi tutuklayacaksanız söyleyin. Yoksa beni ve küçük kardeşlerimi rahatsız etmeye hakkınız yok.

— Suçlamıyoruz ki... Soruyoruz sadece. Görevimiz bu.

Kötü kötü baktıktan sonra çekip gittiler. Kapıdan çıkarlarken aşağılayıcı dudak müziğiyle uğurladık gençleri. "Yürrüüüü taş arabası!"

O günlerin üzüntüsünü hâlâ anımsıyorum. Kavga edecek, direnecek, karşı koyacak hiç ama hiçbir şey yoktu. Her şey kolay, özgürlük bol...

Gece de bir türlü yaşlanmak bilmiyor... Hâlâ emekliyor; yelkovanla akrep de ilerlemiyor...

2

Dük'ten çıkınca yanıp sönen neon ışıkların önünde durduk. Önümüzden gelip geçen sarhoşların, yaşlıların şarkılarını dinledik. Hele pis bir moruk vardı ki sorma gitsin ey kardeşim. Herif bir yandan geğiriyor, öte yandan da bağıra çağıra atalarından kalma bok gibi bir türkü çığırıyordu. Bu tür adamlara deli olurum. Pislik içinde, sakalına kusmuk damlamış, üstü başı perişan birini gördüm mü gebertesim gelir. Bu salak da duvara yaslanmış boş gözlerle çevresine bakınıyor, geğirmekten ara buldukça şarkısını söylüyordu. Üstü başı kurumuş kusmuk artıkları, pislik, çamur kaplıydı. Yanına gidip suratına birkaç tokat attık zıbarsın, bayılsın diye. Ama o bizim şaplakları hiç umursamadan şarkısına devam etti.

Ben sevgilimin kollarına gideceğim
Yan yana mutluluğa doğru uçacağız...

Aptalof şarkıyı hiç sevmemişti. Dayanamayıp iki üç yumruk attı herifin alkol dolu midesine. Öğürdü adam. Midesini boşalttı. Şarkısını bırakıp çizik dolu plak gibi cızırtılı bir sesle konuştu:

— Öldürün beni orospu analılar... Korkak namussuzlar... Yaşamak istemiyorum zaten... Bu pis dünyadan bıktım...

Aptalof'a durmasını söyledim. İlginç bulmuştum herifi. Bazen böyle salaklardan yaşam ve evren üzerine çok akıllıca sözler çıktığı olur...

— Dünyaya neden pis diyorsun? – diye sordum.

— Pis ya! Senin gibi serseriler benim gibi zavallı yaşlıları ezecek ve hiçbir yasa beni senden koruyamayacak... Pis... Leş gibi...

Herif deli gibi bağırıyordu o incecik, cızır cızır eden sesiyle. Ellerini sallıyor, yumruk olmak istemeyen parmakları haşlanmış makarna gibi cansız cansız havada titreşiyordu. Midesinde yörüngeye oturmuş bir uydu vardı sanki. Ağzından geğirtiler birbiri ardına çıkıyor, sinyal veriyordu.

— Yaşlıların yeri yok sizin dünyanızda. Onun için sizden korkmuyorum serseriler. Zaten bana vursanız acısını duyamam. Sarhoşum. Öldürürseniz mutlu geberirim.

Güldük. Sırıttık. Kahkaha attık ama konuşmadık.

— Ne biçim dünya bu be! İnsanlar aya gidiyor. Elektriğin çevresinde dönen tatarcıklar gibi dünyanın çevresinde vızır vızır dönüyor uydular ama, burada, şu garipler köşesinde ne yasa var ne de zavallıyı koruyan, onu düşünen biri... Elinizden geleni ardınıza koymayın. Gebertin beni.

Konuşmasını bitirip derin derin soluk aldı. Sonra bizim genç polislere yaptığımız gibi dil çıkardı. Aldırmadığımızı görünce de şarkı söylemeye devam etti.

Benim sevgili yurdum, ben senin için dövüştüm
Ve sana zaferler kazandırdım barış getirdim...

Daha da söyleyecekti belki. Ne var ki benim canım sıkılmıştı; yumruğu kaldırıp burnunun ortasına indirdim. Dizlerinin üstüne çöktü, "uhh" diyerek. Kardeşlerim sırıttılar. Gülerek tekmelemeye başladılar. Öğürdü. Bira, kusmuk biçiminde midesinden fırlayıp kaldırıma saçıldı. Moruk kendi pisliğinin içinde yuvarlandı. Midemiz bulanmıştı. Bastık tekmeyi. Bu kez kan geldi ağzından. Ne şarkı kalmıştı ne de kusmuk. Sadece kan vardı kan. Canımız sıkıldı. Düştük yola. Gece emeklemeye başlamıştı artık...

Kent Elektrik İşleri'nin önüne geldiğimizde karşılaştık Koca Göbek ve beş arkadaşıyla. O günlerde kardeşlerim, çeteler dört kişiden, bilemedin beş kişiden kurulurdu. Arada Çeteleri denilen bu genç kardeşler otomobilleriyle kentimizin "asayişini" denetlerlerdi. Geceleyin savaşmamız gerekirse aklımıza uygun kardeşlerle birleşir, kocaman ordular kurardık. Koca Göbek leş gibi yağ kokan, saçları bol briyantinli, pırıl pırıl pullu giysilerini sırtından hiç eksik etmeyen çete sahibiydi. Karşı karşıyaydık şimdi. Biz onlara onlar da bize baktı. Sessiz. Gürültüsüz patırtısız birbirimizi süzdük uzaktan. Bu savaş kurallara göre yapılacaktı. Bıçak, zincir, ustura kullanarak... Yumruk, tekme gibi ilkel dövüş gereçlerine başvurmaksızın...

Biz görünmeden önce Koca Göbek'le arkadaşları on, on iki yaşlarında bir genç kızı aralarına almış giysilerini parçalamaya uğraşıyorlardı. Bizi görünce durdular. Bıraktılar genç fidanı. O da koştu, kaçtı, sümüğünü çeke çeke.

Koca Göbek yardımcısı Çakal'a baktı. O da sivri dişlerini göstere göstere homurdandı; astımlılar gibi hırıltılı hırıltılı güldü.

— Pis kokulu, leşhane müdürü, karga kılıklı, ibne Koca Göbek n'aber? Nasılsın yağ tulumu? Gel yanıma da taşaklarını çizmemin ucuyla yoklayayım. Ama sende torba yoktur. Hadım pezevenk!

Onlar altı bizse dört kişiydik. Ama kardeşlerim, bizim yanımızda Aptalof vardı ki o üç kişiye bedeldir bıçak sallamada, zincir savurmada, jilet atmada.

Koca Göbek ve kardeşleri üzerimize çullandılar. Geriledik. Duvara sırtımızı verdik. Aptalof bileğine sardığı koca halkalı zinciri havada çevirerek önüne gelenin ağzına burnuna vurmaya başladı. Pete'le Georgie de kıç ceplerinden usturalarını çıkarıp açtılar. Benim elimdeyse ucu sivri bir sustalı vardı. O yıllarda bıçağı çok iyi kullanırdım. Gerçek bir bıçak saplama sanatçısıydım. Kavga iyiden iyiye başlamıştı. Bulutların arasından üzerinde insancıkların gezindiği aydede göründü; bizi aydınlattı, doğaüstü bir güç verdi kardeşlerime. Kendimizi vampir gibi, kurt adam gibi duyarak saldırdık. Yıldızlar pırıl pırıldı. Bıçağımın ucu gibi göz kırpıyorlardı karanlıkta. Koca Göbek'le karşı karşıyaydık. Yana çekilip savuşturdum bıçağını, sonra öne eğilerek pantolonunu boydan boya kestim. Sanatçı kesişiydi benimkisi. Ete dokunmaksızın sadece kumaşı ikiye ayırdım. Koca Göbek birden çıldırdı. Kıllı et yığını kemerinin üstünden çırılçıplak bize bakıyordu. Korkudan süzülmüş erkekliği, sarkık torbaları mide bulandırıcıydı en azından. Zincire havada ıslıklar çaldıra çaldıra yaklaştı Aptalof ve indirdi. Koca Göbek geceyi yırttı sesiyle. Bağırarak, ağlayarak, hoplayarak koştu, kayboldu gözden. Sıra Çakal'daydı. Aldık ortamıza, yatırdık yere. Tekmeledik, vurduk böbreklerine, karaciğerine, midesine. Gömüldükçe ayaklarımız yumuşak ete güldük, el çırptık yerde para bulmuş mutlu bebeler gibi. Sonunda gözlerinin üstüne indirdi zinciri Aptalof; kör etti Çakal'ı...

İçimizde üstü başı kan içinde, yırtık pırtık tek kişi gene Aptalof'tu. Ben ve iki kardeşim fıstık gibiydik; terlememiştik bile. Aptalof yanımızdan ayrıldı birden. Koca Göbek'i kolundan sürükleye sürükleye döndü beş dakika sonra. Eline bir bıçak tutuşturduk düştük çete öncüsünün. Benimle karşı karşıya kaldı. Dans etmeye başladım, boğaya şişleri sokmak isteyen matador gibi.

Sola bir iki-sağa bir iki... Sol yanağını, hemen ardından da sağ yanağını kesiverdim. Kan akmaya başladı şıpır şıpır.

Pufböreği yanakları kırmızı iki perdeyle kaplandı. Koca Göbek hiçbir şeyin bilincine varamayacak kadar korkmuş ve şaşırmıştı. Ayakta sallanıyor, kör bir boğa gibi üstüme üstüme geliyordu.

Tam bu sırada polis düdükleri, araba çığlıkları geceyi yırttı. Allah bilir Koca Göbek'in biraz önce gıdıkladığı onon ikilik kız çocuğu çağırmıştı onları. Kent Elektrik İşleri'nin yanında polis imdat telefonu vardı.

— Yakında leşini sereceğim! – diye bağırdım, Koca Göbek sendeleyerek yanımızdan ayrılıp koşmaya başlayınca.

Onun ardından da diğer arkadaşları gittiler. Yerde bir tek Çakal kalmıştı kıvır kıvır kıvranan, acıyla inleyen. Koca Göbek takımı ırmağa doğru koşup gözden kaybolunca biz de ara sokaklardan birine daldık. Karanlık, iki ucu da açık bir sokaktı girdiğimiz. Duvara dayanıp derin derin soluk aldık. Ellerimizin titremesi, yüreğimizin dibinde heyecan püsküren yanardağın sönmesi uzun sürmedi. Kendimize gelince çevremize bir göz atmak geldi aklımıza. Koca yapıların iki yanını sınırladığı bu daracık sokağa bakan pencerelerden mavi ışık sızıyordu dışarı. Besbelli televizyon seyrediyordu insanlar sıcacık odalarında; güven içinde. Bu gece tüm dünya yurttaşları aynı programı izleyecekler enayi kutusunda. Uzayda dolaşıp duran bir verici, sinyalleri toplayıp dağıtacak. Genellikle bu kutunun başında oturup özyaşamlarını yitirerek başkalarınınkilere musallat olanlar orta yaşlı, burjuva sınıfındandır. Onların asalaklığından bıktım artık, bıktım...

Kısa bir süre daha bekledik karanlıkta. Polis düdüklerinin yitmesine değin yerimizden kıpırdamadık. Aptalof gözlerini bir an olsun yıldızlardan, gezegenlerden ayırmıyor, gözbebeklerini iri iri açarak bakıyordu onlara. Sanki ilk kez ayı, yıldızları izliyordu enayi.

— Acaba kimler var oralarda? – diye sordu kısık sesiyle. – Neden giderler oralara?

Dirseğimle kaburgalarına hatırı sayılır bir darbe indirdim, beyni sallansın, saçmalamaktan vazgeçsin diye.

— Hadi Aptalof, zırvalamayı bırak da gidelim. Oralarda da yaşam sürüp gidiyordur burada olduğu gibi. Oralarda da bıçaklananlar, bıçaklayanlar vardır... Daha işimiz çok. Gece yeni yeni emeklemeye başladı. Gidelim kardeşlerim...

Çocuklar bu sözlerimdeki güldürüyü anlayarak tatlı tatlı sırıttılar. Ne var ki Aptalof ciddi ciddi konuştuğumu sandı. Gözlerini bir bana bir de karanlığı süsleyen yıldızlara çevirdi. Başını salladı. Yanımda yola koyuldu.

Ne yapıp edip bir yerlerden araba bulmamız gerekiyordu. Ara sokaktan çıkıp sola döndük. Sanat Meydanı'na geldiğimizi hemen anladım. Kocaman ozan heykeli bize bakıyordu meydanın orta yerinden. Ağzında pipo, bir eli cebinde, bronz ozan...

Kuzeye doğru yürümeye başladık. Bir süre sonra Film Sarayı'nın yanına geldik. Dış boyaları sökülmüş, camları kırık düş satan yapıya pek giden yok artık. Benim gibi gençlerle sevgilileri gelir buraya. Karanlıkta ya bağırıp çağırır küfrederiz, ya da iş tutarız. Sinek cesetlerinin kirlettiği afişlerden, oynanan rezilliğin sıradan bir kovboy filmi olduğunu anladım. Gene kahraman şerif sırtını Koca Tanrı'nın melekleriyle yasalara dayayacak, altıpatlarını Kızılderililere boşaltacak... Bugünlerde Devlet Film Şirketi iyice sapıttı. Bizi yatırdığı kış uykusundan uyandırmamak için bu tür zırvaları çevirip duruyor.

Film Sarayı'nın yanında duran arabaların çoğu emekliliğe hak kazanmış, paslı, küflü, boyaları soyulmuş teneke yığınlarıydı. Aralarında bir tek 95 model Durango vardı ki yeme de yanında yat. Georgie anahtarlığından eksik etmediği maymuncuğunu çıkardı. Kapıyı bir iki kurcaladıktan sonra hepimiz yerimize yerleştik. Aptalof'la Pete arkaya kurulup kanserlerini yaktılar. Anahtarı çevirdim, araba titremeye, kedi gibi mırıl mırıl etmeye başladı ki ta yüreğimin derinlikleri ısındı. Gaza hafifçe dokunup arabayı geri geri çıkardım yola. Kimseler yoktu çevremizde. Tereyağından kıl çeker gibi becermiştik bu işi.

Kentin batı yakasına uzandık ilk önce. Yaşlı osuruklarla hamile kadınları korkuttuk bir süre; üstlerine sürdüm 95'i. Kimseler yoktu yollarda. Gazı iyice topuklayıp arabanın dizginlerini çıkarıverdim. Yolu makarna gibi yutuyordu araba. Kentin dışına çıktık. Karanlıkta deli gibi, fişek gibi gidiyorduk. Farların önünde tüyü bol, uzun dişli bir hayvan gördüm; geçtim üstünden. Ağlamakla inlemek arası bir ses çıkardı. Aptalof'un çok hoşuna gitmiş olacak ki güldü Noel Baba gibi: "Ho... Ho... Ho..."

Ağaçlardan birinin altında iş tutan ikiliyi görünce çok zevklendik; yoldan çıkıp üzerlerine sürdük arabayı. Külotlarını falan toplayıp kaçmaya başladılar. Bıraktık peşlerini, çünkü büyük işlerin izindeydik.

Kısa bir süre sonra küçük bir köye geldik. Köyün hemen dışında, bahçe içinde tek katlı bir ev vardı. Ay gökyüzünde iyiden iyiye yükselmiş, çevre sanki gün ışığına boğulmuştu. Evi açık seçik görüyorduk. Frene basıp evin yanında durdurdum arabayı. Oğlanlar kıkır kıkır gülüyorlardı. Arabanın farlarını bahçe kapısına çevirdim. Küçük bir yazı iliști gözüme. "YUVAMIZ". Hak tuuu! Ne de duygusal oluyor bu insan bozuntuları.

Arabadan çıktık topluca. Gülüp duran salak kardeşlerime çenelerini kapamalarını buyurdum. Çocuk gibi davranmamalarını söyledim. Utanmış gibi yaparak sustular. Bahçe kapısını açıp zili çaldım hafifçe, ürkütmeksizin içerdekileri. Kimseler cevap vermedi. Gene çaldım; bu kez uzun ve üsteleyerek. Ayak sesleri duydum. Sürgü açıldı. Kapı aralandı. Bir göz bize baktı. Zincir takılıydı kapıya anlaşılan.

— Ne istiyorsunuz? – diye sordu genç bir kadın sesi.

— Özür dilerim hanımefendi – dedim beyefendi gibi konuşarak – Sizi rahatsız ettiğim için özür dilerim. Arkadaşımla birlikte dolaşıyorduk. Birden hastalandı. Yolun kenarında, otların üstünde yatıyor; ölmek üzere. Telefon edip cankurtarana haber vermek istiyordum.

— Telefonumuz yok... – dedi genç karı. – Özür dilerim ama yok. Başka yere gideceksiniz.

Evin içinden taktakataktak taktakataktak diye daktilo sesleri geliyordu kulağıma. Birden kesildi ses, "Kimmiş gelen?" diye sordu erkek.

— O zaman bir bardak su verebilir misiniz? – dedim üzüntülü bir sesle. – Bayıldı arkadaşım. Bari dudaklarını ıslatalım.

Kadın birkaç saniye durakladı; düşünüyordu besbelli.

— Bekleyin.

Bu arada kardeşlerim de yanıma gelmiş, maskelerini takmışlardı. Ben de çizmemden benimkini çıkarıp yüzüme geçirdim. Yavaşça elimi uzatıp zinciri çıkarıverdim. Aptal kadın beyefendi sesime aldanıp kapıyı aralık bırakarak gitmişti. Bu dikkatsizliğinin cezasını çekmesi gerekiyordu şimdi de.

Yan yana gelip, "heyyttt" diye bağırarak içeri daldık. Aptalof her zamanki gibi önden gidiyor, zıplayıp duruyor, açık saçık şarkılar söylüyordu. Evin içi çok güzel döşenmişti doğrusu. Küçük bir koridordan geçip ışık sızan odaya girdik. Genç bir kadın köşeye sinmiş, korkuyla açılan gözlerini bize dikmişti. Güzeldi. İri güğümleri biberon gibi emilecekti birazdan. Yanında gençten bir adam duruyordu. Gözlüklü. Masanın üstünde yazı makinesi, kâğıtlar, kâğıtlar, kâğıtlar. Dağınıktı bu genç. Yazardı da. Üç beş saat önce eğlencelik olsun diye dövdüğümüz adam gibi kitap meraklısı. Ne var ki o okuyucu bu da yazıcıydı.

— Ne oluyor? Kimsiniz? Nasıl girersiniz evime?

Bir yandan kahramanlık taslıyor, öte yandan da korkudan tir tir titreyen ellerini gözümüzden saklamak için ardına saklıyordu.

— Korkacak bir şey yok... – dedim hemen. – Eğer yüreciğinin derinliklerine korku tohumları atılmışsa onları hemen sökelim.

Georgie'yle Pete mutfağı aramaya giderlerken Aptalof da yanı başımda buyruğumu bekliyordu sustalı maymun gibi.

Masanın üzerinde duran kâğıt yığınını elimle tutup kaldırdım.

— Ben de onu merak ediyorum ya! – dedi genç yazar. – Nedir bu yaptığınız? Defolun evimden. Ağzınızı burnunuzu kırıp tümünüzü kapı dışarı edeceğim birazdan.

Aptalof kahkahadan kırılıyordu.

— Kitap bu! – dedim Amerika'yı bulan Kolomb'un sesiyle. – Sen bir kitap yazıyorsun. Kitap yazanları oldum olası beğenir ve sayarım... – Kitabın ilk sayfasını açtım. OTOMATİK PORTAKAL yazılıydı. – Ne kadar saçma sapan bir ad bu, kitap için! OTOMATİK PORTAKAL'ı da kim duymuş? Yüksek sesle okumaya başladım:

Tüm hayvanların en zekisi, iyiliğin ne demek olduğunu bilen insanoğluna bir baskı yöntemi uygulayarak onu otomatik işleyen bir makine haline getirenlere kılıç kadar keskin olan kalemimle saldırmaktan başka hiçbir şey yapamıyorum...

Aptalof bunları duyunca, "zurttttt... yürrrüüüüü" diye bağırdı. Bense bu aptallıklara çok sinirlenmiştim; başladım sayfaları yırtmaya, sağa sola saçmaya. Yazar delirdi, çıldırdı, yumruklarını sıkıp gözlerini devirerek üstüme üstüme gelmeye başladı. Aptalof'a kalıyordu işin bundan sonrası. O da bir zamanların ünlü boksörü Muhammed Ali gibi, iki sağa iki sola diyerek dans ede ede yaklaştı yazara. Bir vurdu, yana sıçradı; iki vurdu geri zıpladı. Sonra yıktı yere yazarı. Şarap fıçısı gibi açıldı suratı gencin; saçıldı kırmızı üzüm suyu yerlere, kitabın yırtık sayfalarının üstüne. Ben gülüyordum bu arada, yırtıyordum saçma sapan kitabın daktilo edilmiş sayfalarını. Gürültüye Pete'le Georgie koşup geldiler. Yüzlerindeki maskelere rağmen bir şeyler tıkınıyorlardı ha babam. Pete'in elinde tavuk budu, Georgie'nin elinde de bir kutu bira vardı. Aptalof'un dans ederek yazarın çevresinde dönüp bir iki, bir iki diye diye, ağzını gözünü şişirip paralaması hoşuna gitmişti kardeşlerimin; güldüler, ha, ha, ha; sırtlan gibi uludular...

Sonunda yazar bizlerle baş edemeyeceğini anlamış olacak ki dizlerinin üstüne çöküp ağlamaya başladı kundaklık bebek gibi. Sanki tüm yaşamının ürününü yırtıp atmıştık. Georgie'yle Pete yazarın ağlamasına çok sevinmişlerdi. Gülmeye, ellerindekini yiyip içmeye devam ettiler. Bense sinirlenmiştim. Obur kardeşlerimin böyle bir anda ziftlenmeleri kafamı bozmuştu.

— Yemeği bırakın be. Size kim izin verdi? Tutun şu herifi kollarından. Kaçmasını istemem.

Ellerindeki ıvır zıvırı kâğıtların arasına, masaya bırakıp yazarın yanına gittiler. Zavallı, toy kalem yalayıcısı dizlerinin üstünde, kan revan içindeydi. Gözlüklerinin camları kırılmıştı. Bu arada Aptalof zıp zıp zıplıyor, adamcağızın çevresinde dön dön dönüyordu. Her zıplayışında da şöminenin üstündeki mermerde duran irili ufaklı biblolar titriyordu. Sinirlendim. Bibloların tümünü kolumla süpürüp yere attım; cam olanları topuğumla ezdim.

OTOMATİK PORTAKAL'ı yazan garibin suratı mosmordu şimdi. Mürdümeriği gibi uzun, etli. Gözünden, burnundan, çenesinden kan portakalının suyu damlıyordu yere; kâğıtların üstüne.

— Yeter artık Aptalof! – dedim. – Sıra karıda.

Aptalof hemen kadının yanına koşup kollarını kavradı. Yazarın karısı köşeye büzülmüş, dehşet içinde kocasına yaptıklarımızı izlemişti. Aptalof kollarını ardından tuttu. Şimdi omuzları geri çekilmiş, güğümleri iyice ortaya çıkmıştı. Uzanıp bluzunu tek elimle yırttım; çektim aşağı doğru. Kardeşlerim bu arada ha, ha, ha diye gülmelerine devam ediyorlardı. Bluz yırtılınca sıra sutyendeydi; onu da çekip çıkarttım. Güğümleri rüzgârda dalgalanan bayraklar gibi gururlu ve nazlıydı. Bembeyaz toparlakların ortasında, yukarıya doğru pembe tomurcuklar vardı. Bu pembe uçlarla bir süre bakıştık. Göz kırpıyor, cilveler yapıp beni emişe çağırıyorlardı sanki. Ona doğru yürürken bir yandan da üstümü başımı çıkarıyordum.

Georgie'yle Pete'in kollarını tutup ayaklarıyla ensesine bastıkları yazar da bu arada bağırıyor, ağlıyor, o güne değin benim gibi küfür uzmanının bile duymadığı sözler söylüyordu. Benden sonra sıra Aptalof'taydı. Dizlerimin üzerinde doğrulup yerden ötemi berimi topladım. Aptalof, Ademcilik oynamaya başlamıştı bile; anadan doğmaydı.

Aptalof da işini çabucak bitirdi, birlikte nöbet değiştirmeye gittik. Yazarı tuttuk. Georgie'ye Pete pantolonlarını fora edip ağızlarından salyalar akıta akıta yazar karısına saldırıverdiler. Onların da işi çabucak bitti. Aptalof son bir kez daha kadını haklamak istedi; yalvardı. Peki dedim. Gülerek, sırtlanlar gibi uluyarak kadının başına çöktü, ısırdı, yaladı, emdi; tükürüklerini, salyalarını saçtı. O da işini bitirince derin bir soluk aldık. İçimizi kaplayan nefretten kurtulmamız gerekiyordu. Elimize geçirdiğimiz her şeyi atmaya, üzerine çıkıp tepinmeye, camları kırmaya başladık. Yazı makinesi, lambalar, iskemleler... Aptalof gazete kâğıtlarını tutuşturdu. Ben durdurdum ne var ki. Elini tuttum. "Olmaz" dedim. Yazarla karısı insanlıktan çıkmış, yerde sürünüyordu. Kanlı iki et yığınıydı bunlar.

— Dışarı, dışarı, dışarı! – diye bağırdım kardeşlerime.

Arabaya binince Georgie'yi direksiyon başına oturttum. Yorulmuştum. Derin bir soluk alıp başımı koltuğun arkasına dayadım. Arabamız geceyi yararak kente dönüyordu...

3

Kente büyük bir hızla döndük kardeşlerim. Sanayi Kanalı dediğimiz semte yaklaşınca benzin göstergesinin sıfırı işaret ettiğini gördük. Araba da bizler gibi boşaltmıştı içindeki sıvıyı anlaşılan. Ha, ha, ha. Oto, *öhö öhö öhö* diyerek sıfırı tüketti. Pek de önemsenecek bir şey değildi bu. Kanalın yanı başında küçük bir tren istasyonu vardı. Oradan *çuf çuf*'a atladığımız gibi kentin göbeğine inebilirdik. Düşünmemiz gereken, arabayı ne yapacağımızdı. Ya burada bırakacağız polisçikler alıp götürecek ya da içimizde alevlenen nefret ve intikam ateşini söndürsün diye arabayı paralayacağız! Kanalın sularına göndermekten başka çıkar yol kalmadı gibi geliyordu bana. Kardeşlerim de fikrimi beğendi; frenleri boşalttık. İte ite arabayı kanalın kenarına getirip salıverdik. Pis suların ortasına cumburlop girdi. İnsan artıklarıyla bağırsak fışkıları üzerimize sıçramasın diye geri çekildik. Araba bir iki kıpırdandı; büyük, kocaman su kabarcıkları çıkara çıkara battı gitti.

— Güle güle eski dostum! –dedi Georgie.

Aptalof da kendine özgü kişnemeyle anırma arası güldü.

— Hii haaa... Hii haaa...

Koşar adımlarla istasyona gittik. Efendice sıraya girip turnikeden biletlerimizi aldık. Beklemeye koyulduk treni. Aptalof kumar makineleriyle oynuyor, cebine doldurduğu paraları deliklere sokup kolları çekiyor, eğleniyordu bir başına. Küçük büfeden bir sürü de çikolata aldı. Çevremize bakındık. Yoksul birilerini bulsak dağıtacaktık bademli, fıstıklı, sütlü çikolataları. Ama üstü başı dökük, yakası cebi sökük fukaradan kimseyi göremedik. Tam bu sırada kara tren geldi. Sırayla boş vagonlardan birine girip arkalarda bulduğumuz koltuklara oturduk. Tren tam on beş dakikada varıyordu kentin göbeğine. Can sıkıntısını dağıtmak için bıçaklarımızı çıkarıp koltuğu yırtmaya, yayları çıkarmaya koyulduk. Aptalof'un canı bizlerinkinden daha çok sıkılmış olacak ki zincirlerle cama vurmaya başladı; tuzla buz etti kısa süre içinde. Buz gibi kış soğuğu doldurdu vagonu. Üç beş dakika, deri kesmek, yay sökmekle zamanı geçirdikten sonra gene canımız sıkılmaya başladı. Artık yapacak pek bir şey de kalmamıştı. Yorgunduk; uykulu, bitkin. İçimizde gücünden hiçbir şey yitirmeyen tek kişi Aptalof'tu. Soytarı hayvan gülüyor, kendi kendine küfrediyor, açık saçık şarkılar mırıldanıyordu. Pislik içindeydi. Ter kokuyordu leş gibi.

Kentin göbeğine varınca trenden inip Korova Sütbarı'nın yolunu tuttuk. Çene kemiklerimizi çatırdata çatırdata esniyorduk. Azıdişlerimizi aya, yıldızlara, gezegenlere göstere göstere, gözlerimizden akan uykuyu açmaya çalışa çalışa yürümeye devam ettik. Bizler daha küçük çocuklar olduğumuzdan, ertesi sabah elimizi yüzümüzü yıkayıp dişlerimizi fırçaladıktan sonra okulumuzun yolunu tutacağız...

Sütbar bıraktığımızdan daha tıkış tıkıştı. Çıkarken benim, kulağına tokat attığım esrarkeş arkadaş gene zırvalıyordu:

— Ölülerin çocukları cennette oturmuş... Canlıların yeriyse cehennemde...

Bu gece içtiği üçüncü ya da dördüncü bıçaklı süttü, önündeki yarısı dolu bardak! İnsanlığını yitirmiş garip bir yaratığa dönmüştü. Suratı tebeşirden yapılmıştı sanki. Kendini böylesine yitirmek isteyen birinin yapacağı en akıllıca iş Sütbar'ın arkasındaki küçük odalardan birine kapanmaktır. Orada dilediğince küfreder, düş kurar. Burada, bu koca salonda kalıyorsa çocuklar sataşmaya başlar birazdan. Gerçi çok fazla üzmezler, kolunu kanadını kırmazlar çocuğun. İriyarı, koca yumruklu, vurdu mu ses getirten fedailer vardır Sütbar'da. Kavgaya meydan vermeden araya girip horozların tüylerini yolarlar.

Aptalof, düşlerinin içinde yuvarlanıp giden garibin yanına oturdu. Oğlancağızın ayağına bastı. Ne var ki delikanlı ayağı baltayla kesilse duyacak gibi değildi. Ruhu çoktan vücudunu bırakıp gitmişti Koca Tanrı'nın yanına. Saatler isterdi ruhunun kabına dönmesi için.

Salon on beş-on altılık çocuklarla ağzına değin doluydu. Aralarında göze çarpan yirmilikler de vardı ama burjuva değildi bunlar. Zaten temiz pak giyimli, anasının kuzusu, düzen savunucuları buraya pek düşmez. Bara kollarını dayamış gülüyor, eğleniyor, fıkralar anlatıyorlardı birbirlerine. Gençlerden çoğu köşe başındaki Ulusal Televizyon stüdyosundan buraya çıkıp gelmişlerdi besbelli. Yüzlerindeki boyalar, üzerlerindeki giysiler, saçlarının bakımlı oluşu bunu tanıtlıyordu. Kızların gözlerinde delişmenlik okunuyordu. Kıpkırmızı, kiraz dudakları yaygın, inci gibi dişleri göz kamaştırıcı... Gülüyorlar. Dışarıdaki soğuğu, yoksulluğu, açlığı umursamaksızın kahkahalar atıyorlar. Jonny Zhivago'nun son şarkısı *Bir Gün Arayla* davul sesleri arasında son bulunca kızların, oğlanların sesi daha belirgin geldi kulağıma. Ne var ki sözcükleri ayıramıyor, tam bir anlam çıkaramıyordum. Arı kovanının içi gibi uğultuluydu Sütbar. Bara dayanan otuz yaşlarında bir kadın ortaya yürüdü. İriydi; vücudu güzel, alımlı, çalımlı. Ağzını açtı ve şarkı söylemeye başladı. Ah kardeşlerim, ah! Orada olacaktınız; açılacaktı gözleriniz faltaşı gibi. Ensemdeki tüylerin diken diken olduğunu duydum. Sırtımda kırkayaklar dolaşıyor, gıdıklıyordu beni. Söylediği şarkıyı çok iyi biliyordum. Friedrich Gitterfenster'in ünlü operası *Das Bettzeug*'un aryalarından biriydi. Sopranonun iki eliyle boynunu tutup diz çökerek söylediği o nefis arya... Tüylerim diken diken oldu kardeşlerim.

Ne var ki ebleh kardeşim Aptalof bu güzel aryanın ilk nağmelerini duyunca ayaklandı. İlk önce, "hii haa hii haa" diye anırdı; sonra elini havada sallayarak kadıncağızı aşağıladı aklınca. Kaynayan sidik kazanlarında boğuluyormuşum gibi derin derin soluklar aldım. Aptalof'un bu alçakça saldırısı beni can evimden vurmuştu.

— Puşt. Terbiyesiz, küstah alçak! – dedim Aptalof'a eğilerek.

Beyinsiz kardeşimin yanında oturan Georgie'ye kalkmasını söyledikten sonra yumruğumu Aptalof'un suratına indirdim. Aptalof durdu. Adına uygun uygun baktı bana.

Elinin tersiyle dudağının kenarından sızan kanı sildi. Bir eline bir de bana baktı anlamsız, bomboş gözleriyle.

— Ne oluyor sana be?

Aslında yaptığımı kimse doğru dürüst anlayamamıştı. Anlayanlar da umursamamayı yeğlediler. Kadıncağız susmuştu. Pikap çalıyordu gene. Elektrogitarların vınlamaları Sütbar'ı durulmaz hale getirmişti.

— Neden mi vurdum sana Aptalof? Terbiyesizliğin için. İnsan içine çıkınca hayvanlığı bırakmayı beceremiyorsun saygıdeğer kardeşim benim.

Aptalof gözlerini devirerek kötü kötü baktı bana.

— Yaptığını beğenmedim. Hem bundan böyle kardeşin falan da değilim. Yalvarsan da olmam.

Cebinden çıkardığı çarşaf gibi mendille ağzından akan kanları sildi. Kırmızıya boyanan mendile inanmayan gözlerle bakıyor, geç kavrayan beyni kanın kendinin mi yoksa bir başkasının mı olduğunu kavramaya çalışıyordu. Başını kaldırıp biraz önce aklınca aşağıladığı kadına baktı. Onun keyfi yerindeydi. Arkadaşlarıyla gülüyor, yanındaki tüysüz oğlanla koklaşıyor, arada bir de içkisini yudumluyordu. Afyonsuz süt içiyordu herhalde. Güzel, diri güğümleri tüylü kazağının altında hop hop oynuyordu her kahkaha atışında. Aptalof'un terbiyesizliğini umursamamıştı anlaşılan. Benden başka, geri zekâlı kardeşime tepki gösteren de olmamıştı aslında.

— Onu istemem, bunu beğenmem... N'oluyor sana be? – dedi Georgie sert bir sesle.

Başımı kaldırıp baktım.

— Keselim bu tartışmayı... – dedim. –Sonu fena olacak yoksa. Aptalof'un kendine çekidüzen vermesi gerekiyor. Tüm toplum kurallarını dilediği zaman çiğneyemez.

— Sen kim oluyorsun da bizlere buyruk veriyorsun? – diye sordu Aptalof çenesine sızan kanı diliyle kürekleyerek. – Hastir lan! Adam mısın sen be? Eğer kafamı bozmaya devam edersen zincirimi kaptığım gibi dişlerini dökerim avucuna.

— Ağzından çıkanı kulağın duysun.

Dört hoparlörden çıkan sağır edici müzik seslerinden kimsenin kimseyi duyacağı yoktu aslına bakarsanız. Aptalof ayağa kalkıp sesini yükselterek birkaç dakika anamın, gelecekteki avradımın hatırını sordu!

— Kafamın bozulmaya başladığını söyleyebilirim Aptalof kardeşim. Biraz daha ileri gidersen yerimden kalkıp taşaklarını avcuna vereceğim.

— Hadi ulan palavracı... - dedi dışlar gibi Aptalof. - Bana hiçbir şey yapamazsın anladın mı? Zincirle, bıçakla, kamçıyla ne zaman istersen dövüşürüz. Nedeni olmaksızın bana vuramazsın. Kimse vuramaz.

— Bıçaklarla dövüşelim, – diye kükredim korkak bir aslan gibi.

— Bırakın bu saçmalıkları... – dedi arabulucu Pete. – Arkadaş değil miyiz? Dostların birbirini kırması doğru olur mu hiç? Hem bakın barda oturan, gözleriyle bizi soyan kızlara. Hiç olmazsa onları düşünerek vazgeçin bundan.

— Aptalof benim buyruğumdan dışarı çıkılmayacağını öğrenmeli.

— Dur bakalım! – dedi Georgie. – Bu buyruk muyruk da neyin nesi? İlk kez, senin böyle konuştuğunu duyuyorum.

— Aslına bakarsan Alex, Aptalof'a vurmamalıydın, – diye konuştu yumuşak sesli Pete. – Sana saygım vardır, sevgim çoktur ama bana vursaydın hesabını sorardım. Aptalof haklı. Şimdi kesin bu yersiz tartışmayı.

Bıçaklı sütünü masadan alıp bir dikişte bitirdi Pete. İçim fokur fokur kaynamaya başlamıştı. Sinirimi maskelemek için elimden gelen çabayı harcıyordum.

— Aramızda birinin öncü olması, buyruk veren olması gerekmez mi? Sıkıdüzenin olmadığı yerde kargaşalık başlar, *anarşi* filizlenir.

Hiçbiri cevap vermedi. Benimse ateşim körükleniyordu ama yüzümden sinirim hiç mi hiç belli olmuyordu.

— Uzun zamandır size yön verdim. Arkadaşız biz. Düzenimiz demokrasi. Ne var ki içimizden birinin çıkıp yol göstermesi gerekir. Doğru mu? Doğru mu?

Yorgunluklarını belirtmek istercesine başlarını salladılar. Gerçekte benimle tartışmak istemediklerinden dediklerimi kabullenmişlerdi. Yorgundular.

— Bu konuyu daha fazla tartışmayalım. Yorgunuz, sinirlerimiz gergin... – dedi Aptalof, "son söz bende kalsın" demek istercesine.

Aptalof'un bu uzlaşma isteği beni çok şaşırtmıştı. Hele diğer iki kardeşimin de başlarıyla onun sözlerini onaylamaları iyiden iyiye kuşkulandırdı beni. Aptalof öyle kolay kolay pes diyecek türden değildi.

— Sana neden vurduğumu anladın mı Aptalof? Şarkıyı söyleyen bir hanımın sözüne, sesine karışılınca beynimdeki teller kopuyor; fıttırıveriyorum.

— Eve gidip uyusak iyi olacak.

Onaylayıcılar kellelerini bir aşağı bir yukarı salladılar.

— Evet, sıcak yataklarımızın yolunu tutmalıyız – dedim. Aptalof adına uymayan bir öneride bulundu, aferin: – Yarın gündüz buluşamazsak akşam aynı yerde görüşürüz.

— Oldu, – dedi Georgie.

— Ben biraz geç kalabilirim. Ama geleceğim, – dedi Aptalof.

Ağzını mendiliyle silmeye devam ediyordu. Kan sızmıyordu artık. Dudağı şişmişti sadece.

— İnşallah bundan böyle Sütbar şarkı söyleyen karılarla dolup taşmaz!

Bunları söyledikten sonra her zamanki gibi hihahihahiha diye güldü. Gocunmayacak, usanmayacak, küsmeyecek kadar aptaldı bizim Aptalof, kardeşlerim.

Birbirimize iyi geceler dileyip karanlığa dağıldık. Soğuğu ciğerlerime çekince uzun uzun geğirdim. Elim bıçağımın sapında yürüyordum. Koca Göbek, tayfasıyla birlikte üzerime çullanabilirdi her an. Onlar olmasa bile çeteler zaten kol geziyordu mahalle aralarında. Annem ve babamla birlikte Devlet Evleri 18A'da oturuyoruz. Ülkü Caddesi'yle İlke Sokağı'nın köşesindeki on-on beş katlı evler bunlar.

Evin kapısına gelinceye değin başıma hiçbir iş gelmedi. Cılız sokak lambalarının aydınlattığı kaldırım kenarlarında kıvranan, kan revan içinde inleyen delikanlılara bakmaksızın yoluma devam ettim. Gecenin hareketli geçtiği, kaldırımları boyayan kanın çokluğundan belli oluyordu. Tam ön kapıdan içeri girecektim ki gözüm bahçenin yanındaki koca çınar ağacının dibinde inleyip kıvranan ikiliye takıldı kardeşlerim. Sokaklarda insanlar birbirlerini doğrarken âşıklar gene sarmaş dolaş sevişebiliyorlardı. Güzel!

Duvardaki elektrik düğmesine basınca koridor aydınlandı. Gri ve uçuk mavi boyanmış duvarlarda apartman sakini çılgın gençlerin kurşunkalemle, tebeşirle çizdikleri resimler sanat yönünden zayıf, tahrik yönündense yetersizdi. Yavaş adımlarla asansörün önüne gittim. Ne var ki asansör öylesine kırılıp dökülmüş, camları kırılmış, kapısı tekmelenerek eğriltilip büğrültülmüştü ki küfür ede ede merdivenleri tırmanmaya başladım. Boru değil tam on kat, on... Yüreğim küt küt atıyor, soluğumsa iyiden iyiye daralıyordu. Vücudum yorulmuş, aklımsa çalışkanlığını sürdürüyordu. Bir an önce eve gidip müzik dinlemeye başlamak istiyordum. Sütbar'daki yavru iyiden iyiye kanımı kaynatmıştı. Uykunun sınır kapısında pasaportumu damgalatmadan önce kendime iyi bir müzik şöleni çekmekti dileğim.

Kapıyı anahtarımla açıp içeri girdim. Odalarda sessizlik egemendi. Anamla babam uykunun derinliklerindeydiler anlaşılan. Anam masanın üzerine yağları donmuş iki pirzola, biraz tereyağı, üç dilim ekmekle bir bardak süt bırakmıştı. Saf, temiz süt. Bıçaksız, kapsülsüz, soğuk, inek suyu. Kardeşlerim, bu temiz süte bakarken nasıl güldüğümü siz düşünün! Gene de masanın başına çöküp her geçen dakika çoğalan midemin gurultularını durdurmak için deliler gibi saldırdım yiyeceklere. Sofrayı silip süpürdükten sonra buzdolabından pasta çıkarıp bıçağa çatala gerek görmeksizin ellerimle yedim. Ağzımı sildim. Dişlerimi fırçaladım; geğirdim. Rahatlamıştım. Gömleğimin düğmelerini çözerek yatak odama girdim. İşte duvara dayalı yatağım. Köşede pırıl pırıl *stereo pikap*'ım. Duvardaki rafları sıra sıra dolduran plaklarım. Rengârenk bayraklar, flamalar, on bir yaşında gittiğim Çocuk Islahevi'nin tatlı anıları. Kardeşlerim, bu bayrakçıkların üstündeki yazılara ne zaman baksam gözlerim yaşarır, o güzel günlerimi hatırlarım. GÜNEY 4; METRO MAVİ BÖLÜK; ALFA'NIN ÇOCUKLARI.

Pikabın küçük hoparlörleri odanın dört bir yanına yerleştirilmişti. Duvardan, köşelerden, tavandan gelen sesler beni sarıp sarmalıyordu. Yatağıma uzanıp gözlerimi tavana dikince orkestranın içinde, bir müzik selinin ortasında yaşamaya başlıyorum. Bu gece ilk kez Amerikalı Geoffrey Plütüs'ün Keman Konçertosu'nu dinleyeceğim. Macon Filarmoni Orkestrası Oddisseus Chorilos yönetiminde çalıyor. Duvardan plağı alıp pikabın üstüne yerleştirdim ve beklemeye koyuldum.

Ve geldi kardeşlerim. Mutluluk, mutluluk ve cennet. Anadan doğma uzandım yatağın üstüne. Gözlerim kapalı, ağzım sessiz mutluluk çığlıkları atıyor, başım kollarımın üstünde, nefis müziğin kucağında tıngır mıngır sallanıyorum. Bir harika bu. Trombonlar yatağımın altından bağırıyor; gümüş rengi alevler çıkıyor trompetlerden, yalıyor ruhumu; kapının yanı başında ziller çalıyor, pembe ketenhelva bulutların üstünde geziniyorum, çıplak ve mutlu. Bütün bu seslerin arasından kemanlar çalmaya başladı. Büyük bir cennetkuşunun kanat çırpışı kadar hafif, bir uzay gemisinin içinde yudumlanan yakut rengi şarap kadar dinlendirici. Yatağımın çevresinde ipekten bir kafes örüyor keman sesi. Flütün özümü dinlendiren, benliğime can katan, kulaklarımın pasını platin nağmelerle gideren sesini duyuyorum şimdi. Öylesine mutluyum ki kardeşlerim. Yan odada yatan anamla babam rahatsız olunca duvara vurmamayı öğrendiler artık. Uyku hapı alıp yatıyorlar. Gece müzik dinlemek benim en büyük zevkim. Şimdi içinde yüzdüğüm mutluluk denizine, esrar alıp bıçaklı süt içerek hiçbir zaman erişemedim. Beyaz zehrin düşlerimde oluşturduğu Koca Tanrı bile beni böylesine özgür kılmamıştı.

Kapalı gözlerimin önünde serseriler, diğer çetelerin üyeleri yatıyor, aman diliyorlar benden. Çizmemin topuğuyla suratlarına basıyor, dişlerini un gibi ufalıyorum. Ve çırılçıplak genç kızlar duvara dayanmış, gözleri dehşetten faltaşı gibi açılmış, saldırılarımı bekliyorlar. Ben de çuvallanıyorum üstlerine. Seviyorum onları. Müzik doruk noktasına erişince ben de işimi bitiriyorum. Bir çiçeğin tohumlarını sağa sola saçması gibi boşalıyorum. Bu mutluluk dudaklarımda sesleniyor; "aaahhhhh" diye inliyorum. Soluk soluğayım. Alnımda boncuk boncuk birikti ter. Müzik yavaşladı, bitiyor, bitti.

Şimdi sıra Mozart'ın *Jüpiter*'inde. Suratları paralanacak yeni serseriler, ellenecek yeni kalçalar, ısırılacak yeni göğüsler beni bekliyor. İkinci kez rahatlığa eriştikten sonra uyku sınırına yaklaştığımı anladım. Beni saltanat arabasına bindirip bu sınır kapısından geçirtecek tek kişi J.S. Bach. *Brandenburg Konçertosu*'nu koydum. Bu kez başka tür mutluluk içindeyim. Dinlendirici. Düşlerimde "YUVAMIZ" tabelası oluştu. Gecenin emeklediği saatlerde görmüştüm o yazıyı. YUVAMIZ yitmeye başladı; bulanıklaştı. Yerini bir başka yazıya bıraktı. OTOMATİK PORTAKAL! J.S. Bach'ı dinlerken bunun anlamını daha da iyi çıkarmaya başladım. Büyük Alman ustanın tüy kaleminden çıkan notalar beni uykuya adım adım yaklaştırırken, keşke o yazar bozuntusuyla karısını lime lime edip doğrasaydım diye düşünüyordum...

4

Ertesi sabah tam sekizde uyandım kardeşlerim. Gözkapaklarımın ardında cam kırıkları, kulağımın derinliklerinde uğuldayan rüzgâr tüneli, dilimde pas, midemde bulantı. Okula gidemezdim. Bir süre daha yatıp hiç olmazsa şu nalet cam kırıklarından kurtulmak istiyordum. Sonra yavaş yavaş kalkar, banyoda şöyle bir yıkanır, ekmek kızartıp kahvaltı eder, tek yanlı haberleri sunan gazeteyi okur, radyo dinler, aylak aylak dolaşırım evin içinde. Öğleden sonra da eğer canım isterse gereksiz bilgilerle kafa şişiren okulumun yolunu tutarım. Babamın homurdana homurdana kapıyı çarpıp gittiğini duydum. Boya fabrikasındaki işine gidiyor. Annem bir süre sonra saygılı bir sesle beni çağırdı. Büyüdüm artık. Eskiden, "Alex" diye bağırır, yanına gelmemi buyururdu. Kaslarım çelikleştikçe anamın sesi yumuşuyor.

— Saat sekiz oğlum. Geç kalacaksın.

— Midem ağrıyor, – diye seslendim. – Beni rahat bırak da biraz uyuyayım. Öğlenden sonra turp gibi olur, okulun yolunu tutarım.

Anamın iç çekişini duydum.

— Kahvaltını fırına koyuyorum oğlum. Benim de gitmem gerek.

Yeni çıkan yasalar hamile kadınlarla çocukların dışında herkesin çalışmasını buyurdu. Bütüncül yönetim iyiden iyiye çöktü başımıza. Anam Devlet Mağazaları'nda çalışıyor. Raflara konserve kutularını dizmek, görevi. Anam gazocağının altındaki fırına bir şeyler koydu, ayaklarını sürüye sürüye kapının yanına gitti. Askıdan paltosunu giydi, içini çekti.

— Gidiyorum oğlum.

Cevap vermeye gerek bile duymadım. Başımı yastığa koyup uyku ülkesine uçtum. Çok garip, ürkütücü, şaşırtıcı bir düş beni bekliyordu. Her nedense arkadaşım Georgie'yi buldum pembe ketenhelva bulutların arasından sıyrılınca.

Düşümde bayağı yaşlanmıştı arkadaşım. Katı, duygusuz bir adam olmuş; sağa sola buyruklar yağdırıyor, karşısındakilerin durmadan kendini selamlamalarını istiyordu. Yönetimindeki çocukların hazırolda beklemelerini, o gelince sol kollarını havaya kaldırıp ona bağlılıklarını tanıtlamalarını buyuruyordu. Ben de kolum havada, onun her dediğini yerine getiriyordum. Kiminin sağ kimininse sol kolu havadaydı. Georgie'nin aslında buna pek aldırdığı yoktu. Önemli olan sağ ya da sol kolun değil, herhangi bir bağlılık tanıtlamasının yapılmasıydı. "Evet efendim", "hayır efendim" diye diye çevresinde fır dönüyorduk. Gözlerim birden omuzlarına ilişti arkadaşımın. Pırıl pırıl yıldızlar vardı. Gümüş yıldızlar. Güvenlik yöneticisi mi olmuştu ne? Elindeki kırbacı çizmesine vurdu, adamlar bizim Aptalof'u getirdiler.

— Bu adamın üstü bok püsür dolu... – dedi Georgie beni göstererek.

Gerçeği söylüyordu.

— Vurmayın, vurmayın kardeşlerim! – diye inler gibi bir ses çıkararak koşmaya başladım.

Georgie elindeki kırbacı saçlarına ak düşmüş, dişlerinin yarısı dökülmüş, koca göbekli Aptalof'un eline tutuşturup ardıma salıverdi. Ben kaçıyordum, kardeşim Aptalof da beni kovalıyordu. Arada bir bana yaklaşınca Aptalof olanca gücüyle rasgele indiriyordu manda derisi kırbacı. Kırbaç ne zaman vücuduma değse kulaklarımda zırzırzırzırzır diye ziller çalıyor. Bu zil sesi de beynimin karıncalanmasına, tüm organlarımın uyuşmasına neden oluyor...

Yatağımdan sıçrayarak uyandım. Yüreğim küt küt küt atıyor. Ön kapının ziline biri dayanmış, zırrrrrr diye çalıyor. Evde kimse yokmuş gibi davranıp ses çıkarmamaya çalıştım. Ne var ki kapıdaki ayı oğlu ayı zile dayanmış bir kez, bırakmak bilmiyor. Birkaç dakika daha bekledim. Zil sesi kesildi. Ne var ki kapıdaki adam bağırmaya başladı.

— Aç kapıyı. Yatakta olduğunu biliyorum...

Sesini tanıdım hemen. P.R. Deltoid'di bu. Suçluyu Topluma Yeniden Kazandırma Uzmanı. Günde otuz saat çalışır, binlerce sayfa kitabın içinde boğulurdu zavallı. "Yeter, yeter, yeter!" diye ciyak ciyak bağırdım bir yerim acımışçasına. Yatağımdan kalkıp üstüme sabahlığımı geçirdim. Sabahlık ki ne güzel sabahlık. Üzerinde büyük kentlerin rengârenk resimleri. Kürklü terliklerimi giyip aynanın karşısında lepiska saçlarımı taradım. P.R. Deltoid'le karşılaşmaya hazırdım. Kapıyı açınca iki yana sallana sallana içeri girdi. Üstü başı perişandı zavallı memurun. Kafasında iki numara küçük, kurdelesi yağlı bir şapka, sırtında üçüncü sınıf lokantanın yağlı yemek listesi gibi bir yağmurluk...

— Alex evladım, annenle konuştuk. Kıçının, başının, bir yerlerinin ağrıdığını söyledi. Okula gitmedin tabii.

— Başım ağrıyor kardeşim efendim, – dedim nazik, beyefendileri imrendirecek bir sesle. – Öğlenden sonra iyileşirim.

— Akşama kadar turp gibi olursun kuşkusuz. Geceleri çok eğleniyorsun değil mi Alex? Otur... Otur.

Sanki kendisi ev sahibi, bense misafiriyim. Babamın yıllanmış koltuğuna bir güzel kurulduktan sonra içini çekti.

— Bir bardak tavşan kanına ne dersiniz? –Anlamadığını görünce hemen ekledim: – Çay yani!

— Zamanımız dar... – Gözkapaklarıyla soru dolu bebeklerini örtüp düşünür gibi yaptı. Sanki saatlerce burada oturup bekleyebilecek, çene çalabilecekti benimle. – Zamanımız çok dar... – diye tekrarlayınca ocağın üstüne çaydanlığı koydum.

— Teşrifiniz beni son derece mutlu kılmıştır efendimiz, – diye söze başladım. – Bana bahşetmek lütfunda bulunduğunuz bu şerefi neye borçluyum acaba?

Böyle konuştun mu sever büyükler insanı!

Cevap vermediğini görünce ekledim:

— Acaba kötü bir söz mü işittiniz hakkımda?

— Kötü söz mü? – diye sordu avını kapana sokmaya hazırlanan avcı kurnazlığıyla. Sonra gözlerini gazetedeki ilana çevirdi. Nefis bir kadın öne eğilmiş, güğümlerini gözler önüne sermiş, Yugoslavya'daki plajların reklamını yapıyordu. Yutkundu. Sanki yarı çıplak yavruyu midesine indiriyordu. – Neden hemen aklına kötü söz geliyor? Yoksa yapmaman gereken bir şeyler mi karıştırdın?

— Hayır efendimiz. Sordum sadece.

— Alex, kendine dikkat etsen iyi olur. Bundan böyle Çocuk Islahevi'ne yollamazlar seni. Demir parmaklıkların ardına tıkılırsın. Tüm çabalarım boşa çıkmış olur. Eğer çıkacaksa canını düşünmüyorsan seni kurtarmak için anası ağlayan beni düşün. Sicilime senin yüzünden kötü bir yazı eklenmesini hiç istemem.

— Yapmamam gereken hiçbir şey yapmadım efendim. Polise sorabilirsiniz kardeşim... Efendim yani!

— Polis molis palavralarına benim karnım tok. Son günlerde polis seni tutuklamadı diye kendini temize çıkaramazsın. Dün gece kavga etmişsiniz, değil mi? Zincirler, bıçaklar konuşmuş. Koca Göbek'in arkadaşını cankurtaranla hastaneye kaldırmışlar. Parçalanmış şurası burası oğlanın. Senden söz etti. Bazı arkadaşlarının da adı geldi bana şu ya da bu ispiyoncu kanalıyla. Hem dün gece bayağı coşmuşsunuz. Başka marifetleriniz de var. Tabii ne tanık var elimizde, ne de anlatım. Alex, bu hasta, ölmek üzere olan toplumda tek arkadaşın, gerçek dostun benim. Seni senden kurtarmak için çaba harcıyorum.

— Çok teşekkür ederim efendim.

— Teşekkür edersin tabii, – dedi tükürürcesine. – Dikkatli ol Alex... – Acı çekiyormuş gibi yüzünü buruşturdu. – Nedir sizi böyle yapan? Sorunlarınızı inceliyoruz, geçmişinizi elden geçiriyoruz... İncelemeler, deneyler, kitap okumaktan, not tutmaktan bozulan gözler. Gene de sıfıra sıfır elde var sıfır. Güzel bir evin, seni seven anan baban. Kafan da çalışıyor; aptal değilsin. Yüreğinde çöreklenip oturan yılanın adı ne?

— Ben suçsuzum efendim. Kimse bir şey tanıtlayamaz. Polislerle alışverişim yok benim.

— Beni de rahatsız eden bu ya... – Gene içini çekti. – Çok uzun zamandır polis senin izine düşmedi. Yakında başına öyle bir bela sarılacak ki... Alex, aklını başına topla. Anlıyor musun?

— Anlamaz mıyım efendim? Sözleriniz çamursuz bir gölün dibinde görünen balıklar kadar akça pakça seçiliyor. Bir yaz gününün bulutsuz masmavi gökyüzü gibi açık. Bana güvenebilirsiniz.

Tatlı tatlı gülümsedim güven tohumları yeşersin, yüreğinin dört bir yanına dal budak salsın diye.

Kapıyı ardından çarpıp gidince ocaktan çaydanlığı indirip kendime dem doldurdum. Üzerine hiç su katmadan buruk çayı mideme indirdim. P.R. Deltoid ve arkadaşlarını üzen bu sorunu düşündükçe neşem artıyor, ağzım yayılmaya başlıyor. Yaptıklarımın kötü olduğunu ben de biliyorum. Adam dövmek, kitap yakmak, karıya kıza saldırmak eninde sonunda başımı belaya sokacak. Yakalanırsam tabii. Küçük kardeşlerim, herkesin başına buyruk olduğu, karanlıkta ölümün, namussuzluğun kol gezdiği bir ülkeyi yönetmek, gerçekten zor iştir. Yakalanırsam üç ay atarlar beni içeri. Salıverildikten sonra, huylu huyundan vazgeçmez deyip gene saldırırsam altı ay tıkarlar deliğe. Ama eninde sonunda P.R. Deltoid'in de söylediği gibi, hayvanat bahçesine, özel bir kafese tıkacaklar kardeşinizi. "Haklısınız" derim yargıca. "Ama efendimiz ben bir hayvan gibi parmaklıkların ardına tıkılıp kalamam." O da bana, "hayvanlık yapan hayvanat bahçesine atılır" deyip sıyrılıverecek işin içinden. O zaman bana ne yapmak düşüyor kardeşlerim? Boynuma ip geçirileceği, sırtıma bıçak saplanacağı, ölümün bembeyaz, nilüfer rengi kolları beni kucaklayacağı ana değin yakalanmamak! Bu "Toplum İçin Yararlı Ol" tekerlemelerini belleyen ve belletenlerin "suç neden işlenir?" sorusunu düşündükçe gülmekten hayalarım ağrıyor.

Neden "iyiliğin kökeni"ni incelemezler, araştırmazlar? Herkesin derdi "kötülük" ya da "iblisliğin kökeni". Eğer serseriler kötülük yapıyorsa bu onların tercih hakkı. Yani adamlar kötülüğü benimsemişler. İyiler de iyiliği... Ben kötülüğü yeğleyenler arasındayım. Yetke hiçbir zaman kötülüğe izin vermez ne yazık ki... İnsan kişiliği Koca Tanrı'nın en büyük eseridir. O bununla övünür. Kişiliksiz yaratıklar kişilik sahiplerini ezmeye uğraşırlar bu dünyada kardeşlerim. Çağdaş tarihimize bir göz atın. Bu makinelere karşı çıkıp onları bozmaya uğraşanlar hep kişilik sahibi, yüce yaratıklardır. Bunları anlatırken son derece ciddiyim kardeşlerim. Ben yaptıklarımdan zevk, mutluluk duyduğum için kötüyüm o kadar.

Bu sırıtkan kış sabahı, masamın başında bunları düşünüp sütlü çay içiyor, kaşık kaşık toz şeker yiyorum. Tatlıyı çok severim. Çayımı bitirip tazeledim çaydanlıktan. Fırını açtım. Zavallı anam yağda yumurta yapmış. Buzdolabından da reçel, peynir, yağ çıkardım; dizdim masanın üstüne. Gazeteyi de açtım. Yerken okumayı severim. Sabah gazetesi hep aynı palavralarla dolu. Ölenler öldürenler, çalanlar çaldıranlar, ezenler ezdirenler. Spor sayfasında da aynı rezalet. Futbolcular tüm ülke halkını korkudan donlarına ettiriyor. Para, para, para. "Pazara değin binlikleri avucuma saymazlarsa top mop yok" diyen diyene. Gazetelerin birinci sayfasında yalnız reklamlar var artık. BEYİN YIKAMAK"! İç sayfalar uzay yolculuklarına, gün geçtikçe çoğalan televizyon eleştirilerine ayrılmış. Cicili bicili kuponlar da boy gösteriyor. "Beş bin kupon biriktirene bedava dünya gezisi", "on bin kupon kes apartman katı kazan". Bizleri iyiden iyiye enayi yerine koyuyor bu zengin patronlar be! Kumaş verenler, hayat sigortaları, paralar, otomobiller derken tüm ülkeyi tatlı düşler içinde uyutacaklar. İç sayfaların birinde, "Günümüz Gençliği" başlıklı bir yazı vardı. Benden söz edildiğini görünce sırıttım elimde olmaksızın. Kel kafalı, gözlüklü, gençliğini çoktan yitirmiş birinin kaleme aldığı yazıyı okumaya koyuldum kardeşlerim. Bir yandan yumurtamı, reçelli ekmeğimi yiyor, öte yandan da gençliğin nereye yöneldiğini okuyordum. Efendim, herkes gençliğe hoşgörüyle bakıyormuş. Ne var ki bu, yanlış bir tutummuş. Analar babalar *Engizisyon*'dan kalma kırbaçlarını, işkence aygıtlarını çıkarıp çoluk çocuklarını falakaya yatırmalıymışlar. Okullara iriyarı, güçlü öğretmenler alınmalıymış ki bir vuruşta yedimizi birden gebertsin. Bu saçmalar midemi bulandırdı. Gene de bizlerden söz edilmesi hoşuma gitti. Her Allahın günü gençlikle ilgili bir sürü yazı çıkar gazetelerde. Devlet Gazetesi'nde okumuştum bundan bir süre önce. Yaşlı bir rahip aşka gelmiş, divitini hokkasına sokup yazmış çizmiş, ŞEYTANDIR BU GENÇLERİ BÖYLE DELİRTEN demişti. Yetişkinlerin savaştığı, bombalar attığı, birbirini kesip doğradığı, acımasızlığın kol gezdiği bir dünyada gençlerin yurtsever, dine bağlı, uslu, terbiyeli olmaları söz konusu değildir. Koca Tanrı'nın adamı olarak sözleri geçerlidir, uygundur. Suç ve sorumluluk yetişkinlerindir. Gençler suçsuzdur. Doğru, doğru, doğru...

Tıka basa dolu suçsuz midemin iteklemesiyle iki kez geğirdim ardı ardına. Dolabı açıp içinden günlük giysilerimi çıkardım. Radyoyu açtım. Oda müziği çalıyordu. Tatlı, dinlendirici keman ve çello sesleri evi doldurdu. Claudius Birdman'ın yönetiminde çok başarılıydılar. Çağdaş Gençlik'le ilgili yazılardan biri daha aklıma gelince az kalsın kahkahalar atmaya başlayacaktım. "Sanat zevki ve anlayışı gençliğe aşılanırsa geleceğe umutla bakabiliriz" demişti yazar. "Sanat müziği, büyük ozanların değerli şiirleri gençliği yavaşlatır, sesini, soluğunu keser. Böylece uygar bir gençlik yaratmış oluruz." Uygarmış! Hastirin lan inekler! Müzik tam tersine beni bıçağın ucu gibi keskin ve kıyıcı yapar. Kendimi Koca Tanrı gibi görür, kızların erkeklerin, büyüklerin küçüklerin köşelere sinip korkularından tir tir titremelerini isterim...

Banyoya girip elimi, yüzümü yıkadıktan sonra giyindim. Gece sırtıma geçirdiğim pırıltılı giysiler değil bunlar. Gündüz, okula giderken giydiklerim. Mavi pantolon, göğsünde büyük bir "A" harfinin bulunduğu beyaz kazak. Ceplerim para dolu. Plakçı dükkânına uğrayacak zamanım var nasıl olsa. Göz koyduğum Beethoven'ın *Dokuzuncu Senfoni*'siyle *Beşinci Senfoni*'si beni bekliyor naylon torbaların içinde. Eş Ham Senfoni Orkestrası L. Muhaiwir yönetiminde çalıyor. Kapıyı ardımdan kapayıp çıktım dışarı kardeşlerim.

Gündüz çok daha başkaydı geceye kıyasla. Karanlık benim, arkadaşlarımın ve çetelerin. Burjuvalar evlerinde, sıcak köşelerinde çaylarını yudumlayıp televizyon izler, konken oynar, yün örer. Aydınlıksa bizlerin sessiz sedasız dolaştığı beyaz bir tuvaldir. Polisler, göğüslerini gere gere yürüyen orta yaşlılar, kocalı karılar, dullar, bekârlar gün ağarınca sokağa üşüşür. Köşede otobüse bindim. Ün Caddesi'nde inip kentin göbeğine yürüdüm. Vazgeçemedikleri paracıklarımla zenginliklerine zenginlik kattığım plakçı dükkânının önüne geldim. Adı mide bulandıracak kadar eskimiş: "MELODİ". Ne var ki yeni plakları getirtmede, müşterilerinin karşısında eğilip dilleriyle yeri süpürmede üstlerine yoktur. Kapıyı açıp içeri girdim. Dondurma yiyen iki ufaklıktan başka müşteri yoktu. Bu ilik donduran kış gününde dondurma yiyecek denli geri zekâlı olan küçükler, tabii ki günümüzün müziğini sergileyen raflara bakıyorlardı. Ateş Parçası, Id Molotof, Karıştırıcılar, Deri Yüzenler gibi, müziğin "me"sinden anlamayan, deli zırvası şeyler çalan toplulukların plaklarını karıştırıyordu iki çocuk. Bu iki velet on yaşında var yoktu. Onlar da benim gibi okulu es geçmişlerdi bu sabah. Sizlere çağımızın olaylarını satırı satırına anlatan bendenizi görünce piçler kıkırdadılar. Sutyenlerine kauçuk sokuşturan, dudaklarını kıpkızıl boyayan bu kızcıklar gün gelecek benim gibileri tavlamak için ne diller dökecek ne gerdanlar kıracaklardır kardeşlerim. Tezgâha yürüyüp sırıtarak dükkân sahibi Andy'yi selamladım. Bu adamcağız sırık gibidir. İncecik, upuzun. Herkese saygılı davranır.

— Ne istediğini biliyorum. Hoş geldin, hoş geldin. İyi haberlerim var. Her iki plak da seni bekliyor.

İki yana sallana sallana cam bölmeyi açıp elini uzattı. Sırığın bu ördek gibi yalpalayarak yürüyüşü orospu adaylarının hoşuna gitmiş olacak ki kıkır kıkır güldüler. Yüreklerinde ısınmaya başlayan şehvet tenceresi bir an önce kaynayıp taşsın isteğiyle onlara, "gel oynaşalım" diyen bakışlarımdan birini fırlattım. Oralı bile olmadılar. Andy renksiz naylon torbanın içindeki plakları havada sallayarak yanıma geldi. *Dokuzuncu*'nun üstünde Ludwig'in boy resmi, *Beşinci*'nin üstündeyse yandan görünüşü vardı.

— Buyur. İstersen buradaki pikapta bir deneyelim?

Ne var ki bu çıldırtıcı müziğin bir tek nağmesini bile dükkândaki küçüklerle paylaşmak istemiyordum. Bir an önce evime dönüp yatak odama kapanmayı düşünüyordum. Elimi cebime daldırıp paracıklarımı avuçlayarak tezgâhın üstüne koydum.

— Arsız oğlan hangi plakları aldın? – diye sordu kauçuk güğümlülerden biri. – Çılgın Gogol mu? Yoksa Sartre Beşlisi mi? Belki de Camus ve Ölüler?

İkisi de güldüler keh keh keh. Aklıma harika bir fikir geldi kardeşlerim. Öylesine şahane bir fikirdi ki bu, on saniye soluk bile alamadım heyecandan. Pırıl pırıl dişlerimi göstere göstere sırıtarak kızcıklara döndüm.

— Evinize dönünce küçük kız kardeşlerim, aldığınız plakları nerede çalacaksınız? Küçük, portatif bir pikabınız mı var? Pille mi çalışıyor?

Altdudaklarını pembe dilleriyle ıslatarak bön bön baktılar bana.

— Gelin birlikte gidelim. Amcanız size neler çalar neler... Meleğin trompetini, şeytanın borazanını dinleteyim sizlere.

Yerlere kadar eğilerek selamladım onları. Kıkırdadılar gene.

— Çok açız biz... – dedi kızcıklardan biri. – Tıka basa doyabilsek ne iyi olur.

— Amcanızla birlikte yiyin. Nereye isterseniz gidelim.

Kendilerini yetişkin gibi göstermek için birbirleriyle yarışırcasına Hilton'dan, Ritz'den, Bristol'den söz etmeye başladılar. Acıdım zavallı maymunlara.

— Gelin benimle, – diyerek köşe başındaki pastaneye götürdüm onları.

Oturduğumuz masayı pastalar, çikolatalar, muhallebilerle donattım. Saldırdılar aç kurtlar gibi. Yediler, tıka basa doyuncaya değin. Midem bulandı onların oburluklarını izlerken. Bense iki peynirli sandviçle bir bardak soğuk süt içtim. Bu iki kadın adayı çok benziyordu birbirine. Kardeş değillerdi ama. Kafaları da kafasızlıkları da aynıydı tıpatıp. Saçları başak rengi boyalı. Bugün aynı saatte ikisi de birdenbire büyüyecekti. Öğlen yemeğinden sonra okula gitmeyecekler ama eğitilecekler. Öğretmenleri de Alex kulunuz. Yavrucukların adları Marty'yle Sonietta'ymış. Genç kızlıkla çocukluk sınırında dimdik duran, törelere, geleneklere karşı koyan iki zavallı.

— Hadi bakalım karnınızı doyurdunuz Marty'yle Sonietta. Şimdi sıra plak dinlemeye geldi.

Buz gibi havaya çıktık. Otobüsle gidemeyeceklerini söyleyerek taksi durağına yürüdüler. Hiç sesimi çıkarmadım. Kuyruğun önündeki siyah damalıya binip arkaya kurulduk. Yaşlı, aksi suratlı şoför bizi tepeden tırnağa süzdükten sonra homurdandı:

— Döşemeyi falan bıçakla yırtayım demeyin ha! Canınıza okurum.

Gülümsemekle yetindim. Herif marşa bastı, yola koyulduk. Aradan on beş dakika geçmemişti ki 18A'nın önüne geldik. Kızlar kıkır kıkır gülüyor, bir şeyler fısıldaşıyorlardı. Merdivenleri onlar önde, ben arkada tırmandık. Bizim dairenin önüne gelinceye değin soluk soluğa kalmışlardı. Susadıklarını söylediler kapıdan içeri girince. Odamdaki küçük dolabı açıp birer bardak viski verdim kızlara. Soda yerine de esrar ufalayıp serptim. Yorganı bir yanda, çarşafı sıyrılmış, yastığı köşeye atılmış yatağımın üstüne oturdular. Çantalarından plakçıdan aldıkları kırk beşlik plakları çıkarıp bana uzattılar. İçim kan ağlaya ağlaya, aşağılık, bayağı plaklara alışmamış pikabımın üstüne koyup düğmesine bastım.

Kızcıklar bir yandan içkilerini yudumluyor, öte yandan da "fıstık gibi", "ah içimi yakıyor" diyerek plaklarda anıranları övüyorlardı. Plaklarını birbiri ardına çaldıktan sonra bardaklarındaki içkileri tazeledim. Kardeşlerim, her bir plak iki kez çalıncaya değin kızcıklar iyiden iyiye yitip gitmişlerdi bu gezegenden. "Gece Gündüz Gece" adlı taşaksız, haremağası kılıklı o biçimin söylediği şarkı son bulurken iki arkadaş çırılçıplak soyunmuşlardı yatağımın üstünde.

O gün benim yatak odamda olup bitenleri anlatmanın gereği yok sayın kardeşlerim. Anadan doğma kızlar ceviz gibi kırılmaya hazırdılar. Gömleğimi çıkarıp koluma, şırıngaya çektiğim düşler suyunu boca ettim. Kahkahalar atarak Alex amcalarını izliyor, zıp zıp zıplıyorlardı yatağın üstünde. *Dokuzuncu*'yu kılıfından çıkarıp pikabın üzerine yerleştirdim. Ludwig de soyunmuştu şimdi. Ruhumun derinliklerinden kopup gelen fırtına tüm benliğimi sardı. Yüreğimin dibinde yatan kaplanlar gerinerek uyandılar. Kızcıkların üzerine saldırdım ve onları kadıncık yapıverdim anında. Neşeleri, mutlulukları uçup gitmişti. Koca Alex'in garip, ürkütücü isteklerine boyun eğdiler bağıra çağıra. Bir yandan *Dokuzuncu*, öte yandan damarlarımda çalgınca dolaşan düşler suyu. Canları acıdı. Ama çok sarhoştular.

Mutluluk, mutluluk, mutluluk diye inleyen orkestra doruğa erişirken de tükenmek üzereydim. Ufaklıklar artık yetişkin hanfendiler gibi göz süzüp, gerdan kırmıyorlardı. Başlarına geleni anlamışlardı. Eve gitmekten, benim hayvanlığımdan, alçaklığımdan söz ediyorlardı. Büyük bir savaş vermiş gibi yara bere içindeydiler. Dudaklarının köşesinden kan sızıyordu. Giysilerini yavaş yavaş sırtlarına geçirirken inliyor, oh, of, ah gibi sesler çıkarıyorlardı. Paltolarını da giyince üzerime atlayıp, kendi pisliğinin içinde boylu boyunca uzanmış Alex kulunuzun göğsünü yumrukladılar. Kırılmış genç fidan Sonietta, "namussuz. Alçak. Irz düşmanı köpek" diyordu. Hiç sesimi çıkarmadım. Plaklarını alıp çantalarına yerleştirdiler. Polis çağırmaktan, beni hayvanat bahçesine kapatmaktan söz ediyorlardı. Kapıyı çarpıp gittiklerinde uyumak üzereydim. Kulaklarımda *Dokuzuncu*'nun mutluluk, mutluluk, mutluluk diye inleyen kemanları beni uykunun kucağına attı...

5

Her şey zincirleme oluşur, gelişir kardeşlerim. Uyandığımda geç kaldığımı anlamıştım. Saat yedi buçuktu. Pikapta *Dokuzuncu* biteli çok olmuştu. Mutluluk, mutluluk sesleri dinmiş, eve sessizlik çökmüştü. Ya anam ya da peder bey düğmeye basıp Ludwig'i susturmuştu. Gözlerimi kırpıştırıp yatağımda doğruldum. Tabak sesleri, mırıl mırıl konuşmalar bizimkilerin eve döndüğünü tanıtlıyordu. Biri gününü fabrikada, diğeriyse mağazada yitirmiş iki yaşlı insan. Zavallı ellinin üstündekiler! Yazık! Yatağımdan kalkıp sırtıma sabahlığımı geçirerek "biricik, hayırlı evlat" tablosunda oturma odasına girdim.

— Hoş geldiniz, hoş geldiniz. Bütün gün dinlendikten sonra kendimi turp gibi hissediyorum. Şimdi sıra sokağa çıkıp ekmek parası kazanmakta.

Anamla babam geceleri iş bulduğumu sanıyorlar.

— Şapır, şapır, şapır. Salyalar akıyor ağzımdan anam. Ben de isterim?

Annem buzluktan elma tatlısını çıkarıp fırında ısıtmıştı. Çok iştah açıcı bir görünüşü vardı. Babam kuşkulu, ürkek gözlerle beni süzüyordu. Ne var ki ağzını açıp tek kelime edemiyordu. Benden korkmaya başladı galiba. Annem yorgun yorgun gülümsedi. Güzel gözlerinde sevecenlik okunuyordu sadece. Banyoya girip elimi yüzümü yıkadım. Odamda üzerimi giyindikten sonra on beş dakika saçlarımı fırçalayıp taradım. Pırıl pırıl, ışıl ışıl çıktım dışarı. Masanın başında oturup elma tatlısını yemeye koyuldum.

— Beni ilgilendirmez oğlum ama geceleri nerede çalışıyorsun? – diye sordu burnunu işlerime sokmaktan zevk alan babam.

— Ben mi? – dedim pişmiş elmayı çiğneyerek. – Sağda solda çalışıyorum. Yardım falan ediyorum. – Pis pis baktım babama. Sen kendi işine bak. Benim işlerime burnunu sokma demeye getiriyordum. – Senden beş para istediğim yok. Giysilerimi, plaklarımı hep kendim alırım. Ne diye soruyorsun çalıştığım yeri?

Babam küçülmüştü karşımda. Başını salladı. Kıpkırmızıydı yanakları.

— Özür dilerim oğlum, – dedi. – Bazen seni düşünürken içim burkulur. Kötü düşler görüyorum. Gülebilirsin istersen ama düşlerde büyük gerçek payı vardır. Dün gece seni gördüm.

— Öyle mi? – İrkildim bayağı. Dün gece ben de garip bir düş görmüştüm, ama ne?

— Seni kanlar içinde sokak köşesinde yatarken gördüm oğlum. Diğer çocuklar seni dövüp kan revan içinde bırakmışlar. O çocukları da tanıyorum. Çocuk Islahevi'ne gitmeden önce arkadaşlık ettiğin kişilerdi.

— Öyle mi? – dedim gene. Yüzüm asık ve ciddiydi. Ne var ki için için gülüyordum. Babam benim namuslu, iyiliksever biri olarak topluma kazandırıldığımı sanıyor ya da bu fikre inanmak için elinden gelen çabayı harcıyordu. Birden aklıma sabah gördüğüm düş geldi. Georgie general giysileri içinde bana buyruklar yağdırıyor, Aptalof'a dövdürtüyordu ya! Düşlerin karşıtları çıkar diye birtakım zırvalar okumuştum yıllar önce.

— Oğlun ve soyunu yaşatacak kişi için sakın üzülme sayın babam. Korkma. Oğlun kendini korumasını bilir.

— Evet ama seni döven çok kişi vardı. Kanlar içindeydin diyorum sana. Ayağa kalkacak gücün yoktu.

Babamın düşündekinin tam karşıtını her gece kardeşlerimle birlikte yapıyoruz. İçin için sırıttım bu kez. Suratımda tek kıl bile oynamadı. Elimi cebime sokup avuçladığım paraları masanın üstüne bıraktım.

— Al baba. Çok değil ama dün gece ancak bu kadar kazanabildim. İstersen anamla birlikte bir köşede iki üç viski yuvarlayabilirsiniz.

— Teşekkür ederim oğlum, – dedi. – Pek dışarı çıkmıyoruz bugünlerde. İstesek de çıkamayız zaten. Gece oldu mu ölüm kol geziyor. Gençlerden yaşlılara aman yok. Gene de bizi düşündüğün için sağ ol. Yarın annene bir şeyler alırım bununla.

Masanın üzerindeki paraları avuçlayıp cebine koydu. Annem mutfakta bir şeyler karıştırdığından bizi duymamıştı. Yanına gidip onu öptüm, sonra babama iyi geceler dileyip evden çıktım.

Merdivenleri inip kapının önüne geldiğimde bizimkileri gördüm. Şaşkınlıktan çenem düştü. İşveren, işçi ve sendikaların el birliğiyle yarattıkları Devlet Evleri'nin kapısının önünde üç serseri kardeşim beni bekliyorlardı. Aptalof elindeki uzun tahta parçasını katrana batırıp duvarlara küfürler yazıyor, "hihahihahiha" diye de gülüyordu. Pete'le Georgie beni görünce ellerini havaya kaldırıp, "hoş geldin" dediler. Aptalof da elindeki işi bırakıp benden yana döndü.

— Geldi, geldi. Yaşasın...

— Merak ettik. – dedi Georgie. – Bıçaklı sütlerimizi yudumlayıp seni bekliyorduk. Belki de genç serseriler yakalayıp dövmüşlerdir diye düşündük. Koştuk geldik. Değil mi Pete?

— Öyle.

— Özür dilerim, – dedim, içimde kıpır kıpır etmeye başlayan kuşkuyu belirtmeksizin. – Başım ağrıyordu da uyudum.

Verdiğim buyrukları yerine getirmediler, uyandırmadılar zamanında. Neyse bir arada olduğumuza göre mesele yok. Hadi kardeşlerim, gecenin bizleri bekleyen kollarına atılalım.

— Başının ağrıdığına üzüldüm, - dedi Georgie. - Çok kullanıyorsun aklını bugünlerde. Beynin dayanamamıştır. Buyrukları yağdırıyorsun, sıkıdüzen öneriyorsun... İnsanı yorar bunlar. İstersen merdivenlerden tıpış tıpış çık, yatağına gir, uyu.

Kardeşlerim bana bakıp tatlı tatlı sırıttılar. Benim bildiğim bir güldürüyü paylaşıyorlardı aralarında.

— Her şeyi açık açık konuşmakta yarar var kardeşlerim. Bu iğneli sözlerle beni yaralamaya çalışıyorsunuz. Size hiç yakışmıyor bu kardeşlerim. Belki de arkamdan konuşuyor, beni tefe koyuyorsunuz. Sizin hem arkadaşınız hem de öncünüzüm. Aklınızdan geçenleri bilmek hakkım. Aptalof sen ne diye pişmiş kelle gibi sırıtıyorsun?

— Aptalof'la eğlenmek yok! – dedi Georgie sert bir sesle. – Yeni yöntemlerin başında bu geliyor.

— Yeni yöntemler de nesi? Ben mışıl mışıl uyurken sizler bir haltlar karıştırmışsınız anlaşılan. Duyalım bakalım.

Merdivenlerin üçüncü basamağına çıkıp sırtımı duvara vererek kapı eşiğinde toplanan üçlüye baktım.

— Bize kızma Alex, – dedi Pete. – Demokratik bir düzen sağlamak istiyoruz çetede. Senin astığın astık kestiğin kestik. Özgürlük istiyoruz anlayacağın. Ama bize sakın kızma.

— Kızıp kızmaması önemli değil, – dedi Georgie. – Fikirler önemli, fikirler. Aklından geçenleri söyle Alex kardeşimiz. Dinleyelim... – Gözlerini benimkilere dikip devam etti. – Dün akşamki gibi şunu bunu dövmek, karıya kıza saldırmak artık bize yakışmıyor. Büyüdük.

— Devam et! – dedim yerimden kıpırdamaksızın. – Anlat.

— Pekâlâ. Bütün yaptığımız küçük dükkânlara girip kasalarını soymak. Elimize topu topu üç beş kuruş geçiyor. O da ne bize yetiyor ne de evdekilere. Halterciler Kahvesi'nde

İngiliz Will diye biri var. Ne çalarsak kendisine getirmemizi söyledi. Satın alacakmış.

— Demek İngiliz Will'le konuşuyorsun ha! – dedim gülümseyerek. – Kim söyledi onunla git çene çal diye?

— Ben özgür bir insanım. Dilediğimle dilediğim yerde oturur konuşurum. Geçenlerde kahveye uğramıştım. Oturduk gevezelik ettik.

Bu anlattıkları beni iyiden iyiye kuşkulandırmıştı.

— Bu "büyük paraları" alınca ne yapacaksın ha? İstediğin her şeyi zaten çalmıyor musun? Araba desen dilediğini al. Para dedin mi dükkânlardan her gece zaten haraç topluyoruz. Kapitalist olacağım diye bar bar bağırmanın anlamı ne?

— Ah, ahhh! – dedi Georgie gülerek. – Bazen tam bir çocuk gibi konuşuyorsun.

Bunu duyan Aptalof anırdı gene "hihahihahihahiha" diye.

— Bu gece çocukların değil büyüklerin becerebilecekleri bir iş çevireceğiz.

Gördüğüm düş gerçekleşiyordu. Georgie general, Aptalof da, elinde kırbacıyla cellat. Kılımı kıpırdatmadan, yüzümde donmuş gibi duran gülücüğü bozmadan sordum.

— Ne yapacağız?

— Şimdi değil. İlk önce gidip bıçaklı sütlerimize yumulalım. Aklımızı bileytaşına yatıralım. Sonra konuşuruz.

— Aklımdan geçenleri dile getirdin kardeşim, – dedim. – Sevgili Korova Sütbarı'na gidelim. Buyur Georgie, sen önden.

Yerlere kadar eğilip elimle kapıyı gösterdim. Aklım fazla mesai yapıyor, beynimin tüm motorları gırgırgır çalışıyordu. Bir şeyler yapıp dizginleri elime yeniden almalıydım. Sokağa çıktığımızda Koca Tanrı'nın yanımda olduğunu anladım. Köşede duran arabanın radyosundan Ludwig'in keman konçertosu kulağıma geldi. Ne yapmam gerektiğine anında karar verdim. Esin perisi, Ludwig'in yardımıyla kulağıma fısıldadı. Sesimi kalınlaştırarak Georgie'ye bağırdım:

— Hadi bakalım kardeşim. Gücü, gücü yetene!

Bıçağımı çıkarıp düğmesine bastım. Yılan dili gibi fırladı dışarı ucu. Bir an şaşkın şaşkın elimde parlayan bıçağa baktıktan sonra, o da damar kesicisini fora etti. Aptalof, "durun, durun" gibi bir şeyler zırvaladı ilk önce. Sonra da bileğine doladığı zinciri havada savurarak bana doğru yürüdü. Ne var ki Pete kolunu tuttu.

— Bırak Aptalof. Diledikleri gibi dövüşsünler.

Böylece Georgie'yle boynu bükük kulunuz kavgaya tutuştular. Çevresinde, ayak parmaklarımın ucuna basarak dans ettim bir süre Georgie'nin. Açık vermesini bekliyordum. Georgie vücudunu öne vererek bıçağıyla havayı yarıyordu. Yanımızdan geçen diğer çete üyeleri umursamaz gözlerle bizi şöyle bir süzüyor, sonra da yollarına devam ediyorlardı. Olağan gece görüntüleriydi bunlar. Sağa iki adım atıp birden vücut çalımıyla yanına yaklaştım Georgi'nin ve kes kes kes görevini yerine getirdi bıçağım. Georgi'nin bıçak tutan eli kan içinde kaldı birden. Buz tutmuş kaldırımın üstüne düştü bıçağı. Parmaklarından akan kanlara aptal aptal bakıyordu şimdi. Gücü gitmiş, yerini korkuya bırakmıştı.

— Şimdi, – dedim Aptalof'a dönerek, – şimdi kozumuzu paylaşalım geri zekâlı kardeşim benim.

Aptalof o ana değin yerinden kıpırdamamıştı, Pete'in eli hâlâ kolundaydı. Silkinip kurtulduktan sonra zinciriyle havada daireler çizerek bana yaklaştı. Bu zincire karşı korunmak için yapılacak tek şey vardır kardeşlerim. O da kurbağa gibi zıplamak. Yere çömelip gene ayak parmaklarımın ucunda öne verdim kendimi; kamburumu çıkarttım ve zıp zıp zıplamaya koyuldum. Zavallı Aptalof bunu görünce şaşırdı. Yüz yüze kavga etmeye alışık olduğundan durakladı, boş gözlerini kurbağa kardeşine dikti. Zinciri kaldırıp sırtıma indirdi. Kardeşlerim, beynimde şimşekler çaktı sandım. Ama kendimi yitirmeksizin bıçağımı bacağına sapladım. "Haşır" diye bir ses çıkararak pantolonunun kumaşını kesip ete daldı.

Kan oluk oluk akmaya başladı. Aptalof, "of of of of" diye yaralı bir hayvan gibi inledi. Hemen doğruldum ve bıçağımı Aptalof'un bileğine soktum. Küçük bir çocuk gibi haykırdı ince ince. Yılan zincir yere düştü. Bileğinden akan kanları diliyle yaladı, emmeye koyuldu kırmızı damar suyunu. Ne var ki ememeyeceği kadar çok akıyordu kan. Fokur fokur.

— Ağzınızın payını aldınız değil mi kardeşlerim? Sen ne diyorsun Pete?

— Ben hiçbir şey demiyorum. Tek sözcük çıkmadı ağzımdan. Zavallı Aptalof çok kan kaybediyor. Ölecek.

— Daha iki kilo kaybetse bir şey olmaz ona. İnsan dediğin bir kez ölür. Aptalof doğmadan ölmüş zaten. Kan durur birazdan.

Ana kablolardan birini kesmemiştim. Küçük tellerdi doğradıklarım. Cebimden temiz bir mendil çıkarıp Aptalof'un bileğine sardım. Bir yandan ağlıyor, öte yandan da inim inim inliyordu. Salya sümük pezevenk, kanının akmadığını görünce bir sevindi bir sevindi ki sormayın kardeşlerim. Artık kimin çoban, kimin de koyun olduğunu iyiden iyiye öğrenmişlerdi.

Bizim yaralı askerlerin gönlünü almak için New York Dükü'ne uzanıp birer konyak ısmarlamak yetti. Babama verdiklerimin dışında kalan son birkaç kuruşu da üç kardeşim için harcadım böylece. Dün gece öteberi aldığımız yaşlı karılar gene köşedeki masalarında oturuyorlardı.

— Teşekkür ederiz çocuklar. Allah sizlerden razı olsun... – gibi eski tekerlemeleri birbiri ardına diziverdiler bizi görünce.

— Ne istiyorsunuz söyleyin kızlar? – dedi Pete.

Siyah, bol köpüklü biralar önlerine diziliverdi hemen. Pete'in cepleri doluydu anlaşılan.

— Allah razı olsun evlatlar. Sizleri analarınıza babalarınıza bağışlasın.

— Başladığımız yere geldik değil mi? – diyerek Georgie'ye döndüm. – Olayları ikimiz de unutsak iyi olur.

— Peki, – dedi Georgie, ama Aptalof donuk gözlerle benden yana kaçamak bakışlar fırlatmaktan geri kalmıyordu.

— O herifi gebertirdim. Keşke arkadaş bildiğim biri yolumu kesmeseydi... – gibi laflar etti Aptalof. Sanki benden değil, bir başkasından söz ediyordu dürzü.

— Anlat bakalım Georgie, – dedim. – Neler yapmayı tasarlıyordun?

— Bu gece olmaz.

— Sen de bizler gibi güçlü kuvvetli bir arkadaşsın Georgie. Küçük çocuk değiliz. Söyle bakalım; anlat derdini.

— Dünyayı zindan ederdim ona. Ah keşke beni tutmasalardı... – diye konuşuyordu Aptalof, çekildiği köşeden.

Yaşlı karılar da, "Teşekkürler, sağ olun, sağ olun" diye mırıl mırıl, fısır fısır söyleniyorlardı, bira yudumlamaktan fırsat buldukça.

— Bir ev var, – dedi Georgie. – Kapının önünde iki büyük lamba var. Adı da var evin.

— Neydi adı?

— Şato, Köşk gibi eskilerden kalma bir ad. Yaşlı bir karı oturuyor. Kedileri falan var. Tonla da mücevher.

— Başka?

— Başka, gümüş, altın. İngiliz Will anlattı.

— Anlıyorum. Hem de çok iyi. Kentin eski kesiminde. Zaferler Mahallesi'nde. Aferin Georgie. İyi bir öncü her zaman buyruğunda çalışanları yüceltmeli, onlara alkış tutmalıdır. Bu fikrini çok beğendim. Hadi yola düşelim.

Biz kapıdan çıkarken haminneler arkamızdan seslendi:

— Biz kimseye söylemeyiz aslanlar. Dikkatli olun. Yanımızdan bir dakika bile ayrılmadınız.

— Aferin kızlar, aferin. On dakikaya kalmaz yanınızdayız.

Böylece kısılacağım kapana doğru ben önde, üç arkadaşım ardımda, kapıdan çıktık...

6

New York Dükü'nden çıkıp sağa dönünce dizi dizi ofis binaları, yıpranmış, sıvaları dökülmüş bir kütüphaneyle eski zenginlerin oturdukları Zaferler Mahallesi vardır. Yıllar önce bizlerden birinin kazandığı zaferler üzerine bu ad verilmiş mahalleye. Birkaç adım daha yürünürse kentin eski kesimine varılır. Bu eski püskü yapılarda emekli albaylar, yaşlı dullar, kedi köpek besleyen, hayatlarında bir erkeğin ağırlığını üzerlerinde duymamış, evde kalmış kızlar oturur. Genellikle yoksuldur bunlar. Gene de aralarında antika eşyalar, mücevherler, tomar tomar paralar biriktiren üç beş kişiye rastlanır. Neyse yavaş yavaş yürüyerek, ön kapısında "KÖŞK" yazan sarı, tek katlı yapının önüne geldik. Sağ taraftaki pencerelerin birinden ışık sızıyordu. Kaldırımdaki ağaçların gölgesine sığınarak eve baktık bir süre. Sonra da bahçe kapısından birer birer süzülüp ışık yanan pencerenin dibine vardık. Demir parmaklıklar camı koruyordu. İçeriye bakmak için parmaklarımın üstünde yükseldim.

Yaşlı bir kadın elindeki süt şişesinden kurşun rengi çanaklara meme suyunu döküyordu beyaz beyaz. Miyav miyav sesleri arasında tüylü tüylü kediler ha bire dil atıyordu kadının ayaklarına. Açtılar besbelli. Kocaman iki kedi masanın üzerine sıçrayıp gerinerek esnediler. Yaşlı kadın onlarla konuşuyor, kiminin sırtını kaşıyor, kimininse ağzını siliyordu bir elbeziyle. Odanın duvarlarında yaldızlı çerçeveler içinde yağlıboya tablolar, masaların üstünde vazolar, antika saatler vardı.

— Bunlar için çok para alırız kardeşlerim, – diye fısıldadı kulağımın dibinde Georgie. – İngiliz Will avuç dolusu altın sayar.

— Nasıl gireceğiz içeri? – diye sordu Pete.

Georgie cevap vermeden benim bir yol bulmam gerekiyordu.

— Önce gidip zili çalacağız. Ben gidip arkadaşlarımdan birinin sokakta bayıldığını söyleyeceğim. Georgie de inler gibi sesler çıkarır. Su ya da ilaç isteriz. Kapıyı aralayınca da dalarız içeri.

— Ya kapıyı aralamazsa? – diye sordu Georgie.

— Deneyelim bir kez.

Omuzlarını silkmekle yetindi küçük kardeşim Georgie.

Pete'le Aptalof'a dönüp, kapının iki yanına siper almalarını söyledim. Başlarını salladılar. Kararlı adımlarla kapıya yürüdüm. Zile bastım. Zırrrrrrr! Zırrrrrrr! Ses yok içeriden.

— Yardımınızı dilemeye geldim hanımefendi. Arkadaşım sokakta düştü bayıldı. İzin verirseniz doktora telefon edeceğim.

Holde bir ışık yandı. Yaşlı teyzenin terlik seslerini duydum. Nedense iki kolunun altında o şişman kedileri tuttuğunu düşündüm birden. Bilinçaltı iki adım geriledim.

— Defol kapımdan. Yoksa ateş ederim, – dedi şaşılacak kadar kalın, erkeğimsi bir sesle.

Georgie bu sesi duyunca kıkır kıkır güldü. Ne var ki ben en acıklı, en yalvaran sesimle konuştum:

— Lütfen sayın hanımefendi, bize yardım edin. Arkadaşım çok hasta.

— Defol dedim sana. Palavralarınıza karnım tok. Kapıyı açtırıp istemediğim şeyleri satacaksınız, değil mi? Gidin, gidin diyorum size.

Saftı kadıncağız, çok saf. Bizi satıcı sanmıştı.

— Ya giderseniz ya da kedilerimi üzerinize salarım.

Kafadan biraz kontaktı anlaşılan. Zaten varını yoğunu bu küçük, tüylü yaratıklara harcamasından belliydi. Başımı kaldırıp kapının hemen üstündeki pencereye baktım. Buradan kolaylıkla içeriye girilebilirdi. Başka türlü de içeri girme olanağı kalmamış gibiydi.

— Pekâlâ hanımefendi. Eğer bize yardım etmeyecekseniz zavallı arkadaşımı başka bir yere götürmek zorunda kalacağım... – Arkadaşlarıma göz kırpıp hiç ses çıkarmadan kapının yanından ayrılmalarını belirttim. – Zavallı dostum, bizi buradan kovuyorlar. Sokaklar serserilerle dolup taşarken, bizi içeriye buyur etmeyen yaşlı bir hanımefendiyi de kınamamamız gerek.

Aptalof'un yanına gidip kulağına fısıldadım:

— Kapının yanında dur. Ben senin omuzuna tırmanıp pencereden içeri girmeye çalışacağım. Kadını bayıltır, sonra da kapıyı sizlere açarım kardeşlerim. Tereyağından kıl çeker gibi beceririz bu işi de...

Aptalof'tan sonra diğer kardeşlerime de aynı şeyleri söyledim. Böylelikle kimin çoban, kimlerin de koyun olduğunu bir kez daha tanıtlamıştım. Kapının tokmağına, oradan da Aptalof'un omzuna basıp yükseldim. Televizyon, sokakları dolduran it uğursuz takımı ve polis yetersizliği nedeniyle kimse dışarıya çıkmadığından çevre bomboştu. Aptalof'un omuzlarına iyice basıp ellerimle tutunacak bir yer buldum. Dizlerimi sürüyerek kol gücümle yukarı tırmandım. Pencere kapalıydı. Hemen bıçağımı çıkardım, kemik sapıyla cama vurup kırdım. Aşağıda bekleşen kardeşlerim soluklarını tutmuşlardı. Elimi camdan içeri sokup mandalı kaldırdım. İçeriye bir hayalet gibi süzüldüm. Karanlıktı. Denkler, sandıklar, döşekler, eski püskü eşyalar vardı. Yavaş yavaş, duvarları yoklaya yoklaya kapıya vardım. Kapının altından ışık sızıyordu. Gıcıııırrrr dedi kapı açılırken; tozlu bir koridora girdim. Kapılar vardı sağımda solumda, ileride. Ne yazık kardeşlerim, ne yazık. Kocakarı bu saray gibi evde kedileriyle yaşıyor. Belki kediler ayrı ayrı odalarda yatıyor, balık, süt gibi senin, benim, onun bulamadığı nimetlerden yararlanıyor. Yaşlı kadının fısır fısır konuşmaları kulağıma geliyordu. Dışarıdan tek katlı görünen evin asmakatındaydım demek. Koridorun sonunda aşağıya doğru yılan gibi kıvrılan merdivenleri gördüm.

— Yiyin bebeklerim, afiyet olsun, bal olsun, yarasın.

— Miyavvvvv, miyavvvvv...

Birden aklımdaki ampul yanıverdi. Arkadaşlarıma bir kez daha tanıtlayacaktım kimin çoban olduğunu. Aşağı inip şu karıyı sosis gibi bağladıktan sonra yükte hafif pahada ağır ne var ne yok toplayayım, elimi kolumu sallaya sallaya kardeşlerimin önüne dikileyim! Öncülüğün, yönetimin ne demek olduğunu görsünler, öğrensinler.

Yavaş yavaş, gürültü etmeden merdivenlerden aşağı indim. Duvarlar eski zaman tablolarıyla süslüydü. Uzun saçlı, dantel yakalı adamlar; atlar, ağaçlar; sakallı bir adam çarmıha gerilmiş...

Her yer leş gibi kedi ve balık kokuyordu. Toz içinde merdivenler, resimler; örümcek ağları sarkıyor. Kedilere süt verilen odadan ışık sızıyordu. Alt kattaki koridorda iriyarı tüylüler gerine gerine yürüyordu. Kuyruklarını sallıyorlar, açık kapıların kenarlarına sırtlarını sürtüyorlardı. Yarı karanlık koridorda büyükçe bir sandığın üzerinde duran heykel dikkatimi çekti. Bunu kendime saklayacağım. Gümüşten yapıldığı belliydi heykelin. Genç, zayıf, uzun boylu, iri güğümlü bir kız. Ayak parmaklarımın ucuna basa basa gümüş heykelin yanına gittim; elime aldım. Kapıyı iterek odaya girdim.

— Merhabalar efendim. Yüz yüze geldik. Ne mutluluk, ne mutluluk. Kapı ardından konuşmanın doyurucu hiçbir yanı yok. Pis kokulu moruk nasılsın?

Odanın içi kedi doluydu. Gözlerime vuran ışık ilk anda beni körleştirdi ama yavaş yavaş alıştım. Havada kedi tüyleri uçuşuyor, halı kedi bokundan, sidiğinden geçilmiyordu. Kedilerin her biri ayrı renk, ayrı türdü. Şişmanlar, zayıflar, siyah, beyaz, kahverengi, kızıl. Kimi dişsiz yaşlı, kimi genç, kimi de daha yavru. Uysallar, mırnav mırnav deyip dolaşanlar, tıslayarak, tüylerini kabartarak saldırmak isteyenler. Bütün bu tüylü yaratıkların sahibesi yaşlı kadın bana sert sert baktı.

— Nasıl girdin içeri? Yaklaşma diyorum sana. Yoksa kafanı kırarım.

Kahkahalarla güldüm bu söz üzerine. Damarları dışarı fırlamış sağ pençesinde bir baston tutuyordu. Havaya kaldırıp salladı. Yavaş yavaş, gözlerimi elindeki beyin dağıtandan ayırmaksızın yaklaştım. Başımın yanındaki duvara raptedilmiş bir rafın üzerindeki büst birden gözüme iliști. Benim gibi müzik hayranı birinin bunu görüp de ağzının suyunun akmaması olanaksızdı. Ludwig'in büstü! Taştan yontulmuş. Uzun, omuzlarına değin uzanan saçları bile taştan.

— Ne kadar güzel, – dedim elimde olmaksızın. – Benim mi bu?

Öylesine aptallaşmıştım ki kardeşlerim, yerdeki süt çanaklarını, kaygan kedi pisliklerini unuttum bir an. Ayağım kaydı.

— Aman! – dememe kalmadan yaşlı karı kendinden hayat boyu ummayacağım bir çeviklikle yanımda bitiverdi ve elindeki bastonu sırtıma indirdi. Dizlerimin üstüne çöküverdim "offf"layarak. Doğrulmaya çalıştım ama karının beni bırakacağı yoktu. "Güm pat güm pat güm patapat pat" vurdu elindeki bastonu omzuma, kafama, sırtıma.

— Yapma, teyze, ayıp, ayıp ayıp... – dedim.

— Seni gibi tahtakurusu kılıklı serseri. Leş kargası, köpek! Sana gösteririm ben insanların evine izinsiz girmeyi.

Bu "güm pat"lardan bayağı bıkmıştım. Bastonunun ucunu can havliyle tutup çektim. Dengesini kaybetti kocakarı, masaya tutunayım dedi beceremedi. Masa örtüsü elinde kaldı. Süt şişesi, üst üste konmuş çanaklar, kristal vazo şangır şungur, şangır şungur aşağı indi. Beyaz inek sütü dört bir yana sıçradı, kadın da sütlerin ortasına yığılıverdi.

— Allah seni kahretsin piç kurusu.

Kediler de bu gürültüden ürkmüşlerdi. Bağırmaya, sağa sola sıçramaya başladılar. Hırlayanlar, birbirlerine pençe atanlar, yere dökülen sütü dilleyenler... İki yana sallanarak ayağa kalktım. Kocakarı sehpalardan birine tutunmuş kalkmaya çabalıyordu. Nefis bir sağ vole çıkardım kaburgalarına.

— Uhhhhhh!! – diyerek yıkıldı yere.

Suratı mosmor kesiliverdi. Bir adım geriye attım. Kedilerden tekinin kuyruğuna basmış olacağım ki ayak bileğime tırnaklarını geçirdi tüylü nalet. Bacağımı havaya kaldırıp olanca gücümle salladım. "Miyavvvvvvvv" diyerek havada uçtu; pat dedi duvara çarptı. Bu kez yeni bir kedi gelip hem tırnaklarını hem de dişlerini baldırıma geçirdi. Gene ayağımı salladım. Bu hayvan öbüründen daha güçlüydü. Kıpırdatamadım. Omzum sızlıyor, sırtım ağrıyor, alnımdan da ince ince kan sızıyordu. Sağ elimde gümüş heykel, bacağımda kedi, küfür ede ede yerde yatan kadının üzerinden atladım. Bir an önce Ludwig'in büstünü almak istiyordum. Bir adım, iki adım derken gene süt çanaklarından birine bastım. Ayağım kaydı. Havalandım. Aslında bu anlattıklarım bendenizden başka birinin başına gelseydi güldürü niyetine kabullenebilirdim. Neyse, dengemi yeniden sağlamıştım ki can çekiştiğini umduğum kocakarı uzanıp ayak bileğime yapıştı, çekti. Ve bu kez ne denge kaldı ne bir şey. İyiden iyiye havalandım. Ayağım sehpaya çarptı. Vazolar, kül tablaları yere düştü. Sırtüstü uzandım. Kocakarı hemen üzerime çullandı. Yumruklamaya başladı şuramı, buramı, oramı.

— Dövün, gebertin, öldürün. Tırnaklarını sökün! – diye de cızırtılı bir sesle bağırıyordu kedilerine. Sanki karının dediklerini anlamış gibi tüylülerden birkaçı üzerime çıkıp beni tırnaklamaya başladılar. Sinirimden kuduracaktım neredeyse. Onca gücümle kedilere vurdum.

— Kurbağa suratlı piç, vurma yavrularıma! – diyerek tırnaklarını yanağıma geçirip deriyi yırttı kocakarı.

— Koca Tanrı canını alsın pis karı! diyerek elimdeki gümüş heykelle, baştan beri yapmak istemediğimi yapıp kafasına vurdum. Sesi soluğu anında kesiliverdi.

Yavaşça ayağa kalktım. Hırlayan, mırnavlayan bir kedi selinin ortasındaydım. Üstümü başımı düzelttim. Birden ne duyayım? Polis sirenleri. Manyak kocakarı, tuh, Koca Tanrı kahretsin. Aşağıdaki kedilerle oynaşırken bir ara zaman bulup polis kardeşlerimizi aramıştı anlaşılan. Kapıdaki konuşmamızdan kuşkulanmış olacak. Hemen ön kapıya koştum. Zinciri, sürgüyü açıp anahtarı çevirdim. Fırladım dışarı. Kapıda bir tek Aptalof vardı. Diğer "kardeşler"im çoktan toz olmuşlardı.

— Hadi Aptalof. Gidelim, polisler tepemize binecek neredeyse, – dedim.

— Sen burada oturup onları beklesen iyi olur. Hihahihahihahiha!

Bileğine sardığı zinciri açıp üzerime saldırdı. Havada çevirdi bir iki kez, sonra gözlerime indirdi. Tısss etti zincir ve ışıklar söndü birden.

Acıyla inleyerek dizlerimin üzerine çöktüm.

— Bana yaptıklarını unutacağımı mı sandın eski kardeş? Bana kötülük edenlerin tümü eninde sonunda cezasını görür.

Çizmelerinin çıkardığı pat pat pat seslerinden yanımdan uzaklaşıp, koşarak gittiğini anladım. Gözlerimi aralayabildiğimde Aptalof yoktu, ama polis arabası kapının önüne gelmişti. Ayağa kalkıp evin içine girdim. Ellerimle duvarları yoklayarak koridorda yürüdüm. Güm vurdum kafamı duvara, pat dizimi kapıya. Polislerin ayak seslerini duydum ardımda. Hemen kolumu kıvırıp belimi büktüler... Kedilerin odasından bir polis sesi duydum.

— Soluk alıyor kadıncağız. Ölmemiş.

— Bak sen! – dedi genç sesli bir güvenlik kuvveti. – Küçük Alex'i yakalamışız da haberimiz yokmuş!

— Kör oldum. Koca Tanrı belanızı versin. Gün gelecek tümünüzün karnını deşeceğim.

— Böyle konuşma. Küfür sana hiç yakışmıyor.

Parmaklarının ikisi yüzüklü bir el şakladı suratımda.

— Koca Tanrı canınızı alsın. Neden yalnız beni tutukluyorsunuz? Nerede benim ahlaksız kardeşlerim? Bu işleri başıma saran alçaklar hangi cehenneme girdi? O namussuzlardan biri gözlerimi kör etti elindeki zincirle. Benim suçum yok. Enseme tabancalarını dayayıp evin içine soktular. Kaçmadan yakalayın onları. Aptallar, sersemler. Koca Tanrı topunuzu kendine kurban etsin. Derinizi yüzeceğim.

Nasırlaşmış ruhlarının derinliğinden kopup gelen kahkahalarla güldüler. Tekme tokat dışarıya çıkarıp merdivenlerden aşağı ite kaka indirdiler, arabalarının arkasına soktular. Ben durmadan kardeşlerimden söz ediyor, onların bir an önce yakalanması gerektiğini söylüyordum. Ne var ki üç namussuz şimdiye dek çoktan New York Dükü'ne varmışlardır. Yaşlı kadınlara bira, viski ısmarlıyor, onları yiyeceğe boğuyorlardır. Kocakarılar da, "Koca Tanrı sizi korusun. Tuttuğunuz altın olsun. Siz hiç yanımızdan ayrılmadınız bu gece. Hep bu masada oturdunuz" diyorlardır.

Karakola doğru kulak tırmalayan siren sesleri arasında gidiyorduk. Arka koltukta, iki polisin ortasında sıkışmış kuzu kuzu oturuyordum. Arada bir aynasızlar dirsekleriyle kaburgalarıma vuruyor, koca ayaklarıyla dizlerimi, ayak bileklerimi dövüyorlardı. Yanağımdan aşağı süzülen yaşları elimin tersiyle silip, gözlerimi açtım zar zor. Bulutlu, pusluydu çevrem. Renkler birbirine karışıyor, boyutlar değişiyor, çevremdeki her şey bir uzayıp bir kısalıyordu. Ah Aptalof ah, alacağın olsun. Gözlerimi yavaş yavaş kırpıştırıp arabanın içindekilere baktım, kalın enseli bir memur, onun yanında da zayıf, kısa saçlı şoför önde oturuyordu. Yanımdakiler gençti, tüysüz.

— Alex yavrucuğum, birlikte çok hoş bir gece geçireceğiz, değil mi? – diye sordu öndeki kalın enseli.

— Adımı nereden öğrendin alçak köpek? Koca Tanrı senin canını cehenneme tez elden yollar.

Bu sözüm üzerine keh keh keh güldüler. Yanımdaki genç oğlan çocuğu kolumu kıvırıp, enseme bir şaplak indirdi. Kalın enseli domuz yavrusuysa gülmesi durunca, "Herkes tanır Alex çetesini. Ünün dört bir yana dağıldı küçüğüm" dedi tıslar gibi bir sesle.

— Georgie, Pete ve Aptalof'tur benim başımı belaya sokan. Ben suçsuzum.

— Önünde koskoca bir gece var küçüğüm. Sevgili arkadaşlarınla birlikte yediğin haltları bize birer birer anlatırsın. Biz de o kötü çocukları alır senin yanına tıkarız. Zavallı, suçsuz Alex!

Yanımızdan beyaz bir cankurtaran geçti vınnnn diye. Düdüğü geceyi yırta yırta uzaklaştı.

— Bu cankurtaran dayaktan öldürdüğün zavallı kadıncağızı almaya gidiyor. Kötü yürekli Alex, piç kurusu.

— O namussuzlar yaptı bunu, – dedim yanan gözlerimi kırpıştırarak. – New York Dükü'nde kafa çekiyor, halime gülüyorlardır şimdi. Gidin onları yakalayın pezevenkler.

Bunun üzerine polisler küt pat küt pat vurdular sağıma soluma, ağzıma burnuma. Kan sızmaya başladı yarılan dudağımın kenarından. Karakolun önüne gelince tekme tokat indirdiler beni. Bu namussuzlardan canımı kurtarabileceğime inancımı çoktan yitirmiş olarak karakolun merdivenlerinden çıktım oflaya poflaya. Belime bir tekme vurup ayaklarımı yerden kestiler. Yüzükoyun uzandım taşların üstüne... Elime bastı heriflerden biri. İnledim. Güldüler. Ağladım. Kahkahalar attılar. Sonsuz bir gece başlıyordu. Koca Tanrı belalarını versin...

7

Duvarları bembeyaz badanalı, pırıl pırıl bir ofise ite kaka soktular beni. İlaç, badana ve kenef kokuyordu. Ofisin yanındaki hücrelerden küfürler, şarkılar, kahkahalar, ağlama, inleme sesleri kulağıma değin geliyordu. Ayyaş sesli tutuklulardan biri bağıra çağıra şarkı söylüyordu:

Gün gelecek sana döneceğim sevgilim, aşkım,
Ama sen çoktan beni bırakmış gitmiş olacaksın...

Polislerin, "susun ulan, kesin sesinizi" diye bağrıştıklarını duydum birden. Küt pat sesleri, inlemeler offfff'lamalar. Benimle birlikte bu küçük ofiste dört polis vardı. Masanın üzerindeki çaydanlıktan bardaklarına çay dolduruyor, dudaklarını şapırdata şapırdata içiyorlardı. Bana vermediler. Vere vere kırık dökük bir ayna tutuşturdular elime. Yüzümü görünce elimde olmaksızın titredim. Artık, bu öyküyü siz kardeşlerine anlatan yakışıklı Alex değildim. Dudaklarım patlamış, gözlerim kıpkırmızı şişmiş, burnumun biçimi değişmiş. Titrediğimi görünce birbirlerini dirsekleriyle dürtüp hahahaha güldüler.

— Kâbus gibisin maşallah!

Kapı açıldı, içeri polislerin başı girdi. Göğsünde bir sürü yıldız vardı yan yana. Beni görünce, hımmm dedi.

— Avukatım gelmeden bir tek kelime bile alamazsınız ağzımdan alçak herifler. Yasaları en az sizin kadar ben de biliyorum... – dedim.

Bunu duyunca gene hahahaha güldüler. Göğsü yıldızlı polis ağası yutkundu, öksürdü.

— Peki çocuklar, isterseniz bu oğlana yasaları nasıl uyguladığımızı gösterelim. Tabii bu uygulama bizim kurallarımıza göre yapılacak.

Tam bir beyefendi gibi yumuşak, tane tane konuşuyordu. Koca göbekli polislerden birine başıyla beni işaret etti. İriyarı, koca göbekli herif yavaşça doğruldu; gömleğini çıkardı. Kıllarla kaplıydı göğsü, büyük bir tencere kıçını andıran göbeği. Polis olmasına rağmen iyi tıraş olmamıştı dürzü. Koltukaltlarındaki kıllar terden birbirine yapışmış topak topaktı. Yavaş yavaş yanıma yaklaştı. Aptal aptal sırıtıyordu. Ağzını açınca biraz önce içtiği sütlü çay kokusu burnuma değin geldi dalga dalga. Kulaklarında birikmiş fındık gibi kulak kirini gördüm sarı sarı, sağ elini yumruk yaptı, olanca gücüyle mideme indirdi. Polis arkadaşları güldüler, elleriyle bacaklarına şaplaklar atıp tepindiler. Yıldızlı polis ağası bu olanlardan canı sıkılmış gibi bakıyordu. Ama dudaklarını yaya yaya o da güldü. Ellerimle midemi kavrayıp geri geri yürüyerek duvara dayandım. Derin derin soluk aldım. Gözlerimden yaşlar boşandı. İki büklüm olmuştum. Akşam yemeğinde mideye indirdiğim tatlıyı kusacaktım az kalsın. Ama her yanı kirleteceğimi düşünerek yutkuna yutkuna, gırtlağıma değin gelen tatlıyı geldiği yere yolladım. Şişman hayvan, arkadaşlarına dönüp sırıttı. Böbürleniyordu. Kendini savunmaktan yoksun birine vurdum, katladım ikiye diyordu. Derin bir soluk alıp sağ ayağımı kaldırdım, diğer polislerin arkadaşlarını uyarmalarına zaman bırakmadan olanca gücümle şişkonun dizkapağına patlattım tekmeyi. Tek ayağı üzerinde sıçramaya, küfürler yağdırmaya başladı.

Bundan sonra dördü birden ayağa kalkıp beni ortalarına aldılar. Artık kanlı, yorgun bir top gibiydim. Ondan ona tekme tokat yollanıyordum. Kardeşlerim, bitmiş, tükenmiştim. Taşaklarıma, mideme, suratıma rasgele, ne çıkarsa bahtına vuruyorlardı. Sonunda dayanamayıp bir köşeye yığıldım, tatlıyı, yumurtayı seriverdim yerlere. Öylesine ürkmüş, öylesine korkmuştum ki, "özür dilerim kardeşlerim. Yerleri pislettim. Kusuruma bakmayın!" bile dedim. Elime bir gazete tutuşturdular. İyice temizlettiler yerleri. Sonra da küçük bir kovadan avuç dolusu talaş alıp yere serptim. Artık onlar da yorulmuşlardı. İskemlelerden birine oturmamı söylediler. Kapı açıldı gene. Bu kez içeri P.R. Deltoid girdi. Onun da ofisi bu yapıdaydı. Yanıma yaklaşıp suratıma baktı yorgun, feri dönmüş gözlerle.

— Eninde sonunda bunun böyle olacağını biliyordum Alex. Çok, çok yazık! – Polis arkadaşlarına döndü. – İyi akşamlar komiser bey. Nasılsınız arkadaşlar? İyi akşamlar. Yolun sonu bu! Çukurun dibine düştü. Lağım çukurunun. Her yanı kan içinde bu çocuğun. Şu haline bakın!

— Şiddet şiddeti doğurur... – dedi polis ağası kılıklı olanlara özgü kalın bir sesle. – Tutuklanırken kavga çıkardı.

— Lağım çukurunun dibinde... – dedi P.R. Deltoid gene. Kan içinde ağzı burnu paramparça birine değil de sanki cansız kansız bir taş parçasına bakıyor gibiydi. – Yarın benim de duruşmaya çıkmam gerekecek.

— Ben suçsuzum kardeşim, efendim... – dedim ağlamaklı bir sesle. – Arkadaşlarımın sözüne kandım. Onlardır beni bu kötü yola düşüren.

— Bellemiş bunu, hep söylüyor, – dedi polis ağası. Güldü pis pis. – Kulağa da hoş geliyor doğrusu.

— Benim için iyi şeyler söyleyin yarın duruşmada kardeşim, efendim. Ben kötü bir çocuk değilim. Bunu siz de bilirsiniz.

— Söyleyeceğim – dedi buz gibi bir sesle P.R. Deltoid. – Hem de nasıl söyleyeceğim, sen hiç merak etme.

— Ağzına bir tokat atmak istiyorsanız buyurun, – dedi koca polis. – Biz kollarını tutarız. Sizi çok üzdüğü belli.

Bunun üzerine P.R. Deltoid öyle bir şey yaptı ki, onun gibi, kötüleri yola getirmek için didinen birinden hiç ummazdım. Yanıma iyice yaklaştı. Dudaklarını büzüp burnunu çekti ve balgamı suratımın ortasına fırlattı. Tükürdü yani! Haaakk tuuu! Yanağıma, üstdudağıma yapıştı balgamı. Sonra da elinin tersiyle dudaklarına bulaşan salyaları temizledi. Kendi mendilimi cebimden çıkarıp sildim, sildim, ovaladım yanağımı, üstdudağımı.

— Teşekkür ederim efendim, çok, çok teşekkür ederim. Sağ olunuz, var olunuz.

Bu sözlerimi sonuna değin dinledikten sonra tek kelime etmeden kapıdan çıktı gitti P.R. Deltoid.

Polislerden biri yazı makinesinin başına oturup yazdı, yazdı tık tık tık. Upuzun bir anlatım çıktı ortaya. İmzalamamı istediler. Koca Tanrı kahretsin diye düşündüm, eğer bu herifler İYİ'nin yanındaysalar ben öbür taraftan olduğuma sevinmeliyim.

— Pekâlâ, – dedim, – pekâlâ. Her şeyi anlatacağım. Burada oturup ağlaya ağlaya sizden aman dilemek istemiyorum. Hayvan herifler, şimdi size her şeyi anlatayım da aklınız başınıza gelsin. Islahevi'nden çıktıktan sonra yaptığım tüm rezillikleri birer birer sayıp dökeceğim.

Başladım makineli tüfek gibi. Dizdim birbiri ardına. Söylediklerimi yazan, yaşlı başlı yarı polis biri vardı. Sayfalar doldurdu anlattıklarımla. Hırsızlıklarımızı, kavgalarımızı, ırzına geçtiğimiz kızları, kitaplarını yaktığımız öğretmenleri ve kedili evde oturan yaşlı karıyı anlattım kardeşlerim. Gözleri faltaşı gibi açıldı polislerin. Hele söylediklerimi yazan yaşlı herifin yüzü kıpkırmızı olmuştu. Zavallı! Polis ağası çok yorulmuş gibi çenesini göğsüne dayadıktan sonra yavaş yavaş konuştu:

— Pekâlâ evladım. Git kendine bir fincan çay doldur, sonra da bu söylenenleri üç kopya yaz makinende... – Yaşlı yazıcı teşekkür ettikten sonra elle doldurduğu kâğıtları toplayıp çıktı – Seni de hücrene götürecekler şimdi. Beğenecek misin bakalım? – İriyarı iki polis memuruna dönüp, – götürün! dedi.

Tekme tokat sille çıkarıldım odadan, yan taraftaki koğuşlardan birine atıldım. Koğuşta on on iki kadar herif vardı; çoğu da sarhoştu. Leş gibiydiler. İçlerinde bir iki kişi vardı ki tam bir hayvandı. Hele biri! Burnu frengiden düşmüş, dudakları yitmiş, ağzı karanlık bir kuyu. Demir parmaklıkların dibinde yatan: Horluyor. Sızmış, ağzından koyu yeşil bir sümük damlıyor. Beni görünce heyecanlanan iki ibne vardı ranzanın üstünde yan yana oturan. Hele biri öyle aşka geldi ki sırtıma bindi. Fırlattım attım yere. Oturdum göbeğine, ağzına, burnuna nereye rastlarsa vurdum, vurdum. Leş gibi adi, karı kokusu sürünmüştü. Kusacaktım ama midem boştu. Biraz sonra ikinci tekerlek bana yaklaştı, elimle ittim. Bunu gören biraz önceki deli yerinden doğrulup hemcinsinin yanına gitti; itişip kakışmaya başladılar. Anlaşılan beni paylaşamıyorlardı.

Ağız dalaşı kısa sürede yumruk yumruğa kavgaya dönüştü; bağırmaya, birbirlerinin sapsarı oksijenli saçlarını yolmaya başladılar. Demir parmaklıklı kapı gürültüyle açıldı. Polisler doldu içeri. Ellerindeki copları ibnelerin kafalarına vurdular güm güm güm. Gözleri kaydı o biçimlerin. Birinin yüzü tırmık içindeydi, kan damlıyordu şıp şıp şıp! Ranzaların tümü doluydu. Üst ranzalardan birine tırmandım. Yaşlı bir sarhoş hor hor uyuyordu. Polisler onu getirip atmışlardı oraya besbelli. Sırtımı duvara verip ayaklarımla herifi ittim, güm diye düştü yere. Yuvarlanıp ağzından sümük sızan sarhoşa çarptı. İkisi de uyandılar. Bağırmaya, yumruklaşmaya başladılar. Sırtüstü uzandım ranzaya. Yorgunluktan kemiklerim sızlıyordu. Gözlerimi kapadım, uyku çukuruna yavaş yavaş indim. Aslında uyku değildi bu. Daha iyi, daha güzel bir dünyaya geçmiştim. Kardeşlerim, kocaman bir çayırın ortasındaydım. Ağaçlar, cik cik cik öten kuşlar, çiçekler. Başı insan, vücudu keçi, flüt çalan yaratıklar. Güneş doğuyordu. Gözlerimi kırpıştırıp baktım. Ne göreyim, doğan güneş değil, uzun saçlı, geniş boyunbağlı Ludwig van! Tüm ağlatıcılığıyla, yürek dağlayıcılığıyla *Dokuzuncu Senfoni* çalmaya başladı. Ludwig bir yandan orkestrayı yönetiyor, öte yandan da şarkı söylüyordu:

Sen, cennetin kapılarını zorlayan köpekbalığı,
Kızların, kadınların kasabı!
Yanan yüreklerimizi, kuruyan gözpınarlarımızı
Kanayan yaralarımızı dindirmek için
Senin ağzını kanatmamız, dudaklarını patlatmamız
Gözlerine mil çekmemiz, ciğerini sökmemiz gerekir!

Bu garip şarkının yanı sıra çalan müzik Ludwig'in *Dokuzuncu*'suydu hiç kuşkusuz. İki ya da beş dakika, yirmi saat ya da on gün ya da yıllar sonra kıçıma batırılan ucu iğneli kalın sopayla sıçrayarak uyandığımda bile *Dokuzuncu Senfoni*'yi dinlediğimi biliyordum. Saatim olmadığından gündüz mü gece mi olduğunu bir türlü kestiremiyordum.

— Uyan oğlum. Uyan güzelim. Uyan da bundan sonra başına gelecekleri sana anlatayım.

— Ne? Kim? N'oluyor? Nerede? Niye?

Dokuzuncu'nun mutluluk dolu nağmeleri yüreğimi ferahlatıyordu bu anda.

— İn aşağı oğlum, in. Sana ne haberlerim var, ne haberlerim.

Tüm vücudum kaskatı kesilmiş, her bir yanım ağrıya ağrıya aşağı indim ranzadan. Daha doğru dürüst uyanmamıştım bile. Ağzı soğanla peynir kokan polis iterek, beni horlayan koğuştan çıkardı. İterek, elindeki sopayla dürtükleyerek yarı karanlık bir koridorda yürüttü. Bu arada *Dokuzuncu*'nun mutluluk haykıran sesi dinmemişti kulağımda, yüreğimde. Koridorun sonunda bir kapı vardı, açıp girdik. Kocaman bir ofisti burası. İçi çiçek dolu vazolar, pırıl pırıl yazı makineleri. Büyükçe bir masanın ardında polis ağası oturuyordu ciddi ciddi. Buz gibi bakışlarını uykulu suratıma çevirdi.

— Nasılsınız? Nasılsınız? Nasılsınız? – dedim. – Gece yarısı beni yatağımdan kaldırıp getirdiğinize göre önemli bir diyeceğiniz vardır.

— O gülücük artığını aptal suratından silmen için sana on saniye veriyorum. Diyeceklerime kulak ver, piç kurusu.

— Anlat bakalım? Beni dayaktan geberttiniz, suratıma tükürdünüz, yaptığım yapmadığım sürüyle şeyi anlattırdınız, sonra da cinsi sapıkların, ayyaşların, itin uğursuzun arasına kapattınız. Yetmedi mi? Yoksa yeni bir işkence türü mü deneyeceksiniz üstümde?

— Sen kendine yapacaksın o işkenceyi... – dedi polis ağası sert bir sesle. – Koca Tanrı'nın izniyle sonunda çıldırırsın vicdan azabından!

Daha ağzından bir tek sözcük çıkmadan anlamıştım ne söyleyeceğini. Kedilerin sevgilisi yaşlı kadın kent hastanelerinden birinde öbür dünyaya göç etmişti. Hızlı vurmuş olacağım kafasına. İşte yapacağımı yapmıştım. Gözümün önüne miyavlayan kediler, süt arayan tekirler geldi. Zavallı, yaşlı kadın onların sırtlarını kaşıyamayacak, onları okşayamayacaktı artık. Hırsızlık, kitap yakmak, dövüşmek, derken cinayet de işlemiştim böylece. Daha on beş yaşındaydım topu topu.

İkinci Bölüm

1

— Söyleyin bakalım ne yapacağımızı? Ha?

Öykümün en göz yaşartıcı, yürek paralayıcı bölümü başlıyor kardeşlerim. Tek arkadaşım sensin okuyucu. Dev-Tut, yani Devlet Tutukevi 84F'de bulunuyorum. Zavallı babamın delirdiği, hüngür hüngür ağlayıp, ellerini göğe kaldırarak Koca Tanrı'dan yardım dilediği o acıklı günleri anlatıp canınızı sıkmak istemiyorum. Anam günlerce, gözleri kör oluncaya değin ağlamış, dövünmüş, saçını başını yolmuş. Tek oğlunun, canının ciğerinin katil olması perişan etmiş kadıncağızı. Duruşmada çatık kaşlı bir yargıç, P.R. Deltoid'le polislerin anlatımlarına kanarak size bu öyküyü anlatan kardeşinize bağırıp çağırdı. Koca Tanrı belalarını versin! Bu arada cinsi sapıkların, sarhoş pezevenklerin arasındaki yaşantım da süregidiyordu. Jüri önünde duruşma istediğimi bildirdim sonunda. Savcı, yargıç ve jüri üyeleri el ele verip beni yerden yere çaldılar. Ne namussuzluğum kaldı ne alçaklığım. Sonuçta sayın jüri başkanı ayağa kalkıp, "suçlu" dedi; on dört yıl ağır hapis cezasına çarptırıldım. Herkes güle oynaya salondan ayrılırken anacığım dizlerinin üzerine çökmüş ağlıyordu hüngür hüngür. Dev-Tut 84F'ye tekme tokat getirildiğimden bu yana tam iki yıl geçti. Uluslararası hapishane modasına uygun giyiniyoruz. Üzerimizde kömür rengi bir tulum, göğsümde ve sırtımda aynı numara. Giderken de gelirken de 6655321 numarayım artık. Küçük kardeşiniz "Alex"in yerinde yeller esiyor.

— Söyleyin bakalım ne yapacağımızı? Ha?

Bu cehennem köşesinde, "insanat bahçesi"nde geçirdiğim son iki yılın öğretici, eğitici hiçbir yanı olmadı kardeşlerim. İnsan dövmeyi matah sayan gardiyanların, bu öyküyü size anlatan kardeşiniz gibi genç çocukları dişlerine uygun bulan cinsi sapıkların içinde yaşam çekilmez bir biçim alıyor. Gündüzleri kibrit fabrikasında çalıştırıyorlar bizi. Mukavva kutular yapıyoruz. Her saat başı on dakika dinlendiriyorlar; sonra gene işbaşı. Arada bir avluya çıkıyoruz cigara içmek, temiz hava almak için. Akşamları yaşlı, profesörü andıran bir bunak kürsüye çıkıp "Çekirgenin Evrimi", "Samanyolu", ya da "Kar Tanesinin Oluşumu" gibi konulardan söz ediyor. Gülüyorum için için. Kardeşlerimle birlikte yolunu kesip dövdüğümüz, gözlüklerini kırdığımız, kitaplarını parçaladığımız yaşlı öğretmen geliyor aklıma. O zamanlar kardeşlerim bana karşı çıkmamışlar, beni ispiyonlamak için birbirleriyle yarışa girmemişlerdi. Hem mutlu hem de özgürdüm o günlerde. Onlarla ilgili bir tek haber alabildim bugüne değin. Annemle babam beni görmeye geldiklerinde Georgie'nin öldüğünü söylediler. Evet kardeşlerim, Georgie ölmüş. Yolun kenarındaki köpek boku gibi ölmüş. Aptalof'la Pete'i yanına alıp çok zengin birinin evine girmiş. Adamı dövmüşler; öteberisini çalmışlar. Tam kapıdan çıkarlarken zengin adam can havliyle kocaman bir demir parçasını kapmış şöminenin yanından ve Georgie'nin kafasına indirivermiş güm diye. Hain Georgie de orada teslim etmiş ruhunu. Su testisi su yolunda kırılır kardeşlerim! Katil zengin kendini koruduğunu öne sürerek paçasını kurtarmış Baş Yasacı'nın elinden. Haklı da. Benim tutuklanıp bu deliğe atılmamdan bir yıl sonra Georgie'nin zıbarması bana kaderin bir cilvesiymiş gibi geldi. Haksız mıyım?

— Söyleyin bakalım ne yapacağımızı? Ha?

Pazar günü olduğundan küçük kilisede, hapishane rahibinin palavralarını dinlemek zorundaydım. Bu pazar ayinlerindeki görevim stereo pikap'a dini plaklar koymaktı zamanı geldiğinde. Kilisenin arkasındaki küçük odadan yönetiyordum bu plak koyup alma işini. Gardiyanlar da yanımdaydı. İriyarı, pis pis ter kokan, elleri tüfekli adamlar esneyerek izliyorlardı rahibi. Öndeki sıralarda tutuklular dizi dizi oturmuş, Koca Tanrı'nın sözlerini mırıldanıyor, arada bir ellerini kaldırıp, "âmin, âmin" diye çığlıklar atıyorlardı. Pis bir koku bu tutuklulardan çıkıp bulut bulut dağılıyor, kilisenin tavanında asılı kalıyordu. Yıkanmamanın mide bulandırıcı kurumuş ter kokusu değildi bu. Tozlu, yağlı umutsuz bir koku! Tutsakların, geleceklerinin ne olacağını bilmeyen kişilerin mide bulandırıcı vücut kokusu. Benden de bu koku çıkıyordu. Benim de geleceğim belirsiz, benim de pek umudum kalmadı kardeşlerim. Bir an önce buradan çıkmak, ciğerlerimi büzen, midemi kaldıran bu kokudan kurtulmak tek isteğimdi. Eğer bu kitabı şimdi elinizden fırlatıp atmazsanız hapishaneden yakında nasıl kurtulduğumu da öğreneceksiniz!

— Söyleyin bakalım ne yapacağımızı? Ha? – diye sordu rahip üçüncü kez. – Bu hapishanelere gire çıka bir ömür mü tüketmek istiyorsunuz? Yoksa Koca Tanrı'nın buyruklarını kabullenip onun yolunda mı ilerleyeceksiniz? Çoğunuz aptalsınız, enayi. Ruhunuzu şeytana satmışsınız. Cehennemin varlığını bile bile, kolay yaşamak için, üç beş kuruş çalmak için, birkaç günlüğüne rahat etmek için hırsızlık yapılır mı? Kilise sizlere cehennemin varlığını yüzlerce, binlerce kez tanıtladı. Gece düşlerimde, bu tutsakevinden daha karanlık, insanoğlunun yarattığı ateşten daha sıcak, sizler gibi suçluların sonsuzluğa değin inim inim inledikleri CEHENNEM'i görüyorum. Gülmeyin, sırıtmayın, Koca Tanrı belanızı versin! Orada kaynayan, fokur fokur kaynayan ziftlerin içinde derileriniz soyulacak, etleriniz koparılacak, bağıracaksınız, ağlayacaksınız, tövbe, tövbe diyeceksiniz ama ha ha ha ha, size kimseler acımayacak.

Tam bu sırada kardeşlerim, arka sıralarda oturan tutuklulardan biri, "caarttt kaba kâğıt" demez mi? Bunun üzerine yetke copluları üzerimize salıverdi. "Güm pat, güm pat" sesleri "ahhh, offf – ben değilim" seslerine karıştı. Gardiyanlar sonunda zayıf, ufak tefek bir tutukluyu karga tulumba dışarı çıkardılar. "Ben hiçbir şey yapmadım. O'ydu, o'ydu" diye bağırıyordu zayıf yaşlı adam. Kulak asan kim?

— Şimdi, – dedi Dev-Tut'un rahibi, – kitabı okuyalım, Koca Tanrı'nın sözlerini birlikte dinleyelim.

Koca kara kitabı alıp açmaya koyuldu. Bir yandan sayfaları çeviriyor, öte yandan da parmağını ıslatıyordu. İriyarı, puştun biriydi rahip. Beni severdi ne var ki. Genç oluşum, Koca Tanrı'ya inanışım, kara kaplı kitaba bağlılığım hoşuna gidiyordu. Öğrenimimi tamamlamam için rahibin yanına verilmiştim. O da beni kilisenin arkasındaki bu küçük odaya kapatır, kara kaplıyı elime tutuşturur, dilediğim müziği çalmama izin verirdi. Kardeşlerim ne mutluluk, ne mutluluk! Çılgın Yahudilerin birbirlerini gebertmelerini, kutsal şarabı su gibi içmelerini, heyecanlı bir serüven romanı gibi okur, J.S. Bach'la G.F. Handel'in müziğine bırakırdım ruhumu yıkansın diye. Zaten bunlar olmasaydı çoktan aklımı yitirmiştim. Kara kaplı kitabın son bölümleri pek sarmadı beni. İyi ol, iyilik yap, dua et palavralarıyla karışık savaşlar, fuhuş, öğütler.., Rahip bir gün beni o kalın kollarının arasına sıkıştırıp, "Ah, 6655321, mutluluğun yolu dindedir, dinde. Bunu sakın aklından çıkarma" dedi. Sarhoştu pezevenk! Ağzı leş gibi içki kokuyordu. Beni iki yanağımdan şapur şupur öptükten sonra geğire geğire ofisine biraz daha içki içmeye gitti. Ben de bir köşeye çekilip İsa'nın çarmıha gerilişini, Romalıların çılgın Yahudilerle birlik olup ortalığı tozu dumana katışlarını okudum durdum. Bach'ın büyüleyici sesine kendimi kaptırıp gözlerimi yumdum; sırtüstü uzandım. Yarı çıplak İsa'ya ben de taş atıyordum, bileklerine çivileri ben çakıyordum tahta çekiçle. Tolgamı giymiş, kılıcımın sapını bir elimle tutmuş, buyruklar yağdırıyordum ona, buna, şuna. Anlayacağınız Dev-Tut 84F'de geçirdiğim günler tümüyle boşa gitmiyordu. Hapishane müdürü benim dine bağlandığımı duyunca bayağı sevinmişti. Bense tek kurtuluş umudumu buna bağlamıştım. Pazar günü rahip efendi kumların ortasına iki kent kuran, sonda da işi ibneliğe, kulamparalığa döken insanlardan söz etti. Tabii Koca Tanrı'nın bu sapıklıklara nasıl bozulduğunu, yeri göğü inletip insanların üzerine ateş saçtığını da anlattı. Ben bu palavralara inanmadım. Koca Tanrı tekerleklere bozulacak olsa Londra'nın yarısını, New York'un büyük bir bölümünü yerle bir ederdi şimdiye değin. Kara kaplının bu masal bölümü de bitince rahip kitabını kapadı, kürsüsünün üstüne koydu. Yumruklarını beline dayayıp cehennem ateşleri saçan gözlerini tutuklulara çevirdi:

— Bugünlük bu kadar. Şimdi sıra ilahi okumaya geldi. 435 Numaralı Suçlular İlahisi'ni hep bir ağızdan okuyalım.

Hışır, hışır, ıhhh ahhhh, of sesleri arasında salonu dolduranlar ayağa kalkıp kitaplarını açtılar. Fis kos, fis kos, fis kos da başlamıştı bu arada.

— Kesin lan sesinizi ayılar! – diye bağırdı boz ayıyı andıran başgardiyan. – Lan 920537, kessene sesini!

Bu arada kardeşiniz çoktan plağı yerleştirmişti yerine. Org müziği tüm kulak patlatıcılığıyla uuuuuuuuuuuuulumaya başladı. Tutuklu kardeşlerim hep bir ağıdan ilahiyi söylemeye başladılar:

Bizler renksiz çay gibiyiz
Demimiz az suyumuz çok.
Halimiz kötü; açız biz
Bize bakan, bizi seven kimsemiz yok!

Bu aptal şarkıyı bağıra çağıra söylerlerken rahip kendinden geçmiş, "Yüksek sesle söyleyin. Mırıldanmayın" diye haykırıyordu. Arada bir ağzının içinde sözcükleri yuvarlayan, kem küm eden tutuklulardan birine gözü ilişiyor, veryansın ediyordu küfürü: "Ulan 7749222, senin ananı belleyeceğim. Ne biçim ilahi söylemek bu be!"

Son sözcükler de bozguncu ağızlardan dökülür dökülmez rahip efendi elini havaya kaldırıp sessizlik istedi.

— Koca Tanrı sizleri korusun, yolunuz açık ve aydın olsun. Âmin.

Tutuklular, "âmin, âmin" diye mırıldandıktan sonra birbiri ardına kapıdan çıkmaya başladılar. Ben hemen Adrian Schweigselber'in *İkinci Senfoni*'sini koydum pikaba. Hayvan sürüsü gibi ayaklarını sürüye sürüye çıkmaya devam ettiler. Kimse pikaptan çıkan bu yürek ferahlatıcı müziği dinlemiyordu. Pikabın yanı başında, gözlerim dolu dolu, kapıdan çıkanları izledim bir süre. Arada bir tutuklulardan biri çirkin el hareketleriyle beni sözümona küçültmeye çalışıyordu. Rahip efendinin aralarından seçip çıkardığı, yücelttiği, rahata kavuşturduğu kişi olduğumdan pek sevilmiyordum. Son tutuklu da kapıdan defolup gitti. Geride kalmanın ödülü de kıçına gardiyanlardan yediği tekmeyle ensesinde patlayan tokattı. Pikabı kapatıp plakları yerlerine kaldırdım. Rahip efendi geldi yanıma. Etekleri yerleri süpüren kara cüppesiyle boynuna taktığı dantelli beyaz yakayı çıkarmamıştı.

— Her zamanki gibi teşekkür ederim küçük 6655321. Bana verecek ne haberin var bugün?

Bu rahip tutukluları kurtaran, onları yeniden insanlığa ve dine kazandıran kişi olarak tanınmak istiyordu. Bunu da yapabilmesi için başta hapishane yöneticisinden, "aferin" alması gerekiyordu. Bunu da benim ispiyonculuğumdan yararlanarak elde edecekti aklınca. Hapishanenin karanlık köşelerinde fokur fokur kaynayan bela kazanlarını kimin karıştırdığını ben fısıldardım kulağına rahip efendinin. Anlattıklarım palavraydı genellikle. Arada bir gerçeğe değiniverdiğim de oluyordu. Örneğin bundan bir süre önce fısıltı gazetesi Koca

Harriman'ın kaçacağını basmıştı ilk sayfasına. Gardiyanlardan birini bayıltacak, onun giysilerini sırtına geçirip toz olacaktı ortadan. Tabii ben taşımı koyuverdim rahip efendiye. Enselendi Koca Harriman. Bir kezinde de yemek salonunda kavga çıkacağını fısıldamışlardı kulağıma. Ben de hemen yetiştirdiydim rahibe. Hapishane yöneticisi de bizim kara cüppelinin omzunu okşayıp siciline, "aferin, aferin" diye yazmıştı. Bu kez İncil belleticisine anlattıklarım palavraydı ne var ki:

— Saygıdeğer efendimiz, fısıltı gazetesinin bu sabahki nüshasında hapishaneye bir kilo kokainin geldiği bildiriliyor. Gene bu sabah "okuduğuma" göre bu beyaz zehirin dağıtımı 5 Numaralı Blok'taki koğuşların birinden yapılacakmış... – Bu öyküyü de bundan önce uydurduğum diğerleri gibi bir çırpıda anlatıverdim. Kara cübbeli sıktığım palavrayı gerçek kabullendi. Pırıl pırıldı gözleri, ağzının köşesinden salyalar akıyordu.

— Güzel, çok güzel. Bu anlattıklarını hemen gidip sayın yöneticimize bildireyim.

— Saygıdeğer efendimiz, size yardım etmek için elimden geleni yapıyorum, değil mi? – Bu önemli ve de yetkili kişilerle konuşurken sesimin yumuşak çıkmasına, sözcüklerin efendice, terbiyeli olmalarına çok dikkat ederim. – Sizin bir dediğinizi iki etmiyorum değil mi efendim?

— Evet 6655321. Yardım etmeyi seven, eski kötülüklerinden arınmış, topluma faydalı bir kişi olma yolundasın. Yakında tahliye edilmen bile söz konusu olabilir. Affa uğrayabilirsin yani!

— Efendimiz, duyduğuma göre yeni bir yöntem uygulanıyormuş. Bu yönteme göre kişi hemen hapishaneden çıkıyor, bir daha girmiyormuş.

— Nereden duydun bunları? Kim söyledi?

— Gardiyanlar konuşurken birkaç kişi duymuş. Benim de kulağıma geldi. Bana yardım etmez misiniz sayın efendim? Bu yöntem neyse bana da uygulasınlar.

Elindeki kanseri pofur pofur içerken düşünüyordu besbelli. Gözlerini kapadı. Sözünü ettiğim yöntemi anlatıp anlatmamayı geçiriyordu aklından.

— *Ludovico* Yöntemi'nden söz ediyorsun anlaşılan!

— Adını bilmiyorum. Tek bildiğim insanı bir an önce buradan çıkarttığı, bir daha da sokmadığı.

— Orası öyle... - Kaşlarını çatarak uzun uzun yüzüme baktı. – Orası gerçekten öyle 6655321. Şu anda deneyler yapılıyor. Hiçbir şey kesinleşmiş değil. Anladığım kadarıyla çok basit ama güçlü bir yöntem uygulanacak. Bir, iki, üç tamam!

— Burada da uygulanıyor bu yöntem değil mi efendim? Güney duvarının yanındaki uzun beyaz yapılar. Avluda dolaşırken o binaların yapılışını izlemiştik.

— Şu anda uygulanmıyor. Bu hapishanede başlamadı 6655321. Sayın yöneticimizin bazı kuşkuları var. Bu yöntem gerçekten, kötü bir kişiyi topluma yararlı bir insan evladı yapabilecek mi? Asıl sorun bu bizce. İyilik kişinin içinden gelir 6655321. Kişi iyiliği seçebilmelidir. Kişiye seçme hakkı tanınmazsa, o kişiliğini yitirir.

Bizim kara cüppeli bu palavralarını sürdürecekti, ne var ki ayak sesleri duyduk kapının dışında. Tutuklulardan birkaçı iki üç porsiyon din almaya geliyorlardı.

— Başka bir zaman gene konuşuruz. Sen şimdi pikabın başına dön.

J.S. Bach'ın *Wachet Auf Koro Prelüdü*'nü koydum pikaba. İriyarı, maymun örneği suçlular, cinsi sapıklar birer birer kapıdan içeri girdiler. Arkalarından yürüyen gardiyan kamçısını şaklatıyor, küfürler yağdırıyordu. İsa'nın adamı karşılarına dikilip sordu:

— Söyleyin bakalım ne yapacağımızı? Ha?

O sabah dört kişiye din dağıttı rahip efendi. İşleri bittikten, ruhları temizlendikten sonra gardiyanın önünde dışarı çıktılar. Ben de pikabı kapattım. Büyük umutlarla yanına gittim, belki insafa gelir, bana bu yöntemden söz eder diye.

Ama herif beylik üç beş söz edip yarım yamalak bir teşekkürle beni başından savdı. Kapıda bekleyen gardiyanın önü sıra 6 Numaralı Blok'taki koğuşumun yolunu tuttum. Bu gardiyan diğerlerine benzemiyordu. Efendiden bir adamdı. Bana ne küfür etti ne de kaba etlerimi çizmesinin ucuyla okşadı. Koğuşun önüne gelince belindeki anahtar destesinden birini seçip kapıyı açtı.

— Dönüp dolaşıp kürkçü dükkânına geldin işte... – dedi dişsiz dişetlerini göstere göstere sırıtarak.

Cevap vermedim. Küskün küskün girdim içeri. Koğuşta uzun süredir birlikte yatıp kalktığım arkadaşlar vardı. Bunlar taş yürekli, toplumun anasını belleyen türden suçlulardı. Koca Tanrı bana acımıştı ne var ki. Adamların hiçbiri cinsi sapık değildi. Ranzanın üstünde zayıf, papirüs derili, gözlerinin ışığı sönmüş Zophar yatıyordu. Yıllardır hapishane köşelerinde sürünmekten azıcık oynatmıştı zavallı. Ne dediğini kimse anlayamazdı. Kanser içmekten kalınlaşmış, boğuk boğuk çıkan sesiyle anlamsız anlamsız konuşur dururdu bütün gün.

— O yıllarda et bulamazdık. Şeker, benzin karneyle dağıtılırdı. Şimdi biri çıkıp bana on milyon verse ne yaparım? İlk önce bir doktor bulup şu kemik hastalığından kurtulurum.

Dedim ya anlamsız anlamsız konuşur bütün gün. Tek gözlü "Duvar" da öbür ranzanın üstünde oturuyordu. Pazarın onuruna el ve ayak tırnaklarını koparıp koparıp yere atıyor. Koca Yahudi sırtüstü yatmış yatağına. Ölü gibi. Şişman, yağ tulumu; leş gibi kokuyor ter içinde. Bu üçlüden başka koğuşta Zıpzıp'la Doktor var. Zıpzıp ırza saldırıdan kodesi boylamış. Onun oturduğu mahallelerde hiçbir kız çocuğu uzun süre kız kalamazmış! Doktor da başka bir âlem. Belsoğukluğu, frengi gibi hastalıkların uzmanıyım demiş çıkmış ortaya. İğne yaparak dünyanın parasını kırıyormuş. Ne var ki şırınganın içindeki penisilin değil suymuş, bildiğimiz musluk suyu! Kürtaj yaparken iki kızın öbür dünyaya göçünü de sağlayınca soluğu delikte alıvermiş. Dediğim gibi bunların tümü taş yürekli gerçek suçlular. Onlarla birlikte kalmaktan nefret ediyorum. Ama çok az kaldı kardeşlerim, çok az.

Bu koğuş ilk yapıldığında üç kişilikmiş kardeşlerim. Şimdiyse altı kişi üst üste, alt alta; ter, pislik, sidik içinde yaşantımızı sürdürüyoruz. O yıllarda tüm hapishanelerin durumu buydu kardeşlerim. Küçücük deliklere tıkılan insanlar birbirinin içinde, insanlık dışı bir yaşam sürdürüyorlardı. Şöyle doğrulup gerinecek yer yoktu koğuşta. İşte bu pazar günü tıkış tıkış delikte oturmuş, birbirimizin ter kokusunu ciğerlerimize çeke çeke saatlerin geçmesini, uykumuzun gelip bizi ranzalarımıza yarı baygın devirmesini bekliyoruz. Pazar günlerine özgü etli fasulye, elmalı tatlı yedik. Kimimiz geğiriyor, kimimizse dişlerini karıştırıyor, atık bir et parçası arıyor. Kanserler yakılmış, dumanlar odanın tavanında asılı duruyor. İşte tam bu sırada aramıza yaşlı, zayıf bir tutukluyu soktular. Kim olduğunu daha soramadan sinir bozucu, "gıcır gıcır" eden bir sesle bağırıp çağırmaya başladı. İncecik, kemikli parmaklarıyla demir parmaklıkları kavrayıp salladı.

— Hakkımı verin. Bu ne biçim rezalettir! Bu koğuş tıka basa dolu. Çok da pis kokuyor.

Adamın haykırışlarına koşup gelen gardiyanlardan biri copuyla eline pat pat vurdu.

— Kes sesini be! Burası düzelmeden daha çok kötü günler göreceksiniz. Yerimiz yok ne yapalım? Hem sizin gibi toplum kemiricileri olduktan sonra değil yatacak, kıpırdayacak yer bulamayacaksınız yakında. Buradaki adamlardan biriyle aynı yatakta yatarsın olur biter!

2

Bu yeni tutuklunun aramıza katılması benim Dev-Tut'tan ayrılmamın başlangıcı oldu. Adam öylesine aksi, öylesine terbiyesiz biriydi ki daha ilk gün aramızda kavgalar, gürültüler, patırtılar başladı. Hindi gibi bir kabarması vardı ki, kapıdan içeri girer girmez o cızırtılı sesiyle bize bağırıp çağırmaya başladı. Hapishanedeki tek gerçek katilin kendi olduğunu, bir yumrukta on polisi tahtalı köye yolladığını göğsünü gere gere anlattı. Kimsenin pek kulak astığı yoktu bu palavralara aslında. Diğerleriyle dikiş tutturamayacağını anlayınca benim tepeme dikildi. Koğuşta yatanların en genci olduğuma göre ben yerde yatmalıymışım, yerimi ona vermeliymişim! Ne var ki koğuştaki diğer arkadaşlar benden yana çıktılar hemen.

— Rahat bırak delikanlıyı pis herif!

Bunun üzerine kimsenin kendini sevmediğini, her yerde hor görüldüğünü, itilip kakıldığını söyledi ağlamaklı bir sesle. O gece üzerimde bir ağırlık duyarak uyandığımda, herifi sırtıma abanmış, horlarken buldum. Dirseğimle kaburgalarını yokladım. Uyandı. Sapsarı dişlerini göstere göstere sırıttıktan sonra oramı buramı ellemeye, beylik aşk sözcüklerini kulağıma fısıldamaya başladı. Ben üç katlı ranzanın en altında yatıyordum. Daracık, bir kişinin zor döndüğü bu yatak bozuntusunda, yaşlı bir o biçimi sırtımda taşımaya hiç mi hiç niyetim yoktu. Bütün gücümü toplayıp ağzının ortasına yumruğumu yapıştırdım. Koğuşta bir tek kırmızı ışık olduğundan yumruğumla ne iş becerdiğimi doğru dürüst göremiyordum. Karşılıklı yumruklaşmaya, küfredip gürültü etmeye başlayınca ışıklar yandı. Herifin ağzından, burnundan kan akıyordu. Gürültüye diğer arkadaşlarım da uyandılar; ranzalarından inip baş belası herifin yüzüne, gözüne rasgele vurmaya koyuldular. Kısa bir süre sonra ışıkları yakan gardiyanlar, gömleklerini pantolonlarının içine sokarak koğuşa doluştular. Gürültü öylesine büyümüştü ki diğer koğuşları dolduran kardeşlerimiz teneke bardaklarıyla, tabak çanaklarıyla duvarlara vurmaya başladılar. Duyan, gören hapishanede herkesin başkaldırdığını sanacaktı neredeyse. Gardiyanlar bizi ayırdı. Bu arada coplarıyla üç beşimizin kaba etlerini de okşadılar. Gözlerim ışığa alışınca baş belası sapığa baktım. Yüzü gözü tırmık içindeydi, ağzından kan damlıyordu şıp şıp! Bunu görünce zaten gergin olan sinirlerim koptu. Gardiyanlara dönüp bu koğuşta bir dakika daha kalmayacağımı, cinsi sapıklarla bir arada yatmak istemediğimi bağırarak söyledim.

— Yarın sabah konuşuruz bunları... – dedi başgardiyan. Bir diğeri de,

— Beyefendi nasıl bir oda buyururlar? Televizyonlu, sıcak sulu mu olsun? – dedi ağzını yaya yaya.

Aksi suratlı başgardiyanın dalga geçecek, güldürü yapacak zamanı yoktu.

— Bunları yarın konuşuruz. Şimdi ufaklık doğru yatağına. Sesin çıkmasın. Tamam mı?

Her biri ayrı ayrı tehditler savurduktan sonra koğuştan çıktılar. Işıklar sönünce bütün gece uyumayacağımı, yerimden kıpırdamaksızın sabahı bekleyeceğimi söyledim.

— Yatağıma uzan istersen. Senin pislediğin bu döşeğe baş koymam artık... – dedim sapığa dönerek.

Diğer arkadaşlarım benim bu sözüme karşı çıktılar. Koca Yahudi karanlıktaki boğuşmamızdan ter içinde kalmış, soluğu sıklaşmıştı.

— Sen... Sen bu pis herife sakın yatağını vereyim deme, küçük kardeş.

— Kapa çeneni Yahudi pezevenk... – dedi yeni gelen.

Koca Yahudi çok alınmıştı bu söze. Burnundan soluyarak ranzasından aşağı indi. Koca yumruğunu kaldırıp sıska baş belasının burnuna indirecekti ki Doktor araya girdi.

— Yeter beyler. Herkesin başını derde sokacaksınız. Ne var ki yeni gelen, kimsenin sözüne kulak asacak, söz dinleyecek kişilerden değildi. Koğuşta altı kişiyle birlikte kalmayı, hele ranzada değil de yerde yatmayı kendisine yapılan bir hakaret kabul ediyordu. Doktor'u küçümsemek istercesine alaylı alaylı konuştu:

— Herkesin başını derde sokacağız demek. Ha, ha, ha. Amma da ukalasın be!

Zıpzıp işin çığırından çıkmak üzere olduğunu görüp yerinden doğruldu.

— Madem bize uyku haram, o zaman biraz ders çalışalım. Yeni gelen arkadaşımıza uygulamaya başladığımız yöntemleri göstersek iyi olur.

Küçük kızların ırzına geçmek gibi aşağılık bir suçtan mahkûm olmasına rağmen Zıpzıp bir beyefendi gibi tane tane, sözcüklerin değerlerini tam vererek konuşuyordu. Sesi de yumuşacıktı. Yeni gelen pis pis baktı Zıpzıp'a.

— Zıp zıp zıp baş belası mısın nesin?

Garip, en yumuşak hareketlerle başladı her şey. Ağır çekimdeki görüntüler gibiydi herkes. Kimse yumruğunu hızla indirmiyor, tekmesini "küt" diye vurmuyordu. Dans edercesine herkes sapığın çevresinde dolanıyor, bir iki, bir iki indiriyordu yumruklarını. Pat, pat, pat, bir iki üç. "Duvar" iri bir koyun budunu andıran yumruğunu kaldırıp yeni gelenin ağzına indirdi. Koca Yahudi demir parmaklıklara yasladı sıska adamı. Kırmızı ışık az buçuk aydınlatıyordu onu. "Duvar" bir başına vurmaya başladı. Yeni gelen, "oh, ah, uf"tan başka ses çıkarmıyordu. Kemikleri sayılacak kadar zayıf olan başımızın belası kendini koruyamıyordu bile. Çenesiyle gücü arasında bu denli büyük ayrım varken ne diye arkadaşlık dilenmez, düşman aranır anlayamadım. Neyse, kırmızı ışığın yarım yamalak aydınlattığı suratından koyu koyu akan kanı görünce içim titredi; uzun zamandır gömülü kalan ilkel duygular kıpır kıpır etmeye başladı ta yüreğimin derinliklerinde.

— Bana bırakın onu kardeşlerim. Ben onun hakkından gelirim artık.

— Tamam, Alex. Vur ona. Ağzını kır... – dedi Koca Yahudi.

Arkadaşlarım geri çekilip beni izlediler. Eski günlerimi anımsadığımdan parmaklarımın ucunda yükselip bir iki bir iki vurmaya başladım orasına, burasına, şurasına. Gömleğinden yakalayıp öne çektim; ense köküne bir tane patlatıp yüzükoyun yere serdim; kafasına bir tekme attım. "Ahhhhh!" diye inledi. Burnundan iplik gibi kan sızıyordu. Gözlerini kapadı; bayılmıştı.

— Bu kadar yeter artık beyler... – dedi Doktor. Gözlerini kırpıştırarak yerde yatan kırık kemik torbasına baktı. – Belki uyanınca bize karşı daha saygılı davranır.

Yorgun argın yataklarımıza uzandık. Gözlerimi kapadım; uyumuşum. Ne düşler gördüm kardeşlerim, ne düşler! Kocaman bir orkestranın üyesiydim. Ludwig van'la G.F. Handel arası bir yaratık yönetiyordu yüzlerce kişiden oluşan orkestramızı. Sağır, kör ve dünyadan bıkmış biriydi bu. Ben nefesli sazlar bölümündeydim. Pembe, etten yapılmış bir trompet çalıyordum. Trompet göbek deliğime bağlıydı. Ağaç gibi uzuyor, ben soluk verdikçe bağırsaklarımı gıdıklıyordu. Ludwig van Handel bana ilk önceleri pis pis bakmakla yetindi. Gıdıklanmalara dayanamayıp ha ha ha gülünce iki yana sallana sallana yürüdü; başıma dikildi. Elindeki sopayla pat küt pat küt kafama vurdu. Sıçrayarak, kan ter içinde uyandım. Kulaklarımda bir uğultu vardı. Gerçeğin eteğine yapışık uyku sınırını geçince uğultunun kalk zili olduğunu anladım. Bu kış sabahı gözlerim uyku zamkı çapaklarla kaplıydı. Ellerimle üç beşini ayıklayıp, gözkapaklarımı açıp kapadım. Tepemde pırıl pırıl parlayan ışık gözbebeklerimi biber atılmışçasına yaktı: Yavaş yavaş, bu elektrik saldırısına alıştıra alıştıra açıp kapadım gözlerimi. Biber yanması kendiliğinden geçti. Başımı yere çevirdim. Yeni gelen hâlâ yerde yatıyordu. Yüzü mosmordu. Yarılan kaşından, patlayan dudağından sızan kanlar kurumuştu. Baygındı. Dün geceyi anımsadım. Midem bulandı birden.

Yerimden kalkıp iki küçük adımda yanına yaklaştım adamın. Çıplak ayağımla dürttüm. Kaskatıydı. Bunun üzerine Doktor'un yanına gittim, sarstım uyansın diye. Sabahları kolay kolay kalkamaz. Bu kez ne var ki sıçrayarak uyandı; yere atladı. Diğer arkadaşlarım da yerlerinden fırlayıp yerde yatanın çevresinde toplandılar. "Duvar" cansız bir et yığını gibi uykusuna devam ediyordu.

— Çok yazık, - dedi Doktor adamın şurasını burasını elleyip göğsünü dinledikten sonra. - Yüreği pıt pıt etmiyor artık... - Başını kaldırıp teker teker bizlerin suratına baktı. - Çok kötü dövdünüz adamcağızı. Bu denli gaddar olmamalıydınız.

— Palavrayı bırak Doktor, - dedi Zıpzıp. - Sen de çaktırmadan çaktırmadan vurdun herife.

— Alex ne diye deli gibi vurdun? Hele kafasına attığın son tekme çok kötüydü... - dedi Koca Yahudi.

Bunun üzerine bende film koptu. Hışımla Koca Yahudi'ye döndüm.

— Kim başlattı ha? Ben işin sonuna yetiştim... - Parmağımla Zıpzıp'ı göstererek yeni yeni kalınlaşmaya başlayan sesimi yükselttim. - Bu hep senin başının altından çıktı... - "Duvar" gümbür gümbür horluyordu. Sesimi daha da yükselttim: - Şu pis herifi uyandırın be! Koca Yahudi sen bu sıskayı kollarından tutarken Zıpzıp efendi de rasgele vuruyordu.

— Kimse bu zavallıya bir iki tokat attığını yalanlamıyor. Ama sen gençliğinin verdiği coşkuyla saldırdın. Gereğinden daha çok, daha hızlı, daha sert vurdun. Çok yazık, çok yazık!

— Hainler! - dedim. - Sizler hain ve yalancısınız.

Gözlerimin önünde bundan iki yıl öncesi oluşuverdi birden. Kardeşlerim deyip bağrıma bastığım hain, kötü yürekli yaratıklar beni nasıl bırakıp kaçmışlarsa şimdi de koğuş arkadaşlarım beni aslanın ağzına atıyorlardı. Güven, arkadaşlık gibi sözcüklerin modası geçmişti anlaşılan sayın kardeşlerim. Zıpzıp "Duvar"ı sarsarak uyandırdı. O da diğerleri gibi tüm günahı benim boynuma yüklemeye çoktan razıydı. Gardiyanlar, ardından başgardiyan, onun ardından da hapishane yöneticisi koğuşa geldiler. Ciğeri beş para etmez arkadaşlarım yemin üstüne yemin ederek her şeyi benim yaptığımı söylediler. Boyunlarını büktüler, yerde boş çuval gibi yatan sapığa bakıp, "cık cık cık" ettiler; "yazık oldu zavallıya" dediler.

Çok garip bir gün geçirdik kardeşlerim. Ceset karga tulumba taşındı koğuştan. İkinci bir buyruğa değin herkesin koğuşlardan çıkması yasaklandı. Kimseye kahvaltı dağıtılmadığı gibi sıcak bir bardak çay bile verilmedi. Herkes koğuşlarda, ranzalarının üstünde oturuyor, bön bön bakınıyordu çevresine. Arada bir ağzımızı açıp iki çift laf edecek olsak gardiyanlar, "kapa çeneni", "sus lan" diye bağırıp tepemize dikiliyorlardı.

Saat on bire doğru fısıldaşmalar çoğaldı. Garip bir coşkuyla karışık korku herkesi sarmıştı. Gardiyanlar birden hazır ola geçtiler. Başgardiyan, yönetici ve iki kişi bir aşağı bir yukarı yürüyorlardı önümüzdeki dar koridorda. Şişman, kalın enseli yönetici bir yandan alnını beyaz bir mendille siliyor, öte yandan da, "ama efendim" gibi sözler ediyordu. Sonunda bizim koğuşun önünde durdular. Başgardiyan anahtarla demir kapıyı açtı. İçlerinden hangisinin önemli kişi olduğu bir bakışta anlaşılıyordu. Uzun boylu, gök mavisi gözlü, sırım gibi biriydi. Üzerinde, usta bir terzinin elinden çıktığı kalıp gibi oturuşundan belli, son moda bir giysi vardı. Kardeşlerim böyle güzel bir ceket ve pantolonu yaşamımda ilk kez görüyordum. Teker teker koğuşu dolduran biz zavallılara baktı.

— Hükümet çağdışı yöntemlerle sizleri topluma kazandıramayacağını anlamış bulunmaktadır. Suçluları bir araya tıkıp onlardan hayır beklemek çölde su aramaya benziyor. Toplum kurallarına karşı çıkmış kişileri aynı yerde tutmakla sizleri ilkel davranışlara zorluyoruz. Bundan böyle hapishaneler yalnız siyasi suçluların barındıkları bir yer olacak gibime geliyor.

Ne dediğini ya da ne demek istediğini pek anlamamıştım kardeşlerim. Zaten yalnız bana değil uslu uslu duran, *boynu bükük* koğuş arkadaşlarıma da söylüyordu bu sözleri.

— Sizin gibi adi suçluları yola getirmek için yaratıcı gücümüzü kullanmak, yeni yeni bilimsel yöntemler uygulamak zorundayız. Suç işleme isteğinizi ortadan kaldırırsak sorunu kökünden çözümlemiş oluruz. Bir yıl içinde uygulamayı tamamlayacağız. Cezaya çarptırılmak hiçbir anlam taşımıyor bunlar için. Tam karşıtı hoşlarına gidiyor. Canları sıkılmaya başlayınca da birbirlerini öldürüyorlar.

— Özür dilerim efendim, saygısızlık yapmak istemiyorum ama bendeniz sıradan bir suçlu değilim. Kötü yürekli bir kişi olmadığımı da ayrıca belirtmek isterim. Buradaki tutuklular kötüdür, fesattır, orman yasalarını benimsemiş kişilerdir, ama ben bunlardan değilim.

Başgardiyanın yüzü değişti, mosmor oldu.

— Kapa çeneni terbiyesiz piç! Kiminle konuştuğunu bilmiyor musun yoksa?

— Yüklenmeyin çocuğa! – dedi mavi gözlü adam. Yöneticiye döndü. – Bunu kobay olarak kullanabilirsiniz. Genç, ateşli, gözünü budaktan sakınmayan biri. Brodsky yarın bununla başlar işe. Sen de gider izlersin yapılanları. Yöntem başarıyla sonuçlanacaktır. Merak etme. Bu kana susamış serseri bambaşka biri olarak çıkacaktır karşımıza.

Bana o anda anlamsız gelen bu sözcükler gerçekte özgürlüğümün başladığını belirtiyordu...

3

Genellikle tekme atıp, sille tokat dertlerini anlatan gardiyanlar, o gece beni koğuştan alıp koluma girerek yöneticinin kutsal ofisine götürdüler. Yönetici kocaman, ceviz kaplı masasının ardından bana kuşku dolu gözlerle baktı.

— Sabah seninle konuşanın kim olduğunu bilmiyorsun değil mi 6655321? – Cevabımı beklemeden de ekledi: – O saygıdeğer beyefendi İçişleri Bakanımızdı. Yeni yöntemlerle sizleri adam edecekmiş. Etsin bakalım. Buyruklarına karşı çıkacak değiliz; gücümüz yetmez. Bana sorarsan bu yöntemlerin boşa harcanan çabalar olduğu kanısındayım. Benim kitabımda göze göz, dişe diş yazar. Sizin vurduğunuz bire karşı devlet en azından beş vurmalı. Yeni düşünceler, yeni adımlar, yeni yöntemler... Hıh! Kötüyü iyi yapmak bizim elimizdeymiş de biz yapmıyormuşuz. Ne dersin bunlara?

— Efendim, bendeniz... – diye söze başlayacaktım ama yöneticinin yanı başında duran iriyarı gardiyan hırıltılı bir sesle tükürür gibi konuştu:

— Kapa çeneni aşağılık yaratık!

— Pekâlâ, pekâlâ... – dedi yorgun, bezgin bir sesle yönetici. – Sen 6655321, bu yeni yöntemlerin öncüsü olacaksın. Yarın sabah Brodsky'nin yanına gideceksin. Anladığım kadarıyla on beş gün içinde Dev-Tut'tan ayrılacak, özgürlüğüne kavuşacaksın. Sadece numara olmaktan kurtulacaksın. Nasıl sevindin mi bu habere?

Hiç sesimi çıkarmadım. Gardiyan kıpkırmızı kesildi sinirden; hiddetle bağırdı:

— Sayın yönetici soru sorduğu zaman cevap ver aşağılık yaratık.

— Teşekkür ederim efendimiz... – dedim kibarca. – Gösterdiğiniz bu yakınlığa nasıl teşekkür edeceğimi bilemiyorum.

— Teşekkür etme, – dedi içini çekerek. – Bu bir armağan değil. İmzalaman gereken bir kâğıt var burada. Cezanın geri kalan bölümünün affa uğraması için ISLAH TEDAVİSİ'ni kabullendiğini yazacaksın, imzalayacaksın. Tamam mı?

— Tabii imzalarım efendim, – dedim. – Çok teşekkür ederim. Sağ olunuz.

Elime bir dolmakalem tutuşturdular. İri iri harflerle imzamı attım.

— Oldu. Başka bir şey yok herhalde... – dedi yönetici.

— Rahip efendi bununla konuşmak istiyor efendim.

Kapıdan çıkarılıp gençten bir gardiyanın önüne katıldım. Küçük hapishane kilisesine kadar tekme tokat götürdü beni. Gardiyan kötü yürekli, gaddar biri değildi. Ne var ki esnemek, kaşınmak, yemek yemek gibi olağandı tutuklulardan birini götürürken tekme atmak, tokat vurmak. Neyse, kilisenin kapısından içeri girip sıraların arasından geçtik. Rahibin odasına geldik. Kapıyı tıklattı gardiyan. "Gir" iznini duyunca kapıyı araladım, içeri adımımı attım. Rahip efendi masasının ardında kurum kurum kurulmuştu. Ancak zenginlerin tüttüreceği pahalı kanserlerin kokusu, şişesine avuç dolusu para verilen viski kokusuna karışmış, odaya lüks bir bar havası vermişti.

— Küçük 6655321, hoş geldin. Otur, otur... – dedikten sonra kafasını kapı aralığından sokan gardiyana döndü. – Dışarıda bekleyin.

Kapıyı yavaşça kapadı genç gardiyan. Rahip efendi bana döndü. Büyük bir içtenlikle konuştu:

— Senin anlamanı istediğim bir şey var çocuğum. Senin iyiliğin için çalıştığımı sanma. Bu yöntemin uygulanmasına ben izin vermedim. Hele seni ben seçmiş değilim. Elimden gelse buna karşı koyarım. Ne yazık ki gücüm yetmiyor. Kendi mesleğimi de düşünmem gerek. Karşımdaki güçler bağırarak konuşurken ben sadece fısıltıyla direnebiliyorum. Anlıyor musun demek istediğimi?

Anlamamıştım tabii kardeşlerim. Başımı salladım gene de.

— Namus kurallarını yeni baştan değiştiren bazı şeyler söz konusu. Seni iyi bir çocuk yapacaklar küçük 6655321. Bundan böyle toplumu rahatsız edici, barışsever devletimizi huzursuz kılıcı davranışlarda bulunmayacaksın. Söylediklerimi unutma. Aklının bir köşesine yaz.

— Yazarım efendimiz. Çok mutluyum. İyi bir insan olmak öteden beri istediğim bir şeydi.

— İyi bir insan olmak hoşuna gitmeyebilir küçük 6655321. Belki de iyilikten nefret edebilirsin. Bunları söylerken kendi ilkelerime, öteden beri verdiğim vaazlara aykırı konuştuğumu da biliyorum. Geceleri uykusuz kalacağım, sabahlara kadar oturup bunları düşüneceğim. Tanrı biz kullarından ne istiyor? Tanrı'nın istediği iyilik mi yoksa iyiliği seçebilme şansına sahip olabilmek mi? Kötülüğü seçen biri gerçekte iyiliğe zorlanan birinden daha mı geçerli Tanrı'nın gözünde? Zor sorular bunlar küçük 6655321. Senden tek bir isteğim var. İleride bugünleri düşünür beni hatırına getirirsen, sakın Tanrı'nın bu küçük hizmetkârını kötü görme. Sana yapılacak olanlardan beni sorumlu tutma. Senin için dua bile edemem. Artık çok geç. Zaman gereğinden çok ilerlememiş bile olsa dualar seni kurtaramaz. Öyle bir bölgeye geçiyorsun ki dualar, Tanrı'nın gücü sana erişemez. Bu dediklerimi iyi dinle. Duaların, hatta ve hatta Koca Tanrı'nın bile seni kurtaramayacağı bir yere gitmenin korkunçluğunu düşün. Bir bakıma namuslu bir seçim yapabilme talihini yitirmiş olmakla, "iyiyi" yeğlemiş oluyorsun. Ben böyle olmasını isterim 6655321; Tanrı yardımcımız olsun.

Hüngür hüngür ağlamaya başladı birden. Gözlerinden tane tane yuvarlanan yaşlar beni pek etkilemedi kardeşlerim. Şişeyi yarıladığını zaten anlamıştım. Bu ağlama numaraları bayattı en azından. Masasının gözünü açıp viski şişesini çıkardı. Yağlı, pis bir bardağa dört parmak doldurdu burnunu çeke çeke. Kafasına dikti.

— Belki de her şey gönlünüzce sonuçlanır. Kim bilir, kim bilir!

Kalın bir sesle ilahi söylemeye başladı. Kapı açıldı birkaç dakika sonra ve gardiyan yaka paça beni dışarı çıkardı. Yaşlı rahip bağıra çağıra Koca Tanrı'ya yakarırken genç gardiyan kıçıma kıçıma yapıştırıyordu tekmeleri.

Ertesi sabah Dev-Tut'a veda ettim. Üzgünüm kardeşlerim. Ne de olsa uzun bir süredir "yuvam" dediğim yerden ayrılıyordum. Çok uzağa gitmedim kardeşlerim. Hava almak için çıkarıldığımız büyük bahçenin köşesindeki beyaz yapıya itile kakıla götürüldüm. Yepyeni bir yerdi burası. Soğuk, insancıl duygulardan arınmış bir kokusu vardı ki itiyordu kişiyi elinde olmaksızın.

Bomboş, korkudan dudak uçuklatan geniş bir odada bir başıma duruyordum. Burnuma kokular geliyordu. Hastane kokuları. Gardiyanın beni teslim ettiği gençten kişi bembeyaz bir ceket giymişti. Bu doktor kardeşi genç, koluma girip duvarları bembeyaz badanalı bir odaya götürdü beni. Pencerelerde tertemiz, çiçekli perdeler, yatağın başucundaki komodinin üstünde gece lambası. Size bu öyküyü anlatan küçük kardeşiniz için de üzeri bembeyaz bir pikeyle kaplı yatak. Uzun zamandır ilk kez kendimi talihli bir yaratık olarak görmeye başladım. Her bir yanımı dağlayan kötü hapishane giysilerimi çıkarttım. Güpgüzel, ipekli pijamalar verdiler giymem için. Yemyeşildi, yumuşacık. Vücuduma tıpatıp uyan, kuşaklı bir de sabahlık verdiler. İçi kürklü terliklere çıplak ayaklarımı sokunca keyfim iyice yerine geldi. "Oğlum Alex" dedim kendi kendime. "Artık 6655321 kalmadı. Gene Alex'sin. Talihin yaver gidiyor. Bu fırsatı iyi kullanmaya bak!"

Kocaman bir fincan kahveyle günlük gazeteleri, dergileri getirip verdiler. Bir süre bunlarla oyalandıktan sonra, beni yatak odasına getiren genç beyaz ceketli içeri girdi.

— Demek buradasın! – dedi. Aslında saçma sapan bir sözdü bu. Burada olmayacaktım da nerede olacaktım! – Benim adım Doktor Branom. Doktor Brodsky'nin yardımcısıyım. İzin verirsen seni bir gözden geçireceğim.

Sağ yan cebinden dinleme aygıtını çıkarıp yanıma yaklaştı.

— Sağlıklı olup olmadığını gözden geçirmeliyiz.

Pijamamın üstünü çıkarıp yatağa uzandım. Oramı, buramı, şuramı elleriyle yoklayıp göğsümü dinledi; öksürmemi, soluk alıp vermemi söyledi.

— Ne yapacağınızı söyler misiniz efendim?

— Çok basit, – dedi soğuk aygıtı sırtımda dolaştırarak. – Sana bazı filmler göstereceğiz.

— Filmler mi? – dedim kulaklarıma inanamayarak. – Yani sinemada gördüğümüz filmlerden mi?

— Bunlar çok özel filmler. Çok özel. Bugün öğlenden sonra kollarımızı sıvayıp işe başlayacağız.

Aygıtını katlayıp cebine soktu.

— Sağlığın yerinde. Demir gibisin. Biraz zayıfsın belki ama bu kadar yıl Dev-Tut'ta kaldıktan sonra semirmiş çıkman beklenemezdi. Pijamanın üstünü giy. Her yemekten sonra, – diyerek yatağımın yanına oturdu, – sana iğne yapacağız.

Nasıl teşekkür edeceğimi bilemiyordum.

— Vitamin iğneleri mi olacak bunlar efendim?

— Onun gibi bir şey... – Arkadaşça gülümsedi. – Her yemekten sonra kolundan bir iğne.

Bunu söyledikten sonra iyi günler dileyip odamdan çıktı. Yatağa sırtüstü uzanıp cennetin içine cumburlop düştüğüme karar verdim. Bana verdikleri dergilerden bazılarını karıştırmaya başladım. SPOR, SİNEMA VE AMAÇ. Gözlerimi kapayıp dışarıya, sokaklara, evime kavuşacağım günleri düşündüm. Gündüzleri çalışacağım iyi bir iş bulabilirdim kendime. Artık okula gidemeyecek kadar büyümüştüm. Geceleri de yeni bir çete oluşturur, eski günlere dönerim. İlk iş Aptalof'la Pete'i bulup onların canına okumak. Tabii polisler benden önce davranıp onların hakkını vermediyse. Aslında yeniden kötü yola sapmakla, bana iyilik eden, cinayet işlemiş olmama rağmen beni özgürlüğüme kavuşturan kişileri aldatmış olacağım. Filmler gösterecekler, iğneler yapacaklar, beni yeniden "topluma kazandıracaklar." Bu zavallı doktorların, İçişleri Bakanı'nın saflığına gülmemek elden gelmiyor. Öğlen yemeğimi tepsiyle odama getirdiklerinde hâlâ kahkahalarla gülüyordum. Tepsiyi getiren beyaz ceketli doktor arkadaşımdı.

— Mutlu olduğunu görmek hoşuma gitti... – dedi, kıkır kıkır güldüğümü görünce.

Tepsinin üzerindeki yemekler ağzımı sulandırmaya yetmiş de artmıştı bile. İki dilim salçalı et, patates püresi, pasta, bir kâse dondurma, koca bir bardak çay. İçmem için bir kanser ve içinde tek kibrit çöpünün bulunduğu bir de kutu vardı. Gel keyfim gel! Yemekten sonra bir şekerleme yapayım dedim. Tam gözlerimi kapatmıştım ki ince topuklu ayakkabılarını tık tık tık tık diye vurarak içeri iri güğümlü, sarışın bir hemşire girdi. Gözlerim faltaşı gibi açıldı. İki yıldır ilk kez bir kadın görüyordum. Dudaklarımı yalayarak bacaklarından başlayıp güğümlerine değin uzun uzun baktım. Cık cık cık ettim dilimi damağıma vurarak. Ama oralı bile olmadı hemşire. Şırıngaya bir sıvı çekip sol koluma boca etti. Gene tık tık tık diye topuklarını vura vura, kalçalarını sallaya sallaya odadan çıkıp gitti. Onun dışarı çıkmasından beş dakika sonra erkek bir hastabakıcı tekerlekli iskemleyi iterek girdi içeri. Şaşırdım tekerlekli iskemleyi görünce.

— Nedir bu kardeşim. Nereye gideceksek ben yürüyerek giderim.

— Yok, yok, – dedi. – Ben seni götürürüm.

Yataktan kalkınca erkek hastabakıcının haklı olduğunu anladım kardeşlerim. Başım dönüyor, gözlerim kararıyordu. Zayıf kalmıştım. Dev-Tut'ta geçirdiğim yıllar iyiden iyiye canıma okumuştu. O rezil, vitaminsiz, proteinsiz yemekler beni canlı cenaze yapmıştı. Yemekten sonra yediğim iğneler beni kısa zamanda güçlendirecekti hiç kuşkusuz. Hiç kuşkusuz kardeşlerim, hiç kuşkusuz...

4

Erkek hastabakıcının beni götürdüğü yer o güne değin gördüğüm sinema salonlarından hiçbirine benzemiyordu kardeşlerim. Kapıdan içeri girince karşıma gelen duvarda beyaz bir perde, ardımdaki duvardaysa film makinesinin, görüntüleri perdeye yansıtması için delikler vardı. Stereo hoparlörler salonun dört bir yanına yerleştirilmişti. Ancak sağ duvarda ölçekler, göstergeler vardı. Salonun ortasında dişçi koltuğuna benzeyen bir koltuk, bu koltuktan duvardaki prizlere uzanan kalın kablolar gözüme ilişti. Tekerlekli iskemleden güçlükle doğruldum, iki erkek hastabakıcı kollarıma girip beni büyük koltuğa götürdüler. Duvardaki deliklerin altına boydan boya uzanan buzlu cam konmuştu. Bu camın ardında dolaşan gölgeleri hayal meyal görebiliyordum. Birinin öhö öhö öhö diye öksürdüğünü duydum. Çok güçsüzdüm; ellerim titriyordu. Dev-Tut'taki havadan kurtulup özgürlük havasına geçmemin verdiği halsizlik olarak kabullendim ellerimin titremesini, gözkapaklarımın ağırlaşmasını. Tabii yediğim güzel yemeklerin, koluma yapılan vitamin iğnesinin de bunda etkisi vardı!

— Rahatsın bakıyorum, – dedi beni içeri getiren beyaz gömlekli erkek hastabakıcı. – Ben gidiyorum. Doktor Brodsky gelince film başlayacak. Beğeneceğini umarım.

Doğrusunu isterseniz kardeşlerim, bu öğleden sonra film seyredecek gücüm kalmamıştı. Yatağa yatıp birkaç saat uyumaktan başka hiçbir şey düşünmüyordum. Beyaz çarşaflara kendimi bırakıp saatlerce uyumak, uyumak, uyumak...

Kapı gene açıldı. Bu kez içeri bir başka erkek hastabakıcı girdi. Başımı geriye yaslayıp bir kayışla koltuğa bağladı. Bunu yaparken bir yandan da günün ünlü şarkılarından birini mırıldanıyordu.

— Ne yapıyorsunuz? – diye sordum.

— Kafanı oynatmadan beyazperdeye bakmanı sağlamak için bu.

— Ben zaten bakmak istiyorum. Bu filmi izlemek için can atıyorum. İnsan sinemaya neden gelir? Film izlemeye!

Kapı gene açıldı, bir başka beyaz ceketli girdi. Üç kişi olmuşlardı şimdi. Bunlardan birisi göstergelerin bulunduğu duvarın önüne bir iskemle çekip düğmelerle oynamaya başladı.

— Neler olacağını bilmiyorsun arkadaşım. Sen bize güven. Böylesi daha iyi... – dedi kafamı iyice koltuğa bağlayan erkek hastabakıcı.

Kollarımı da sıkıca bağladılar; ayaklarımı kayışladılar. Alnıma, gözkapaklarıma kıskaçlar tutuşturdular. Gözlerimi ne kadar zorlarsam zorlayayım kapatamıyordum.

— Bu çok garip bir film olmalı. İlla da izlememi buyurduğunuza göre yararlı olacak!

— Garip ki ne garip arkadaşım. Neler göreceksin, neler.

Son olarak kafama teneke bir takke geçirdiler. Bu takkeden teller, kablolar uzanıyordu. Küçük bir çelik plakayı mideme, diğerini de göğsüme tutturdular. Bunlardan da teller çıkıyor, göremeyeceğim bir yerlere uzanıyordu. Kapı gene açıldı. Önemli birinin girdiğini, beyazlı arkadaşlarımın hazır ola geçmelerinden anladım. Doktor Brodsky'ydi gelen. Kısa boylu, tombul, kıvırcık saçlı bir adamdı. Burnunun üstüne kayan kalın camlı gözlükleri vardı. Çok güzel bir giysi vardı sırtında. Modanın zengin öncülerindendi anlaşılan. Ameliyathanelere özgü ilaç, kan ve ölü kokusu burnuma değin geldi. Yanında Doktor Branom duruyordu. Tatlı tatlı gülümsüyor, arada bir bana göz kırparak güç vermeye çalışıyordu sanki.

— Her şey hazır mı? – diye sordu fısıltılı bir sesle Doktor Brodsky.

— Efendimiz, – dedi hastabakıcılardan biri.

Hırrrrr diye bir ses duydum. Film makinesi çalışmaya başlıyordu anlaşılan. Işıklar söndü. Bu öyküyü size anlatan kardeşiniz, garip Alex korkudan donuna etmek üzere, yapayalnız kaldı canavar simsiyahlığın ortasında. Gözlerimi bile kapayamıyor, boynumu oynatamıyordum. Film başladı kardeşlerim. Tüyler ürperten, nefesli sazların gümbür gümbür, hoparlörden "seni sağır edeceğim" dercesine fışkırdıkları bir müzik başladı. Filmin ne adı ne de oyuncuları belliydi. Zayıf ışıklı lambaların titrek titrek yandığı bir sokak göründü perdede. Herhangi bir kentin herhangi bir sokağı. İşinin ehli biri tarafından çekilmişti film. Evlerin arka odalarında izlenen açık saçık filmlerdeki titremeler, beyaz beyaz lekeler yoktu. Müzik birden yavaşladı. Saldırıya hazırlanan bir canavarın sinsiliğine büründü. *Dum tata dum tata dum tata dum dum*! Yaşlı bir adam sokağın bir ucundan gözüktü. Kamburu çıkmış, ayaklarını sürüye sürüye yürüyen bir moruk. Müzik, bum bum bum hızlandı. Perdenin sağ yanından iki delikanlı fırladı orta yere. Daracık pantolonlar, deri ceketler, boyunbağları alacalı bulacalı... Yaşlı adama doğru yürüdüler. Dövmeye, tekme atmaya, orasını, burasını, şurasını çekiştirmeye başladılar. Çok gerçekçi bir yapıttı bu. Adam inliyor, bağırıyor, aman diliyordu. Delikanlıların sıkışan soluğunu bile duyabiliyordum. Küt pat, küt pat, küt pat vurdular adama. Kamburuna kamburuna tekmeler attılar yere düşünce. Giysilerini çıkardılar, kafasına ucu demirli çizmeleriyle vurdular, vurdular. Adam inleyerek yerde yuvarlandı; kaldırımın üstünde kanlar içinde öyle kala kaldı. İki delikanlı kıkır kıkır gülerek uzaklaştılar. Kan tüm güzelliğiyle küçük bir ırmak gibi akıyordu. Ne gariptir ki gerçek dünyanın renkleri beyazperdede daha da büyük bir gerçekçilik kazanır. Koyu, kıpkırmızı kan aktı, aktı, aktı.

Bunları izlerken midemin kıpır kıpır ettiğini duymaya başlamıştım. İçim bayılıyordu. Herhalde midemin boşluğundan olacak. Hem bu güzel yemeklere, yumuşak yatağa daha alışamadım. Vitaminlerin de etkisi büyük. Bunları unutarak perdede oynamaya başlayan ikinci filmi izlemeye koyuldum. Bu kez genç bir kız göründü. Üzerinde de ben yaşlarda bir oğlan onu bunu şunu yapıyordu. İşini bitirince, bir başkası, onun ardından bir diğeri kızı iyiden iyiye kadın yapmaya devam ettiler. Kızcağız bağırıyor, ağlıyor, küçük yumruklarıyla üzerine abananların sırtlarını dövüyordu. Bu arada yumuşak, duygulu bir müzik çalmaya başladı. Ne kadar da gerçekçi bir filmdi bu. Nasıl olmuştu da oyuncular, hele o genç kız, böyle bir şeyi kabul edebilmişti? Eğer bu filmler İYİLİK adına, DEVLET adına yapılıyorsa, yönetici takımı nasıl izin vermişti buna? Kurguyu, seslendirmeyi yapanlar çok yetenekli kişilerdi doğrusu. Sıra altıncı oğlana gelince iyiden iyiye midem bulanmaya başladı. O da kemerini çözüp pantolonunu çıkardı; dişlerini göstere göstere sırıtarak yerde yarı baygın yatan kızın üstüne abandı. Her yanım ağrıyor, gözlerim sulanıyordu kardeşlerim. Bu koltuğa kayışla bağlanmamış olsaydım çoktan çekip gitmiştim salondan. Film diğerleri gibi birdenbire sona erdi. Ardımdan Doktor Brodsky'nin sesini duydum:

— Tepkisi on iki nokta beş. Çok iyi, çok iyi!

Bu arada üçüncü film başladı. Bembeyaz, tebeşir suratlı bir adam göründü perdede. Sağdan soldan sıska yanaklarına yumruklar iniyor, saçı çekiliyor, kulağına tokatlar vuruluyordu. Kasıklarımda dayanılmaz bir ağrı başladı. Kulaklarım uğulduyor, beynim zonkluyordu. Öyle susamıştım ki dilim damağıma yapışıyordu. Bu filmleri izlemeseydim böylesine hastalanmazdım gibi geldi bana birden. Ne var ki bir türlü gözlerimi kapayamıyordum. Gözbebeklerimi sağa sola oynatsam bile perdeye bakamamazlık edemiyordum. Her geçen dakika çoğalan ağrılar, sızılar içinde filmi izlemeye, kulak tırmalayan o nalet müzik bozuntusunu dinlemeye devam ettim. Filmlerin gerçek olmadığını biliyordum ama gene de kendimi onların etkisinden bir türlü kurtaramıyordum. Kusmaya çalışıyor bir türlü kusamıyordum. Perdede nereden geldiği belli olmayan bir bıçak önce tebeşir yüzlü adamın yanağını kesti, ardından da gözünü oyup çıkardı. Kes kes kes... damla damla damla... şıp şıp şıp... kan kan kan... Kerpetenle dişleri birer birer sökülmeye başladı. Dişetleri paralanıyor, adamın ağzından kan fışkırıyordu. Müziğin bir sinir törpüsü gibi gırç gırç gırç sesleri çıkarmasının yanı sıra akan kanlar kasıklarımda başlayan ağrıyı tüm vücuduma yaydı. Kıvranıyor, soğuk soğuk terliyordum. Birden kulağıma mutlu bir ses geldi.

— Çok güzel, çok güzel, çok güzel...

Doktor Brodsky kendi kendini kutluyordu! Bu film de bittikten sonra bir başka görüntü başladı perdede. Yaşlı bir dükkân sahibesi üç serserinin ortasında tekme tokat yere yıkılıyor, baygın düşünceye değin dövüldükten sonra da parası çalınıp dükkânı ateşe veriliyordu. Alevler her yanı sarınca zavallı kadın sürünerek dükkândan çıkmaya çalıştı. Ne var ki yediği tekmelerden iki ayağı birden kırıldığı için kurtaramıyordu kendini. Yakın çekimden yüzünü gördüm birdenbire. Alevler suratını yalarken kadının çektiği acı iyiden iyiye belli oluyordu. Dans edercesine kıvraktı bu alevler. Sonunda kadını iyice sardılar. Saçlarından başlayıp her yanını kısa sürede kül ettiler. Kulaklarım insan gırtlağından çıkan en korkunç haykırışlarla tırmalandı. Artık dayanamayacaktım. Kusacağımı anlamıştım.

— Kusacağım. Dayanamıyorum. Bana bir şey getirin ki yerleri kirletmeyeyim!

— Düş görüyorsun, o kadar... - diye seslendi Doktor Brodsky. - Kaygılanacak bir şey yok. Sen filmleri izle!

Benimle eğleniyordu belki. Sözünü bitirir bitirmez kuru bir dalın kırılmasını andıran bir kahkaha duydum. Sıra, dayanılmaz acılar veren Japon işkenceleriyle ilgili bir filmdeydi. Hani o ünlü 1939-45 savaşı var ya! İşte o film o yıllarda bir ormanda geçiyordu. Askerler tutsak düşürdükleri insanları ellerinden, ayaklarından çivilerle ağaçlara çakıyor, çevrelerindeki çalı çırpıyı ateşe verip diri diri yakıyorlardı. Bazılarının taşakları keskin bıçaklarla kesiliyordu. Hele kısa boylu; maymun suratlı bir Japon vardı ki belinden kılıcını çekip zavallı tutsaklardan birinin kellesini uçurdu. Yere düşen kafayı tekmelemeye başladılar. Gözleri canlıydı sanki. Yuvalarında fır fır dönüyorlardı; bana bakıyorlardı; bana acıyorlardı. Boynundaki kesik damarlardan hortumdan fışkırırcasına kan fışkırdı. Japon askerleri bunu gördükçe el çırpıyor, katıla katıla gülüyorlardı. Midemde, kollarımda, başımda duyduğum ağrılar, kupkuru boğazım, şişen dilim ölüme yaklaştığımı bildiriyorlardı bana sanki. Dayanamayacağımı anlamıştım. Bütün belaların, acıların nedeni perdede izlediğim filmlerdi.

— Yeter artık. Durun, durun, durun! – diye bağırdım.

— Durmak mı? Durmak mı? Daha yeni başladık dostum. – dedi Doktor Brodsky. Ve herkes bir ağızdan keh keh keh güldü, güldü...

5

O gün öğlenden sonra izlediğim diğer filmlerden söz etmek istemiyorum kardeşlerim. Doktor Brodsky'yle Doktor Branom'un eş düşüncelerinden oluşan bu yöntemleri hapishanedeki en aşağılık, en adi cinsi sapık bile düşleyemez. Kimsenin, değil bu filmleri yapmak, bu tür filmlerin yapılmasını düşünmek bile istemeyeceğini sandığımdan koltuğa kayışlanmama öyle kolay kolay izin verdim. Yoksa direnir, karşı çıkardım. Tabii elim ayağım bağlanıp gözkapaklarım kıskaçlandıktan sonra sadece ağlayabildim, beni bu acıdan kurtarması için Koca Tanrı'ya yalvardım. Son filmi de izleyip Doktor Brodsky'nin can sıkıntısı dolu sesini duyunca nasıl rahatladığımı anlatamam size kardeşlerim.

— Bugünlük bu kadar yeter.

Işıklar yandı. Beynimde acı üreten bir makine bum bum bum çalışıyordu. Ağzımın içi kupkuruydu; o yaşıma değin yediğim her lokmayı kusabilirdim. Doğduğumda emdiğim ana sütümü bile yerlere tükürebilirdim; öylesine hastaydım.

— Artık odasına götürebilirsiniz... – dedi Doktor Brodsky. Ensemi okşayıp, saçlarımı karıştırdı.

— Başarılı olacağız. Çok iyi bir başlangıç.

Herkese sırıttıktan sonra vak vak gibi iki yana yalpalaya yalpalaya salondan çıkıp gitti. Doktor Branom özür dilemek istercesine bir süre yüzüme baktı, gülümsedi, topuklarının üzerinde dönerek patron doktorun ardından yürüdü.

Kayışları, kıskaçları çıkardılar. Gözlerimi açıp kapamanın bu denli büyük bir mutluluk getireceğini önceden söyleselerdi yüzlerine gülerdim. Neyse, gözkapaklarımla saatlerdir evrenin tüm yabanlıklarına tanıklık eden gözbebeklerimi örttüm. Ah kardeşlerim ah! Beynimdeki örse vuran çekici anlatamam sizlere. Tekerlekli iskemleye oturdum. Beni odamdan alıp buraya getiren erkek hastabakıcı itmeye başladı iskemlemi. Gene şarkı söylüyordu. Gümbür gümbür günün şarkılarından biriydi.

— Kapa çeneni, – dedim.

Güldü keh keh keh.

— İster kaparım ister kapamam, sana ne? – dedikten sonra sesini daha da yükselterek bağırmaya devam etti. Odama girdik. Kolumdan tuttu, yatağa yatırdı beni ve defolup gitti. Çok yorgundum. Perişandım. Uyuyamıyordum ne var ki. Yavaş yavaş kendime gelmeye başlıyordum. Acılarım dinmişti az çok. Kulaklarımdaki uğultu da yitmek üzereydi. Kocaman bir bardak çay, kuru, yaş pasta getirdiler bir tepsinin içinde. Çayımı yudumlayıp pastaları atıştırırken biraz önce izlediklerimin bir karabasan olduğuna karar verdim. Uyanmış, o canavarların pençelerinden kurtulmuştum. Biraz sonra ağzı kulaklarına varan Doktor Branom girdi içeri.

— Kendine gelmeye başlamışsındır, – dedi. – Yaptığım hesaplara göre ağrılarının geçmiş olması gerekir. Miden de bulanmıyordur artık.

— Anlamadım efendim?

Gerçekten de anlamamıştım. Hesaptan, kitaptan söz ediyordu. Neyin hesabı, neyin kitabı? İyileşmek; ağrıların, sızıların dinmesi vücutla ilgilidir bildiğime göre. Hesapla falan değil. Yatağımın kenarına ilişti.

— Doktor Brodsky seni çok sevdi. Mutlu ayrıldı yanından. Çok iyi cevap verdin tedaviye. Yarın hem sabah hem de öğleden sonra salona gideceksin. Biraz yorulacaksın ama seni sağlığına kavuşturabilmemiz için çok çalışmak gerekiyor.

— Yani gene o koltuğa... O filmleri... Yapmayınız efendim yapmayınız! Acıyınız bana. Korkunçtu, korkunç!

— Tabii korkunç olacak, – diye gülümsedi Doktor Branom. – Saldırmak, insan dövüp öldürmek her zaman korkunçtur. Bunu sen de öğreniyorsun şimdi. Vücudunu eğitiyoruz.

— Anlamıyorum efendim. Bu denli hasta olabileceğimi hiç düşünemezdim. Ben hayatımda bir gün yatak döşek yatmadım. O filmleri izlerken hastalandım; ölüyorum sandım. Neden, niçin, nasıl...

— Yaşam bir harikadır, – dedi doktor bey kutsallara özgü kalın, okşayıcı bir sesle: – Yaşam süreci, insan vücudundaki organların tümü, bunların çalışmaları, görev bölümü yapmaları bizlerin kavrayamayacağı denli karmaşıktır. Hangi birimiz doğanın bu gizemliliğini çözümleyebiliriz? Doktor Brodsky gerçekten büyük bir ilim adamı. İblislerle, şeytanla işbirliği yapıp iyiliği yeryüzünden kaldırmaya çabalayan her sağlıklı vücut senin geçtiğin denemelerden geçince böylesine hastalanır, acı çeker. Şimdi sen sağlığına kavuşuyorsun. Topluma yararlı bir kişi olma yolundasın.

— Ben bunu ne kabul ederim ne de anlayabilirim. Bana yaptıklarınızdan sonra kendimi hasta hem de çok hasta duyuyorum.

— Şimdi de mi hastasın? – diye sordu. Yüzünden o pırıl pırıl gülücük hiç eksik olmuyordu. – Çayını içiyor, sevdiğin bir arkadaşınla sohbet ediyorsun. Neşeli olman gerekmez mi?

Kendimi dinledim birkaç dakika kardeşlerim. Kafamı, midemi, kollarımı, bacaklarımı, söyledikleri gerçekti. Ne bir ağrı ne de bir sızı kalmıştı. Hatta acıkmaya başlamıştım. Akşam yemeğini kabule hazırdı midem.

— Anlamıyorum efendim. Benim sağlığımı bozmak için bir şeyler yapıyorsunuz galiba.

Söylediklerimi şöyle bir düşündüm. Suratımı buruşturdum elimde olmaksızın.

— Öğleden sonra hastaydın, – dedi. – Çünkü iyileşmeye başlıyorsun. Sağlıklı olduğumuz zaman kötülüğe, kavgaya, hunharlığa mide bulantısıyla, tiksintiyle bakarız. Hiç üzülme. Sağlığına kavuşuyorsun. Yarın bu saatlerde daha da iyileşmiş olacaksın.

Başımı okşadıktan sonra dışarı çıktı. Sözlerini kafamda evirip çevirdim. Doluya koyuyordum almıyor, boşa koyuyordum dolmuyordu. Kafama, bacaklarıma, kollarıma bağlanan o kabloların beni hasta ettiklerine karar verdim sonunda. Oyun oynuyorlardı bana. Ertesi sabah koltuğa bağlanmayı kabul etmesem mi diye düşünürken kapı açıldı, içeri biri girdi. Yaşlı, aptal aptal gülen biriydi bu. *Salıverme yetkilisi* olduğunu söyledi. Elleri, kolları kâğıtlarla doluydu.

— Buradan çıkınca nereye gideceksiniz? – diye sordu.

Bakın bunu hiç düşünmemiştim kardeşlerim! Beyaz ceketlilerin isteklerini yerine getirir, kimseye zorluk çıkarmadan "sağlığıma" kavuşturulmamı beklersem yakında özgürlüğüme kavuşacaktım.

— Evime döneceğim efendimiz. Sevgili annemle babamın yanına.

— Nereye? – diye söze başladı ama hemen atıldım:

— Ailemin sıcak yuvasına efendimiz.

— Eveet. En son ne zaman gördün onları?

— Bir ay kadar oluyor. Geçenlerde tutuklulardan biri konuğundan tabanca alırken yakalandı. Tüm ziyaretleri kaldırdılar. Koca Tanrı o tutuklunun cezasını verecektir. Biz zavallılardan ne istedi?

Anlıyorum, – dedi yaşlı adam. – Ailen yakında çıkacağını biliyor mu?

Ağzım kulaklarıma vardı birden. O büyülü sözcükleri söylemişti. "Yakında çıkmak..." Ne de hoş geliyordu kulağa!

— Hayır, bilmiyorlar. Çok şaşıracaklar beni görünce değil mi? Elimi kolumu sallaya sallaya kapıdan içeri girdiğimi görünce delirecekler mutluluklarından. "Ben geldim" diyeceğim onlara. "Oğlunuz özgürlüğüne kavuştu."

— Öyle, – dedi. – Buradan çıkınca gidecek yerin olması çok önemli tabii. Devlete yük olmaman gerek. Bir de iş bulma sorunu çıkacak.

Elindeki kâğıtlardan ikisini ayırıp burnuma soktu. Firmaların, değişik işyerlerinin adları yazılıydı. Ne var ki ben pek umursamadım. Önümde çok zaman vardı. Hele şuradan bir çıkayım, o zaman dilediğim işi seçebilirim. İlk önce güzel bir tatil yapmayı aklıma koydum. Hem benim yapacağım türden işler değil bu adamcağızın önerdikleri. Şuradan paçayı kurtarır kurtarmaz bir iki soygun yaparım, ceplerimi tıka basa paracıklarla doldururum. Ama bu kez çok dikkatli olmam gerekecek. Bir başıma yapacağım ne yaparsam! Yıllarca arkadaş, kardeş dediğim hainlere güvenim yok artık. Yaşlı adama beni yalnız bırakmasını söyledim. Yorgun olduğumu, uyumak istediğimi de ekledim. Ama çok garip bir şey yaptı. İncecik bir sesle kız çocuğu gibi kıkırdadı, sonra da, "Bana bir yumruk atmak ister misin?" diye sordu. Herhalde yanlış duymuşumdur diyerek, "Ne? Ne?" diye kekeledim.

— İster misin? – dedi gene kıkır kıkır gülerek. – Suratıma bir yumruk atmak ister misin?

Deli midir nedir diye düşündüm elimde olmaksızın.

— Neden?

— Tedavinin yararlı olup olmadığını anlamak istedim.

Yüzünü yüzüme yaklaştırdı. Ağzı kulaklarına varıyordu. Sadistik bir mutluluğun doruğundaydı. Yumruğumu kaldırıp indirdim. Ne var ki hemen kafasını geri çekti. Havayı dövdüm. Hafif gülerek, başını sallayarak odadan çıktı. Şaşkın şaşkın bakakaldım ardından. Birdenbire kardeşlerim, öğleden sonra olduğu gibi midem bulanmaya başladı. Kısa bir süre her yanım ağrıdı, vücudum tutuldu. Ama hemen geçti. Akşam yemeğini getirdiklerinde aç kurt gibi saldırdım tepsinin üstündekilere. Kızarmış tavuk ağzınıza uygundu kardeşlerim, ağzınıza! Budu koparıp narlaşmış deriyi çıtır çıtır dişlerimle öğütürken yaşlı adamın suratını, birdenbire hastalanışımı düşünüyor, işin içinden çıkamıyordum. Çok garipti doğrusu.

Asıl bir çözüm bulamadığım, küçücük beynimin kavrayamadığı o gece gördüğüm karabasandı. Sizin de kestirebileceğiniz gibi öğleden sonra izlediğim filmlerden biri beynimin içindeki sinema salonunda oynadı. Düş ya da karabasan, perdede izlediğimiz bir film gibidir. Tek ayrı yanı sizin de bu filmin bir parçası olabilmenizdir. Delikanlıların küçük kız çocuğuna saldırdıkları filmden parçalar izledim. Kızcağız inliyor, bağırıyor, aman diliyordu. Çevresinde toplanan gençlerse kahkahadan kırılıyor, ataları Marki de Sade'ı utandırmayacak davranışlarda bulunuyorlardı. Ne var ki bu kez ben de gençlerin arasındaydım. Ben de kızcağızın giysilerini yırtıyor, üstüne abanıyor, sapıklığımı doyurmaya çabalıyordum. Hatta diğerlerinden daha da ileri giderek yerde baygın yatan kızın etlerini tırnaklarımla yırtıyordum. Kan, kan, kan akıyordu küçük küçük, ırmaklar gibi deşilen yaralardan. Diğerleri bana alkış tutuyordu. Öncüleriydim. Bu ilkelliğin doruğa eriştiği anda birden her yanım tutuldu. Midem bulanmaya başladı Öööö, Ööööö dedim dilimi dışarı çıkarıp, yeşil yeşil safra aktı ağzımdan. Diğer gençler bunu görünce benimle alay etmeye başladılar. Parmaklarını uzatıp beni göstererek, o gençlere özgü acımasızlıklarıyla güldüler, güldüler. Dizlerimin üzerine çöktüm. Bir an önce bu karabasan ülkesinden kurtulup gerçek dünyama dönmek istiyordum. Öz kanımın içinde yüzdüm; boğulmamak için çabaladım. Ter içinde uyandım. Yatağımdaydım Koca Tanrı'ya şükürler olsun! Midemin bulantısı geçmemişti ne var ki. Tir tir titreyen bacaklarımın üstünde doğrulup kapıya yürüdüm. Tokmağı çevirdim. Kilitliydi! Tutsaktım burada da. Geri dönüp pencereye adımladım. Demir çubuklar vardı. Eğilerek yatağın altındaki lazımlığı aldım. Bu odadan çıkış yoktu. Lazımlığa eğilip öğürmeye çalıştım. Kuru kuru ööö ööö seslerinden başka bir şey kopup gelmedi midemden. Yatağa yatmak da istemiyordum. Yeniden karabasanların ortasında iki büklüm kusmak ölümden de beter. Sonunda dayanamayarak yatağa sırtüstü uzandım. Uyumuşum; karabasansız, hastalıksız...

6

— Durun, durdurun, durdurun! – diye bağırdım olanca gücümle. – Deli pezevenkler, yeter artık. Dayanamıyorum.

Ertesi gün gelip çatmıştı kardeşlerim. Beyaz ceketlilerin bir dediklerini iki etmeme siyasetini büyük bir başarıyla yürütüyordum. Beni koltuğa kayışlayıp kafama takkeyi geçirirlerken sesimi çıkartmadım. Gözlerime kıskaçları taktılar, gık demedim. Sırıtmakla yetindim çevremde dolaşan erkek hastabakıcılara. Birbiri ardına yabanlık örnekleri filmler beyazperdede oynamaya başlayınca da gıkım çıkmadı. Ne varki dakikalar geçtikçe ağrılar sızılar çoğalmaya başladı. İzlediğim son film diğerlerinden daha kötü değildi aslında. Üç dört genç dişleri dökülmüş, beli bükülmüş bir adamı dövüyor, tekme tokat onu yere yıkıp kan, kan, kan akıtıyorlardı. Kulaklarımın uğultusu, kuru kuru ööö, ööö'ler, beynimin zonklaması düne kıyasla çok daha kötüydü. Susuzluktan dilim damağıma yapışıyordu.

— Yeter, yeter, – diye vrakladım sudan uzak kalmış bir kurbağa gibi. – Bitsin bu acı. Dayanamıyorum artık.

Yerimden kalkmaya çabaladım, ne var ki zamklı kâğıda yapışmış bir sinek gibiydim; oynayamıyordum, kurtulamıyordum.

— Çok güzel, çok güzel, – diye ellerini çırparak bağırdı Doktor Brodsky. – Başardık. Son bir film daha kaldı.

Gene 1939-45 yıllarının yapıtlarından birini izliyordum. Beyaz beyaz lekeler, çizgiler, doğaüstü çabuklukla yürüyen kişiler filmin eskiliğini tanıtlıyordu. Almanlar yapmıştı bu filmi. İlk görüntüde kocaman bir kartalla gamalı haçlar çıktı. O gamalı haçın kendine özgü büyülü bir yanı vardır. Okuldayken defterlerin, kitapların, kâğıtların üzerine tüm öğrenciler ha babam çizer onları. Neyse, iriyarı, sarı saçlı, simsiyah subay giysili Almanlar, bombalardan toz toprak yığınına dönmüş bir mahallede yürüyorlardı. Görüntü birden değişti. Duvara dayalı çıplak insanlar göründü. Bum, bum, bum patladı tüfekler. Anadan doğma tutsaklar ah, of, uf diyerek midelerini, yüreklerini tutup yere uzandılar. Subaylar kahkahalarla gülerek yerde kanlar içinde yatan cesetleri tekmeliyorlardı. Elleri, ayakları zincirlerle bağlı on kişi daha getirildi. Duvara dizildi. Bağırıyor, ağlıyor, yalvarıyorlardı. Ama ben bunları duymuyordum. Sadece ağızları açılıp kapanıyordu. Koca hoparlörlerdense müzik sesi geliyordu. Acılarımın sımsıkı kapattığı kulaklarım Koca Tanrı'nın hoşgörüsüne uğrayıp bir an açıldılar ve müzik beynime değin uzandı. LUDWIG VAN'dı bu! *Beşinci Senfoni*si!! Ahhh, ahhhh!

— Durun! Günahtır bu yaptığınız, günah. Sizi Koca Tanrı bağışlamaz.

Hemen durmadılar tabii. Zaten filmin son bulmasına üç beş dakika kalmıştı. Tutsaklar dövüldü. Kan aktı. Tüfekler kurşun kustu. Nazi bayrağı dalgalandı ve SON. Işıklar yanınca Doktor Brodsky'le Doktor Branom önüme gelip durdular.

— Neymiş günah olan? – diye sordu Doktor Brodsky.

— Ludwig van'ı kullanmanız... – dedim kısık bir sesle. – Kimseyi incitmemiştir o. Sadece müzikle uğraşan zavallı sağır bir adamdan ne istediniz?

Midem ağzıma geldi birden. Erkek hastabakıcılar koşup büyükçe bir tas getirdiler. İçimdekileri bu böbrek biçimindeki tasa boşalttım.

— Müzik, – dedi Doktor Brodsky gülümseyerek. – Demek müzikten hoşlanmıyorsun! Ben pek anlamam. Duyguları coşturmak için yararlıdır o kadar. Ne dersin buna Branom?

— Bu iş böyledir. Tutsak ozanın dediği gibi, kişiler sevdiklerini öldürürler. Belki aradığımız ceza öğretisini bulduk. Yöneticinin hoşuna gidecek.

— Su verin Koca Tanrı aşkına.

— Çözün, – dedi Doktor Brodsky. – Sürahiye buzlu su doldurup getirin.

Koşuştu üç doktor yamağı. Ve kardeşlerim, buz gibi suyu lıkır lıkır içmeye koyuldum. Cennetin kapıları açılmıştı. Ohhh! Dünya varmış!

— Zeki bir gence benziyorsun, – dedi Doktor Brodsky. – Bazı beğenilerin de var. Hiç olmazsa müzikten anlıyorsun. Ne var ki ilkelsin. Yabanlığına karşı içinde önüne geçilmez bir tutku var. Yabanlık ve hırsızlık. Zaten hırsızlık yabanlığın bir koludur.

Söylediklerinden tek sözcük bile anlayamıyordum. Çok hastaydım. Suyu içtikten sonra yavaş yavaş kendime gelmeye başlamıştım ama gene de her bir yanım tir tir titriyordu. Çok kötü bir gün geçirmiştim kardeşlerim.

— Sana ne yapıldığını sanıyorsun?

— Hastalanmamı sağlıyorsunuz. O rezil, aşağılık filmleri izliyor, sonra da hastalanıyorum. Aslında içimde bir şey bana asıl nedenini filmler olmadığını söylüyor. Ne var ki filmleri durdurunca ağrılarım, sızılarım diniyor.

— Haklısın, – dedi Doktor Brodsky. – Çağrışım. Dünyamızın en eski eğitim yöntemidir. Hastalığının gerçek nedenini biliyor musun?

— Düşlerimde, kafamda yarattığınız biçimler. Oramı, şuramı, buramı ellerinizle, mellerinizle yokluyor, beni belirtiyorsunuz. İnsanlığın "i"si yok sizde. Kafama bağladığınız teller de olabilir...

— Garip konuşuyor bu oğlan çocuğu. "Oramı, buramı, şuramı!" Gençliğe özgü bir argo türü bu! Kökenini biliyor musunuz Branom?

— Uyaklı bir konuşma türü. Sözcükler birbirine uyuyor; "mı, mı, mı..." – dedi Doktor Branom. Bana gülümseyen, benimle arkadaşça konuşan doktor değildi artık. – Garip sözcükler bulurlar. Örneğin "cigara"ya kanser, "göğüs"e güğüm... *Bilinçaltı etki* denir buna. Cigaranın kanser yaptığı tanıtlandığından tütünle ilgili her şeye "kanser" demesi olağan. Meme ya da göğüs süt verdiğinden "güğüm" diyor.

— Anladık, anladık, – dedi Brodsky. Bu açıklamanın uzamasından hoşnut kalmamıştı anlaşılan. – Tellerle ilgili... O teller, kablolar duvardaki aygıtlara bağlı. Sadece gösterdiğin tepkiyi ölçmek için kullanılır. Bil bakalım seni hasta edenin ne olduğunu?

Beynimde bir türlü yanmak bilmeyen ampul birden parladı. İğneler!

— Ah! – diye tiz bir çığlık attım. – Şimdi anlıyorum her şeyi. Pis, adi bir numara bu. İhanet! Buna bir daha izin vereceğimi sanıyorsanız aldanıyorsunuz.

— Demek iğnelerin gerçek yararını anladın. Buna karşı koymaya çalışman sana hiçbir şey kazandırmaz. *Ludovico*'yu vücuduna birçok yoldan sokabiliriz. Örneğin ağızdan. Tabii en iyi yöntem damardan iğneyle. Senden ricam buna karşı koymamandır. Nasıl olsa bizimle baş edemezsin.

— Koca Tanrı cezanızı versin... – dedim burnumu çeke çeke. – Gösterdiğiniz filmlere, dört bir yanımın ağrımasına dayanırım. Ama müziğe asla! Ludwig'i, Handel'i dinlerken acıdan kıvranmam olamaz, olamaz. İblisin ta kendisisin sen!

Düşünceli gözlerle birbirlerini süzdüler.

— Herhangi bir şeyi sınırlandırmak çok güçtür. Dünyayı, yaşamı sınırlandıramayız. İyi kabul ettiğimiz, tatlı, güzel dediğimiz birçok davranışta, duyguda yabanlık vardır. Örneğin tutkuda; müzikte. Seçme hakkın vardı oğlum. Ve sen bu hakkı kullandın.

Sözlerinden hiçbir şey anlamamıştım.

— Tedavi yönteminiz başarıya ulaştı efendim, – diye atıldım. Sesimi değiştirerek yavaş yavaş, hayranlıkla konuştum: – Cinayet işlemenin, insanları dövüp onları incitmenin ne kadar kötü şeyler olduğunu öğrendim. Bundan önce göremediğim, anlayamadığım her şeyi bana gösterdiniz, anlattınız efendim. Koca Tanrı sizleri korusun! – Başımı kaldırıp Koca Tanrı'ya dua ediyormuşçasına gözlerimi kapatıp dudaklarımı oynattım. Ne var ki doktorlar başlarını iki yana salladılar üzgünce.

— Sağlığına kavuşmadın, – dedi Doktor Brodsky. – Daha çok işimiz var. Vücudun, bizim yardımımız olmaksızın ilkelliklere, yabanlıklara tepki gösterince tedavi başarıya ulaşacaktır.

— Ama efendim doğruyu eğriyi ayırt edebiliyorum artık. Yaptıklarımın kötü şeyler olduğunu, topluma karşı çıktığımı biliyorum. İnsanlar yeryüzünde, mutluluk içinde birbirlerini incitmeden, dövmeden, bıçaklamadan yaşamalıdırlar. Çok şey öğrendim efendim, inanınız bana!

Ben daha sözlerimi bitirmeden, Doktor Brodsky bembeyaz dişlerini göstere göstere keh keh keh güldü.

— Doğrunun ne olduğunu biliyor, onu onaylıyor, gene de eğriyi yapıyorum ha! Mantık çağı! Olmaz, olmaz evladım. Sen her şeyi bizlere bırak. Umudunu yitirme sakın. Neşeli ol. Yakında bunlar bitecek. İnan bana, on beş güne kalmaz özgürlüğüne kavuşursun.

Başımı okşadı; yanağımdan bir makas aldı!

Ne demişti? On beş gün mü? Aman kardeşlerim, bu bir yaşam boyu benim için! Dünyanın kurtuluşundan kıyamet gününe değin uzayıp giden bir süre. Tam on dört yıl DevTut'ta kapalı yaşamak buna kıyasla hiç kalır. Her gün aynı ağrılar, aynı sızılar...

Doktor Brodsky'le aramızda geçen bu konuşmadan dört gün sonra hemşire elinde şırınga odama girince, "yeter artık" diye bağırıp üzerine saldırdım. Elinden şırıngayı alıp yere attım, kırdım. Kadının da suratına bir tokat attım. Bunu yapmamın nedeni bana gösterecekleri tepkiyi öğrenmekti. Kardeşlerim, odanın içine dört beş erkek hastabakıcı doluştu. Beni karga tulumba yatağa yatırıp üzerime çullandılar. Biraz önce vurduğum hemşire yeni bir şırıngaya ilacı çekip mızrak atar gibi koluma sapladı ucundaki iğneyi. "Seni gidi baş belası seni" diyerek de başparmağıyla pistona hınçla basıp damarıma boca etti ilacı. Beyaz ceketliler yaka paça beni tekerlekli iskemleye oturtup sinema salonuna götürdüler.

Her gün aynı şey kardeşlerim. Dayak yiyen insanlar, parçalanan suratlar, vücutlar, şıpır şıpır akan kan, paramparça edilen insan etleri. Ya gençler yaşlıları dövüyor, öldürüyor ya da Japonlarla Almanlar düşman askerlerine türlü işkenceler yapıyorlar. Ve her geçen gün ağrılarım, sızılarım, mide bulantıları, ölme dileği artıyor, dayanılmaz bir acı kasırgası tüm benliğimi kaplıyor. Öyle bir an geldi ki sabah iğnesinden önce bu pezevenklerden kurtulmak için başımı duvarlara vurdum, vurdum. Hiç olmazsa ölünce bu acı bitecekti. Nerede o talih! Sadece kafamı yarmakla kaldım. Yaptığım bir yabanlık olduğundan midem bulandı; tüm vücudumu ağrılar, sızılar kapladı. Hemen kafama tentürdiyot bastılar, yorgunluktan bitmiş, duygusal fırtınalar içinde yoğrulmaktan gücü tükenmiş vücudumu alıp tekerlekli iskemleye oturttular; sinema salonuna götürdüler.

Bir sabah kardeşlerim, kahvaltımı ederken, bu işin daha çok sürmeyeceğini düşünüyordum. Yolun sonuna gelmiş olmamız gerekirdi. Yumurtalarımı bitirdim. Ekmeğin üzerine tereyağı, reçel sürüp iki lokmada yedim. Üzerine de koca bir bardak sütlü çay içtim. Bu kadar çok ıstıraptan sonra yemek yiyecek iştahı bulmam garipti doğrusu. Neyse, kahvaltımı bitirdikten sonra hemşirenin gelmesini bekledim. Gelmedi. Onun yerine beni her gün sinema salonuna götüren beyaz ceketli erkek hastabakıcı girdi içeri.

— Dostum bugün yürüyerek gideceksin.

— Yürüyerek mi? Nereye?

— Her zamanki yerine. Neden bu kadar şaşırdın? Sinema salonuna tıpış tıpış gideceksin. Tekerlekli iskemlesiz. Ben de seninle birlikte geleceğim tabii. Şeytana uymanı istemeyiz, değil mi?

— O Koca Tanrı cezası iğneye ne oldu? – gerçekten şaşırmıştım kardeşlerim. Aptala dönmüştüm. *Ludovico* belasını damarıma boca etmek o denli hoşlarına gidiyordu ki ondan vazgeçeceklerini aklıma bile getirmiyordum. – Zavallı kolcağızıma o sıvıyı ne zaman vereceksiniz?

— Artık o dönem bitti, – diyerek başını salladı. – Bundan böyle iğne miğne yok. Hadi bakalım, canavarın inine kendi ayağınla git. Koltuğa gene kayışlanacaksın tabii. Gidelim küçük aslan.

Sabahlığımı giyip ayaklarıma da kürklü terliklerimi geçirdim. Koridordan geçerek sinema salonuna girdik.

Bu kez sayın kardeşlerim, her zamanki kadar hastalanmadım, sadece aptallaştım. Filmler eski filmlerdi. İnsanlar ölüyor, kafalar parçalanıyor, dövülenler, akan kanlar, ağlayanlar, aman dileyenler... Topluma yapılan yabanlıklar, Yahudilerin tecrit kamplarındaki fırınlarda cayır cayır yanmaları... Geniş caddelerden geçen tanklar... Tüfek sesleri... Gözlerim gene kıskaçlarla açık tutulmaya zorlanmıştı. Başım, kollarım, bacaklarım kayışlanmış, ne var ki kafama o teneke takke oturtulmamış, teller, kablolar hiçbir yerime bağlanmamıştı. Hastaydım. Susuzluk, korkunç bir mide bulantısı, başımda, kollarımda, bacaklarımda dayanılmaz ağrılar. Beni böylesine hasta eden filmlerde gördüklerimden başka bir şey değildi. İğne yapılmamıştı. Aklıma o anda bu *Ludovico*'nun bir aşı olabileceği geldi. Damarlarımda dolaşan sıvı, ne zaman bu tür sahnelere tanıklık etsem beni hasta edecekti. Dudaklarımı büzdüm. Burnumu çeke çeke ıhı ıhı ıhı ağlamaya başladım. Yaşlar gözlerimden akıyor, perdedeki görüntüleri damlacıkların ardından bulanık izleyebiliyordum. Koca Tanrı gene imdadıma yetişmişti. Hiç olmazsa görüntüleri tümüyle seçemiyordum. Bu rahatlık çok kısa sürdü ne var ki. Beyaz ceketliler ceplerinden çıkardıkları mendillerle gözlerimi sildiler.

— Ağlama yavrum ağlama. Çok az kaldı çıkmana! – dedi adamlardan biri. Görüntülerin bulanıklığı böylece giderildikten sonra Nazileri, ağlayan, Musa'ya yalvaran garip Yahudileri, kocakarıları sokak ortasında döven, küçük kızların ırzına geçen "delikanlıları" izlemeye devam ettim.

Gene başladım ıhı ıhı ıhı ağlamaya. Beyaz ceketliler mendillerini fora edip gözlerimi, yanaklarımı sildiler. Bu adamlar perdedeki kara gömlekli, gamalı haçlı Nazilerden de beterdi.

Rezil filmleri mutlaka izleyecek, bir tek görüntüyü bile kaçırmayacaktım! Ama ben hastalanmışım, sancıdan kıvranmıyorum, umurlarında mı!!

Pirzola, elmalı pasta ve dondurmadan oluşan akşam yemeğimi bitirmiş, yatağıma sırtüstü uzanmış düşünüyordum. Buradan şimdi çıkıp gidebilsem mutlu yaşama olanağını ancak bulabilecektim. Ne var ki elimde silaha benzer hiçbir şey yoktu. Bu Koca Tanrı cezası yerde küçük bir çakı bile bulundurmama izin vermiyorlardı. Her sabah beni tıraş etmek için uzun boylu, iriyarı bir berber beyaz ceketli gardiyanlarımla birlikte odama geliyordu. Beni bir koltuğa oturtup sakalımı kestikten sonra da tek kelime etmeden geldiği gibi gidiyordu. Tırnaklarım çok kısa kesilmiş, delirdiğim bir anda oramı, buramı, şuramı kaşımayayım, derimi yırtmayayım diye de törpülenmişti. Özgürlük günlerimden artakalan bir gölgeydim sadece. Karşı koymalıydım. Direnmeliydim. Yavaşça yatağımdan kalkıp kilitli kapının önüne geldim. Yumruklarımla tahtayı dövmeye, bir yandan da, "açın şu kapıyı! Yardım edin bana. Doktor, doktor, doktor! Ölüyorum... Öleceğim..." diye incecik bir sesle bağırmaya başladım.

Çağrıma koşup gelinceye kadar beyaz ceketli, boğazım kurumuştu bağırmaktan. Anahtar kilitte gacır gucur döndü ve içeri beni her sabah sinema salonuna götüren erkek hastabakıcı girdi. Homur homur homurdanıyordu.

— Ne bağırıyorsun be! Ne oldu? Derdin ne?

— Ölüyorum, - diyerek inledim. - Midem ağrıyor. Apandisit. Ohhh!

— Ne apandisiti ulan!

Gene de tehlikeyi göze alamıyordu. Kardeşlerim, cebinden bir deste anahtar çıkarıp kapıya yürüdü. Mutluluk tüm benliğimi sarmıştı.

— Eğer bir namussuzluk tasarlıyorsan ayvayı yedin demektir. Arkadaşlarımla birlikte sabaha kadar eşek sudan gelinceye dek döveriz seni! Anladın mı?

Kapıyı açtı. Özgürlük kokusu bahar çiçekleri gibi güzeldi. Önümden yürüyerek koridorun titrek titrek yanan ışıkları altında durdu. Yumruğu havaya kaldırıp üzerine atlamaya hazırdım. Kardeşlerim, bir anda beyaz ceketlinin yerde acı içinde kıvrandığını görür gibi oldum. Bağırsaklarımda başlayan mutluluk duygusu safraya dönüşerek ağzıma geldi. Kustum. Dizlerimin bağı çözüldü. Her yanım tir tir titremeye başladı. Soğuk soğuk ter döküyordum. Yavaş yavaş, ayaklarımı sürüye sürüye yatağıma döndüm. Koridorda bekleyen herif ne olup bittiğini anlamıştı.

— Ne kadar güzel! Kendi dersini kendin verdin. Haydi küçük arkadaşım, yataktan kalkıp vursana bana. Gerçekten istiyorum bunu. Hadisene! Patlat yumruğu.

Değil yumruk atmak, elimi kıpırdatacak gücüm kalmamıştı. Sadece hüngür hüngür ağlıyordum.

— Köpek! – dedi tükürür gibi.

Pijamamın yakasından kavrayıp kendine doğru çekti, zavallı, güçsüz vücudumu. Sonra da koca yumruğu gümmm diye suratıma indirdi.

— Bu yumruk beni uykumdan, tatlı düşlerimden kaldırdığın için, pezevenk.

Sırıttı pis pis. Sonra da kapıyı açıp dışarı çıktı. Anahtar kilitte gacır gucur döndü gene.

Bir an önce uyku ülkesine kaçmam gerekiyordu kardeşlerim. İçimi o güne değin duymadığım garip bir duygu kaplayıvermişti. Dayak yemek dayak atmaktan daha güzel, daha mutlu bir olaydı! Eğer o beyaz ceketli odada kalsaydı ona öbür yanağımı da dönerdim...

7

Bana söylediklerinde kulaklarıma inanamadım kardeşlerim. Bu Koca Tanrı belası yerden bir türlü çıkabileceğimi aklım kesmiyordu. Her soruşumda on beş gün diyenler bu bitmez tükenmez on beş tane yirmi dört saatin sona erdiğine karar vermişlerdi anlaşılan.

— Yarın küçük kardeş gidiyor, gidiyor, gidiyorsun!

Başparmaklarıyla kapıyı gösterdiler *oto-stopçular* gibi. Beni döven, her gün o cinnet odasına götüren beyaz ceketli erkek hastabakıcı omzumu sıvazladı.

— Buradan elini kolunu sallaya sallaya çıkabilmen için son sınavı da başarıyla atlatman gerekecek.

O sabah her zamanki gibi sinema salonuna gideceğimi sanıyordum. Ne var ki işkence uzmanlarının yardakçısı beyaz ceketli, pantolonumu, beyaz gömleğimi, deri ceketimi ve ucu demirli, yeni cilalanmış, pırıl pırıl çizmelerimi getirdi. Gırtlak kesen bıçağımı da uzattı. Şaşkın şaşkın yüzüne bakıyordum giyinirken. O ise pis pis sırıtıyor, arada bir bana göz kırpıyordu.

Ağır adımlarla sinema salonuna girdim. Tümden değişmişti burası kardeşlerim. Beyazperdenin önüne yeşil kadifeden bir perde takılmıştı. Tiyatro salonuna benzetilmişti oda. Koltuklar konmuş, yirmi otuz kişi bunlara oturmuştu. Bazılarını tanıyordum. Dev-Tut yöneticisi, bizim rahip efendi, gardiyan ağası, İçişleri Bakanı ve Aşağılık Yaratıklar Bakanı. Başka kimseyi tanımıyordum. Doktor Brodsky'yle Branom da buradaydılar. Doktor Brodsky ayakta, "bilimsel yöntemler estek köstek" geveliyordu. Beni görünce birden yüzü aydınlandı.

— Beyefendiler karşınızda kobayımız. Gördüğünüz gibi sağlıklı. Mışıl mışıl uyuduktan sonra, kahvaltısını etti ve geldi. Damarlarında ne ilaç var ne de biz büyücü doktorlar onu uyuttuk. Ha, ha, ha. Yarın sabah onu toplumun içine salıvereceğiz. Tam bir küçük beyefendi olarak kentimizin caddelerinde yürüyecek, mutluluk saçacak herkese. Yaşlıların ellerini öpecek, küçükleri koruyacak, anasını babasını sayacak. Beyler iki yıldır Dev-Tut'ta yatan bu delikanlı yedi yüz otuz gün sonra gene katil ruhlu, terbiyesiz, küstah bir yaratıktı. Değişmiş miydi hiç? Evet. Tutukevi ona yağcılığı, gönlü istememesine rağmen tatlı tatlı gülmeyi, ikiyüzlülüğü öğretmişti. Bunların yanı sıra türlü türlü kötülükler, topluma zarar verebilecek namussuzluklar da öğrendi küçük dostumuz. Şimdi beyler sizlere bu delikanlının nasıl iyileştiğini tanıtlayacağız.

Bu sözlerden pek bir şey anlamamıştım. Gözlerimi kırpıştırıyor, beni kâh yücelten kâh yerin dibine batıran doktora bakıyordum. Birden tüm ışıklar söndü. Arka duvardaki deliklerden parlayan iki ışıldak yeşil perdeyi aydınlattı. Bir başka ışıldaksa benim üzerime çevrildi. Yavaş yavaş izleyicilerin önünden geçip yan merdivenlerden sahneye çıktım. Sol yanıma orta boylu, tıknaz, kel kafalı, otuz-kırk-elli yaşlarında biri geldi. Bıyıklıydı. Bana doğru yürüdü. Işıldak da onunla birlikte geliyordu. Yan yana durduk. Işıldaklar birleşmiş, kocaman bir ışık havuzu oluşturmuşlardı. Burnundan konuşarak, "Nasılsın alçak herif? – dedi. – Pek yıkanmıyorsun galiba! Leş gibi kokuyorsun."

Sonra da dans etmeye başladı. Hopluyor, zıplıyor, sağ ayağıma basıyordu arada bir. Sol ayağımı da koca çizmesiyle ezip ezip geri sıçramaya başladı. İşaretparmağıyla burnuma fiskeler vuruyor, acıdan gözlerimden yaşlar akıyordu. Uzanıp kulağımı yakaladı. Büktü, büktü. Can acısıyla haykırdım. Karanlıkta oturanlardan bazıları keh keh keh gülüyor, bazılarıysa hahahahaha diye kahkahalar atıyordu. Burnum, ayaklarım, kulağım açık yaraya biber sürülmüşçesine cayır cayır yanıyordu.

— Neden canımı yakıyorsun? Ben sana ne yaptım ki!

— Bunu... – diyerek ayağıma bastı. – Şunu... – Kulağımı radyo düğmesine benzetmiş olacak ki sonuna değin büktü. – Ve yine bunu... – Burnuma fiske vurdu. – Senin gibi yaratıklardan nefret ettiğim için yapıyorum. Eğer direnmek istiyorsan hodri meydan. Buyur!

Artık benim için yapacak hiçbir şey kalmamıştı. Bıçağımı çekip delik deşik etmem gerekecekti. İnşallah bulantılar, ağrılar, sızılar başlamaz diye dua ettim. Kardeşlerim, ceketimin iç cebinden bıçağı tam çıkaracaktım ki birden gözlerimin önünde gelecek canlandı. Beni üzen, acı çektiren adam yerde kanlar içinde yatıyor, aman diliyordu. Sıcak kan deşilen karnından, delinen göğsünden akıyor, ağzının kenarından sızıyordu. Bunu görür görmez artık alıştığım susuzluk, mide bulantısı, baş ağrısı, güçsüzlük tüm vücudumu sis gibi kaplayıverdi. Acıların ortasında özümü yitirdim. Bu terbiyesiz herifle ilgili düşüncelerimi bir an önce değiştirmem gerektiğine karar verdim. Yoksa halim dumandı. Ceplerime daldırdım ellerimi; para, cigara, bir şeyler arıyordum bu herife verecek. Bıçağımdan başka hiç ama hiçbir şeyim yoktu. Ağlamaya başladım salya sümük:

— Sevgili kardeşim, sana bir cigara vermek istiyordum ama kalmamış.

— Ihı ıhı ıhı. Ağla yavrum ağla. Hanım evladı n'olucak!

Herifçioğlu bunları söyledikten sonra gene o kopasıca, ucu sivri tırnağıyla burnuma fiske vurdu bir iki. Karanlıkta oturanlar keh keh keh, hahahahaha gülmelerine devam ediyorlardı. Ne yapacağımı bilemeyerek dizlerimin üstüne çöküp ellerimi ona doğru uzattım.

— Sizin için bir şeyler yapmak istiyorum efendim... – Cebimden bıçağımı çıkardım. – Buyrunuz, alınız efendim. Küçük bir armağan. Buyrunuz!

— Utanmadan rüşvet vermeye kalkıyorsun ha! – Ayağıyla koluma bir tekme attı. Bıçak elimden uçup gitti.

— Sizin için ne yapayım istiyorsunuz? Buyrunuz yapayım. Çizmelerinizi temizleyeyim mi? Bakın dilimle yalayacağım onları.

Kardeşlerim ister inanın ister inanmayın, kırmızı dilimi çıkardım; bu deli herifin çizmelerini yalamaya koyuldum. Ne yaptı biliyor musunuz? Ayağını geri çekip suratıma yavaşça bir tekme attı. Bacaklarından kavrayıp beni dövmesine hiç olmazsa karşı koyabilsem hastalanmayacağımı düşündüm. Ayak bileklerine can simidine tutunurcasına yapıştım. Çektim. Tepetaklak yere düştü. İzleyiciler makaraları koyuverdiler. Keh keh keh yoktu. Sadece hahahahaha! Ağrılar, bulantılar bir anda her yanımı sardı. Hemen ayağa fırlayıp yerden kalkması için elimi uzattım. Fırladı sırtüstü uzandığı yerden. Yumruğunu havaya kaldırıp tam burnuma indirecekti ki Doktor Brodsky seslendi:

— Yeter artık. Dur!

Bu pis yaratık yerlere değin eğilip herkesi selamladı. Sahneden ayrılan bir oyuncu gibi türlü cilvelerden sonra gitti. Işıklar yandı. Gözlerimi kırpıştırarak pırıl pırıl lambaların göz kamaştırıcılığına alışmaya çalıştım. Doktor Brodsky öhö öhö öhö öksürdükten sonra izleyicilere döndü:

— Kobayımız öz mantığına aykırı olarak iyiliğe yönelmektedir. Yaptığı kötülükler de bizlerin mantığına aykırı geldiğinden onu değiştirdik. Kötülük yapma isteği kafasında belirdiği an tüm vücudunu ağrılar, sızılar kaplıyor. Bunlardan kurtulabilmesi için de kötülüğün tam karşıtı olan iyiliğe yıldırım hızıyla yönelmesi gerekiyor. Soracağınız var mı?

— Seçme hakkı yok... – Rahip efendinin kalın sesiydi bu. – Kişisel çıkarları, ağrılardan korkması biraz önce gördüğümüz gibi küçülmesine neden oldu. Öyle değil mi efendim?

— Burada size açıklayamayacağım incelikler, kurnazlıklar var... – Gülümsedi Doktor Brodsky. – Burada kışkırtma, neden aramıyoruz. Önemli olan namus ilkeleri. Suçu kaldırmak görevimiz.

— Ve hapishaneleri yaşanır biçime sokmak, – diye atıldı iyi giyimli bakan.

— Çok güzel... – dedi birisi.

Kavgalar, tartışmalar, bağırıp çağırmalar bir anda koptu salonda. Bu cahil herifler ben zavallıyı akıllarından bile geçirmiyorlardı.

— Ben ben ben! – diye bağırdım avazım çıktığı kadar. – Ben ne olacağım? Sanki bütün bu olanlar beni ilgilendirmiyor? Ben bir hayvan mıyım! Yoksa cansız bir yaratık mı?

Bunun üzerine tümü bana dönüp bir ağızdan bağırmaya çağırmaya koyuldu. Sesimi iyiden iyiye yükseltip boyun damarlarımı şişire şişire avazım çıktığı kadar bağırdım:

— Ben bir OTOMATİK PORTAKAL mıyım yoksa?

Nereden aklıma geldiğini bilmiyorum bu sözcüklerin! Sanki biri benim yerime konuşmuştu. Neyse, biraz önce bağırıp çağıran topluluk sus pus kesildi. Kıpırdamadan baktılar bana. İnce, uzun boylu, kel kafalı, profesörü andıran biri ayağa kalktı. Boynu damarlarla donatılmıştı. Beyninden tüm vücuduna güç taşıyan kablolardı bunlar sanki.

— Karşı koymaya hakkın yok senin. Çoktan yürüyeceğin yolu seçtin. Şimdi bunun sonucunu görüyorsun.

Rahip efendi oturduğu yerden haykırdı:

— Buna bir inanabilsem!

Dev-Tut yöneticisi başını çevirip öyle kötü baktı ki rahibe, bundan böyle o Koca Tanrı kovalayıcısının yükselemeyeceğini anlamış oldum. Hep Dev-Tut'ta küçücük odasında kalacak, tutukluların beyinlerini yıkayacaktı. Tartışmalar yeniden başlamıştı. Her kafadan bir ses çıkıyordu. Tutku sözcüğünün ağızlarda dolaştığını duyabiliyordum ancak. Rahip efendinin kalın sesi herkesi bastırıyordu ne var ki. "TUTKU KORKUYU KOVABİLEN TEK GÜÇTÜR" diye bağırıyordu.

Doktor Brodsky gülümseyerek ellerini kaldırdı. Herkesin susmasını istedi.

— Beyefendiler, bu tutku sorunu beni de yakından ilgilendirmektedir. Şimdi sizlere ortaçağda öldüğünü sandığınız "tutku"dan bir örnek vereceğim.

Işıklar gene söndü kardeşlerim. Işıklar yandı. Bu öyküyü size anlatan zavallı kardeşiniz, düdük gibi, ışıkların ortasında kalakaldı. Sahneye o güne değin gördüğüm en güzel kadın kırıta kırıta geldi. Sutyensizdi. İri, bembeyaz güğümleriyse çırılçıplaktı. Sırtındaki bluzun düğmeleri çözülmüştü. Bacakları sütun gibi, bembeyaz. Yürürken kalçaları titriyor, elimin ayağımın kesilmesine neden oluyordu. Yüzündeyse mutluluk saçan bir genç kızın tatlı gülümsemesi vardı. Yavaş yavaş yürüyerek yanıma yaklaştı. Kardeşlerim, Koca Tanrı'nın yanına varıp geldim bir anda. Mutluluğun doruğundaydım. Aklıma ilk önce bu yavruyu yere yatırıp üzerine çullanarak özümü kana kana doyurmak geldi. Tabii ardından da mide bulantısı, baş ağrısı, sızılar, acılar, ağrılar. Sanki, beni canımdan bezdirmek isteyen bu cehennem acıları avının izine düşen bir polis gibi köşe başında beni bekliyor, herhangi "uygunsuz" bir düşüncenin kafamda belirmesiyle üzerime çullanıyordu. Kızdan çıkan koku başımı iyice döndürmüştü. Midemin derinliklerinden başlayan bir duygu çığ gibi büyüyerek yüreğime saldırdı. Her yanım zangır zangır titremeye başladı. Yeni bir yöntem bulmalıydım bu kızı tavlamak için. Yoksa zebaniler gene üzerime çullanacak, beni kıvır kıvır kıvrandıracaktı.

— Gördüğüm en güzel kızsın... - Tek dizimin üzerine çöktüm. - Yüreğimi söküp senin önüne atabilirim. Çiğne dilersen. Elimde bir gül olsa sana sunardım tutkumu tanıtlamak için. Yağmurlu sokaklarda çamura basmanı önlemek için ceketimi önüne sererdim ki güzel, pamuk ayaklarını kirletmeyesin.

Bunları söylerken kardeşlerim, zebanilerin geldikleri deliklere geri döndüklerini duydum. Ağrıdan, sızıdan kurtulmuştum.

— Sana tapmama izin ver. İnsanların, doğanın tüm kötülüklerinden seni koruyayım... - Kısa süre düşündüm. Hah bulmuştum! - Bırak da senin beyaz atlı *şövalyen* olayım! - Başımı yere eğdim; alnımı ayaklarına sürdüm. Ayakkabılarını öptüm.

Kendimi birden Aptalof gibi duydum. Yüzüm kızardı; utandım. Kız sıradan bir oyuncuydu. Öbür herif gibi yerlere değin eğilip selam verdi; bir iki kişinin alkışlarını duyunca gülümsedi ve çekip gitti. Işıklar yandı. İzleyicilere şöyle bir baktım. Herkesin gözü yuvasından fırlamıştı. Kimi diliyle dudaklarını yalıyor, kimi de alnındaki terleri siliyordu. Bu yaşlı heriflerin yüreklerini dolduran açık saçık duygular yüzlerinden de belli oluyordu, kardeşlerim.

— İşte size gerçek bir Hıristiyan! – diye bağırdı Doktor Brodsky. – Çarmıha birini germektense kendini gerdirmeyi yeğleyen, tokat yediğinde öbür yanağını çevirmesini bilen, bir sineği bile öldürmekten acı duyan iyi yürekli, dinine bağlı bir delikanlı.

Bunu duyunca aklımdan bir sineğin kanatlarını koparmayı geçirdim. Hemen midem bulandı. Sineği şekerle beslemeyi, evcil bir yaratıkmış gibi ona bakmayı düşündüm. İçim rahatladı, derin bir ohh çektim.

— Şeytanın pençesinden çekip kurtardık onu... – Doktor Brodsky deliler gibi avazı çıktığı kadar bağırıyordu. – Koca Tanrı bize yardım etti.

— Önemli olan, – dedi Aşağılık Yaratıklar Bakanı, – başarıya ulaşmış olmamızdır.

— Ah! –diye iç geçirdi rahip efendi. – Başarıya ulaştık ulaşmasına. Koca Tanrı yardımcımız olsun.

Üçüncü Bölüm

1

— Söyleyin bakalım ne yapacağımızı? Ha?

Ertesi sabah Dev-Tut'a raptiyelenmiş gibi duran beyaz badanalı yapının önünde kendime bu soruyu soruyordum. Kirli beyaz rengi gün doğarken, tüm işlemlerimi bitirmiş, gereken yerlere kâğıtlarımı imzalamıştım. Kadını öldürdüğüm gece üzerime giydiğim pantolon, deri ceket, gömlek ve çizmelerimi geri vermişlerdi. Elimdeki çantada özel birkaç parça giysiyle, *yetkililer*'in yeni yaşantımda bana yardımcı olur düşüncesiyle verdikleri paracıkların bir bölümü vardı.

Bir gün önce çok yorucu yirmi dört saat geçirmiştim. Gazetecilerle basın toplantısı, ardından televizyoncularla konuşma, fotoğrafçıların bitip tükenmek bilmeyen fotoğraf çekmeleri, suratımda patlayan, gözlerimi kamaştıran flaşlar ve en zoruma giden bana vuranların elini öpmek, tekme atanların çizmelerini yalamak! Gece yarısına doğru yorgun argın yatağa attım kendimi. Gözlerimi kapayıp uyku ülkesinin sınırlarını yeni aşmıştım ki biri omzumu sarsarak beni uyandırdı. Pencereden dışarı baktım. Şafak sökmek üzereydi. Elime kâğıtlar tutuşturdular. Onun imzası, öbürünün damgası derken zavallı kardeşinizin eve dönme saati gelmişti. Neyse, dediğim gibi üzerimde iki yıllık giysiler, elimde çantam, cebimdeki paracıkları hışır hışır, tıngır tıngır oynatarak kendi kendime söyleniyordum:

— Söyleyin bakalım ne yapacağımızı? Ha?

Kahvaltı edip bir bardak süt içmeyi düşündüm. Herkes beni Dev-Tut'tan bir an önce postalamak için öylesine çaba harcamıştı ki yemek vermeyi unutmuşlardı. Sadece bir bardak ılık çay içebilmiştim, o kadar. Dev-Tut kentin kenar mahallelerinden birinde kurulduğundan, çevresi işçilerin gittikleri lokantalarla doluydu. Bunlardan birine girdim. Leş gibi kokuyordu; masaların üzerine göz boyamak için serilen örtüler pislik içinde, vazolardaki çiçekler de çoktan kurumuştu. Tavanda bir tek ampul vardı. Çevresi de örümcek ağlarıyla örülüydü. Zaten çok zayıf olan ışık, ağların da perdelemesiyle lokanta bozuntusunu kapıcı odası gibi aydınlatıyordu. Erken işbaşı yapan üç beş kişi vardı ki bunlar yağlı bardaklardan çaylarını yudumluyor, ezik büzük sosisleri aç kurt gibi birbiri ardına midelerine yolluyor, geğiriyor, sonra da, "daha yok mu be" diye bağırıyorlardı. Leş gibi bir karı onlara tezgâhtan ha babam yiyecek taşıyordu. Saçlarının kökü siyah, ucu sarıydı. Bakılacak tek yanı koca güğümleriydi, beyaz bluzunun altında löpür löpür oynayan. Yemek yiyenlerden bir ikisi hahahaha diye gülerek güğümlerine el attılar. Kadın da hihihihi güldü, kalçalarını sallaya yanlarından ayrıldı. İğrençti doğrusu kardeşlerim. Kalın ama her sözcüğünden şıpır şıpır beyefendilik damlayan bir sesle reçel, ekmek, tereyağı ve süt istedim. Lokantanın en karanlık köşesine çekilip bunları yemeye koyuldum.

Lokantanın kapısı açıldı. İçeri cücemsi biri girdi. Koltuğunun altında sabah gazeteleri vardı. "Aranıyor – Bulana Ödül Verilecek" diye yazılıp dağıtılan polis bültenlerinden çıkıp gelmişti sanki. Yamrı yumru suratında dikkati çeken tek yan köstebeğinkini andıran gözlerine taktığı çelik saplı, gazoz şişesi dipli gözlüklerdi. Giysileri yırtık pırtık, üstü küf tutmuş muhallebi rengindeydi. Adamdan bir gazete aldım.

Özgürlüğüme kavuştuğumdan dünyada olup bitenleri yakından izlemek istiyordum artık. Gazete hükümeti tutuyordu besbelli. İlk sayfadaki reklamlara bakmaksızın hemen ikinci sayfayı açtım. Önümüzdeki ay yapılacak seçimlerde şimdiki başbakanın partisine oy vermemizi buyuruyordu fıkra yazarı. Sevgili hükümetimizin son bir yıl içinde elde ettiği başarılar sayıp dökülüyordu. Dış ilişkilerde bizim dünyaya, "höt" deyip onların dönerek, "al sana bir bilmem ne" demeleri sağlanmış, ihracat artmış, toplum sorunları tümden olumlu sonuçlara bağlanmış. Hükümetin göğsünü kabarta kabarta söylediği bir şey vardı ki kardeşlerim, size bu öyküyü dili döndüğünce anlatmaya çalışan ben fakiri ilgilendiriyordu. Son altı aylarda sokaklar itten, uğursuzdan, serseriden, köpekten temizlenmiş; karanlık bastıktan sonra kadının kızın, çoluğun çocuğun, yaşlının beli bükülmüşün dolaşabileceği denli güvenlik sağlanmış. Polisin maaşı artırılmış, güvenlikçilerin gençleri bastırabilmeleri için her türlü önlem almalarına izin verilmiş. Gazetenin üçüncü sayfasında, bakar bakmaz, bana birini anımsatan rengi solmuş bir resim gördüm. Gözlerimi kısıp üçüncü sayfayı burnumun dibine sokunca fotoğraftakinin ben ben ben olduğumu anladım. Ürkek ve solgun görünüyordum. Bunun nedeni de gözlerimi kamaştıran, sağda solda patlayan flaş flaş flaşlardı. Fotoğrafın altında Suçluları Yeniden Topluma Kazandırma Enstitüsü'nün ilk mezunu yazılıydı. Tam on beş günde tedavi edilip yasalara saygı duyan, terbiyeli, efendi bir yurttaş olarak ülkeme yeniden kazandırıldığımı belirtmişlerdi. *Ludovico* Yöntemi'ni göklere çıkaran, hükümetin bu konudaki yöntemini öven bir yazı da dördüncü sayfadaydı. Bu yazının iki sütun sağında Aşağılık Yaratıklar Bakanı'nın otuz iki dişini göstere göstere sırıttığı bir fotoğraf vardı. "Sapıkların, canilerin, hırsızların karanlıklardan çıkarak, yasa seven toplumumuza el sürmelerine, onları rahatsız etmelerine izin verilmeyecektir" diyordu bakan efendi. Eeehhhh diyerek elimdeki gazeteyi buruşturup buruşturup top yaparak yere attım.

— Söyleyin bakalım ne yapacağımızı? Ha?

Şimdi anamla babamın yanına dönmekten başka yapacak hiçbir şey yoktu kardeşlerim. Ailemin sıcak kucağında dinlenip kendime gelebilecektim. Odama gireceğim, yatağıma uzanıp müzik, müzik ve gene müzik dinleyeceğim. Bundan sonra ne yapacağımı, yaşamıma nasıl bir yön verebileceğimi saptamak için çok zamanım vardı nasıl olsa. Dün gece yönetici elime upuzun bir liste tutuşturdu. Bu üçüncü hamur samanlı kâğıdın üzerine tükenmezle, başvurmam gereken işyerleri yazılıydı. Yönetici önceden bu iş sahiplerinden birçoğuna telefon edip onlara başvuracağımı bildirmişti. Ama ben Dev-Tut'tan çıktığımın ikinci günü kolları sıvayıp işe başlamayı istemiyordum. Biraz dinlenme, biraz müzik, biraz da gezip tozma!

Lokantadan çıkıp otobüse bindim. Kentin göbeğine indim, oradan bir başka taşıtla Özgürlük Caddesi'ne vardım. Sağa saptım, biraz yürüdüm, bizim evin önüne gelmiştim. Yüreğim küt küt küt atıyordu. Çevrede tıs yoktu. Kış sabahı. *İşçi Onuru*'na bağlı üç beş ameleyle bir amele başı tek sıra önümden geçtiler.

Biz işçiyiz, biz ameleyiz.
Para pul neyimize.
Biz çalışırız, ter dökeriz
Bağlıyız gönülden düzenimize!

Bu marşı hükümetin buyruğuyla her sabah evden işe giderlerken söylerlerdi. Apartmanımın duvarlarına baktım. Şaşırdım. Çılgın genç kardeşlerimin türlü kalemlerle, boyalarla duvarlara yazdıkları kötü kötü şeyler, insan vücudunun orasını, burasını, şurasını gösteren resimler silinmişti tümden. Bembeyaz, tertemiz, pırıl pırıl her yanı evimin. Beni şaşkına çeviren ikinci şey de asansörün çalışır olmasıydı. Düğmeye basınca vınnnnn etti ve zemine iniverdi. Hayret şaşkınlık, şaşkınlık hayret! Elektrikli kafesin içi de çöpsüz, pisliksiz, tertemizdi.

Neyse onuncu kata çıktım. Kapının üzerindeki 10-8 numarasına baktım, baktım. Sonunda titreyen elimi cebime daldırıp anahtarımı çıkardım. Kilide soktum, çevirdim, içeri girdim. Yemek masasının çevresinde oturan üç çift göz şaşkınlık çarpı on bana bakıyorlardı. Babamla anam kahvaltılarını ediyorlardı. Yanlarında oturan üçüncü kişiyiyse ilk kez görüyordum yaşamımda. İriyarı, göğsü orman gibi kıllı, ayağında bir pantolon, üzerinde atlet, sütlü çayını hüüüp diye şapırtıyla içiyor, kürek gibi diliyle de çenesinden aşağı akan yumurtaları yalıyordu. Bu yabancı çayından bir yudum daha aldıktan sonra bana döndü.

— Kimsin sen arkadaş? Anahtarı nereden buldun? Ağzını burnunu dağıtmadan defol git. Çık dışarı, kapıyı da ardından kapat. Sonra tık tık tık vurursun. Biz, "gel" deyince girersin.

Anamla babam donup kalmışlardı oturdukları yerde. Gazeteleri daha okumadıkları belliydi. Babam işine gitmeden gazeteler gelmezdi zaten. Annem öksürdü; boğazını temizledikten sonra kesik kesik konuştu:

— Kaçtın demek... Kaçtın. Şimdi ne yapacağız? Polisi çağırmamız gerekecek oh oh oh. Seni kötü yürekli oğlan seni. Ne hakkın var ikide bir başımıza iş açmaya, bizi böyle üzüp perişan etmeye?

Ve başladı içini çeke çeke ıhı ıhı ıhı ağlamaya. İsterlerse Dev-Tut'u arayabileceklerini, özgürlüğüme kavuştuğumu anlatmaya çalıştım. Bu arada iriyarı herif bana pis pis bakıyor, gözümün üstüne yumruğunu indirmekle indirmemek arasında bocalıyordu.

— Sen de bir iki sorunun cevabını versen nasıl olur kardeşim? – dedim adama dönerek. – Ne arıyorsun bu evde? Ne zamandan beri buradasın? İçeri girdiğimde söylediklerini pek beğenmedim ha! Ayağını denk al yoksa pencereden dışarı gidersin. Konuşsana be!

İşçiydi besbelli. Çok çirkindi. Otuz kırk yaşlarında. Benim söylediklerimi duyduktan sonra tek kelime etmedi. Sadece ayran budalası gibi ağzını açıp bön bön bön baktı.

— Çok şaşırdık birdenbire oğlum... – diyebildi neden sonra babam. – Geleceğini bize bildirseydin. Seni daha beş altı yıl salmazlar diye biliyorduk. Tabii seni gördüğümüze çok sevindik.

Pek mutlu görünmüyordu aslında. Sevgili oğlunu değil de vergi memurunu görüyormuşçasına çatılmıştı kaşları.

— Bu herif kim? Neden konuşmuyor? Neler dönüyor burada?

— Adı Joe, – dedi anam. – Bizimle oturuyor. Kiracımız.

— Senin kim olduğunu biliyorum lan! – dedi ayı yavrusu. – Zavallı ananın yüreciğini nasıl paramparça ettiğini, babacığını nasıl üzdüğünü hep biliyorum. Demek döndün ha? Zavallı ananla babanın yaşantılarını zehir etmek için! Benim ölüme basmadan bu evde yaşayamazsın artık. Ben onların yalnız kiracısı değil oğullarıyım da.

Mide bulantısı, baş ağrısı aynı anda beni bir bulut gibi sardı. O saat bu zavallıya gülmek, katıla katıla gülmek geçti yüreğimden. Adam, babam yaşındaydı en azından. Kim kimin dölünden yetişmişti belli değil! Babam mı ondan, o mu babamdan! Sarsıla sarsıla ağlayan anamın omzunu kavradı pençesiyle; sanki onu benim iblisliğimden korumak istiyordu.

— Demek böyle ha! – Sesim kısılmıştı. Dokunsalar ben de anam gibi hüngür hüngür başlayacaktım ıhı ıhı ıhı'lara. – Sana tam beş dakika izin veriyorum adam. Pılını pırtını toparlayıp odamdan defol.

Odama yöneldim. Adam benim kadar kıvrak olmadığından yolumu kesemedi. Kapıyı açınca yüreğim gümbedek yere düştü; soluğum kesildi. Duvarları süsleyen bayraklarım kaldırılmış, yerlerine yumrukları sıkılı kısa donlu adamların, formalı on bir kişinin resimleri asılmıştı. Çevreye şaşkınlıktan irileşen gözlerimle baktım. *Stereo*, plaklar ve içinde her türlü ilaçların, esrar paketçiklerinin, iki temiz şırınganın bulunduğu tahta kutu da yok olmuştu.

— Namussuzluk derler buna! – diye cırtlak bir sesle haykırdım. – Özel eşyalarıma ne yaptın alçak oğlu alçak?

Joe denen köpeğe sormuştum bunu. Ne var ki cevabı babamdan geldi.

— Polis tümünü toparlayıp götürdü oğlum. Yeni bir yasa çıkmış. Ölen kişinin ailesine verilmek üzere caninin özel eşyalarını alıp götürüyorlar.

Hastalığım gitgide ilerliyordu. Ağzımın içi kupkuruydu. Masanın üzerinde duran süt şişesini kapıp başıma diktim.

— Terbiyesiz, görgüsüz serseri! – diye mırıldandı anamın yeni oğlu.

— O kadının ailesi yoktu ki?

— Kedileri vardı ya oğlum... – Üzüntülü, derinden konuşuyordu babam. – Kadının bıraktığı vasiyetname okununcaya değin o kedilere kim bakacaktı? Okunduktan sonra da kedilere bakacak birini bulmaları gerekiyordu. Polis senin giysilerini, diğer eşyanı sattı, kedilere bakacak birine verdi parasını. Yasalar böyledir oğlum. Ama sen bilmezsin. Yasalara hiçbir zaman uymadın ki...

Bacaklarım tir tir titriyordu. Yatağa oturdum.

— Oturmadan önce izin iste leş kargası.

— Kenef ağzını kapa be ayı! – dedim. Hastalığım çoğaldı; yavaş yavaş dayanma sınırını aşıyor, dizginlerin elimden çıktığı bir yere gidiyordum.

Ağrılardan kurtulabilmek için sırıtmaya çalışarak, sesimi yumuşattım; babama döndüm:

— Burası benim odam. Öyle değil mi? Ev de benim. Şimdi ne önereceğinizi merakla bekliyorum anam ve babam.

Hiç ses çıkarmadan birbirlerine baktılar. Anamın vücudu hâlâ titriyordu. Yüzündeki çizgiler derinleşmiş, gözyaşlarının akıp gittiği küçücük birer kanal olmuştu. Babam öksürdü; gırtlağını temizledikten sonra bana döndü:

— Bunları düşünmemiz gerek oğlum. Joe'ya çekip gitmesini söyleyemeyiz değil mi? İşte kapı, işte sapı demek biraz ayıp olur. Joe tam iki yıllığına buraya geldi. Çalıştığı yerle anlaşması var. Senin uzun yıllar tutuklu kalacağını sanıyorduk oğlum. Odan da bomboş duracağına Joe kiralasın istedik.

Utanmıştı sevgili babam. Yüzünün kızardığından anlıyordum. Daha fazla kem küm etmesine izin vermeyerek elimi kaldırdım; gülümsedim.

— Anlıyorum. Gürültüsüz patırtısız bir yaşantıya, paraya alıştınız. İnsanlar böyledir zaten! Zavallı oğlunuzu evden atmak kolay. Defolsun da nereye giderse gitsin.

Ve kardeşlerim bu sözlerin üzerine, ister inanın ister inanmayın hüngür hüngür ağlamaya başladım. Özüme acıyordum.

— Oğlum, Joe gelecek ayın kirasını şimdiden ödedi. Ona eşyalarını topla git diyemeyiz. Öyle mi Joe?

— Ben ikinizi düşünüyorum. Bugüne değin bana hem analık hem de babalık eden sizleri bu canavarın ellerine bırakamam. Şimdi ağladığına bakmayın. Numara yapıyor piç kurusu! Yaptıklarının cezasını çeksin. Onun gibi kötü yürekli bir çocuğun sizin gibi iyi kişilerin yanında yeri yok.

— Yeter artık! – Ayağa kalktım. Yanaklarımdan yaşlar birbiri ardına süzülüyor, çenemden gömleğime damlıyordu. – Her şeyi anladım. Beni sevmiyorsunuz, istemiyorsunuz. Bugüne değin çektiğim acıların sürüp gitmesini diliyorsunuz.

— Sen de zamanında bir sürü kişiye acı çektirdin. Şimdi sıra sende. Çek, çek de diğerlerinin neler duyduğunu öğren. Yaptıklarını bu aile sofrasında birçok kez dinledim, midem bulandı.

— Keşke, keşke Dev-Tut'taki hücremde olsaydım... gidiyorum artık. Beni bir daha göremeyeceksiniz. Vicdan azabı çekmekten baygın düşünce arayın... Belki gelirim...

— Böyle konuşma oğlum... – dedi babam yarım yamalak bir sevecenlilik gösterisine girişerek.

Anamsa ağlamakla yetiniyor üstdudağına değin uzanan saydam, yapışkan sümükleri hıh hıh diyerek içine çekiyordu. Suratını buruşturdu, yumruğunun tersiyle pörsümüş yanaklarını sildi. Joe kolunu omzuna attı. Yatıştırmaya çalışıyordu "anasını!" Bu sahneyi daha uzun süre izleyemeyeceğime karar vererek kapıya yöneldim. Dalgalı denizdeki bir ceviz kabuğunun üstünde, denge sağlamaya çalışan acemi bir miçoydum. Yalpalıyordum. Gözlerim kararıyor, midem bulanıyordu. Yavaşça kapıyı açtım. Ve kardeşlerim, iki yıl öncesine değin "anam" dediğim, "babam" dediğim iki yabancıyı ardımda bıraktım...

2

Aylak aylak, ne yapacağımı, nereye gideceğimi bilmeden yürüdüm sokaklarda bir süre kardeşlerim. Yanımdan geçen serseri, kötü yürekli gençler durup durup üstüme başıma bakıyor, cık cık cık cık edip güle oynaya yollarına devam ediyorlardı. İçerde geçirdiğim iki yıl giysileri bambaşkalaştırmıştı. Bir an önce karanlıklardan, sokak süprüntülerinin arasından kurtulup kafamı dinleyecek bir yer bulmalıydım. Köşe başında otobüse binip göbeğe indim. Oradan da MELODİ plak dükkânına yürüdüm. Yıllardır paracıklarımı bir bir sayıp tezgâhın üzerine bıraktığım plakçı dükkânında büyük bir değişiklik gözüme çarpmadı. Kel kafalı, çiroz Andy'yi gözlerimle aradım. Her zamanki gibi önümde yerlere değin eğilmesini bekliyordum. Ne var ki Andy'yi bir türlü bulamadım. İçerisi ana baba günüydü. Küçük kızlar, oğlanlar kafalarını sallıyor, ha babam tepiniyorlardı. Günün modası bir şarkı tüm hoparlörlerden odaya fışkırıyor, zıpırları zevklendiriyor, benimse kulaklarımı tırmalıyordu. Tezgâhın arkasında zayıf, genç biri parmaklarını şaklatarak müziğe uymaya çabalıyordu. Yüzü sivilceli, ergenlik çağına yeni pasaport almış oğlanın karşısına geçip durdum. Başını kaldırıp bakmadı bile. Kendinden geçmişti zıpır. Öksürdüm. Lütfedip kafasını kaldırdı.

— Mozart'ın 40 numarasını dinlemek istiyorum... – dedim. Aklıma "kırk numara"nın nereden geldiğini bilmiyorum. Öyle gelivermişti işte.

— Ne kırk'ı kardeşim? – diye sordu oğlan.

— Senfoni. Senfoni...

— Oooooo... – dedi saçı başı birbirine karışmış bir delikanlı bozuntusu. – Seeee foniyyaaa istüüüü... Ha ha ha ha, ha ha ha... Ne kadar ne kadar komik, gülünç, eğlendirici! Sinirlenmeye başlıyordum yavaş yavaş. Ne var ki hastalığımı düşünerek kendimi frenlemeye çalıştım. Tezgâhtara dönüp tatlı tatlı sırıttım; tepinen delibozuğa da gülümsedim, göz kırptım.

— Sen şu köşedeki bölmeye gir, kulaklıkları tak, dilediğini çalarız aslanım.

Hiç ses çıkarmadan bölmeye girdim. Ne var ki tezgâhtarın çaldığı *Kırkıncı Senfoni* değildi. Mozart'ın *Prague*'ını koymuştu pikaba. Raftaki Mozart'lardan birine uzanıp çalmaya başlamıştı bilgisiz dürzü.

İçimden taşan bir öfke tüm benliğimi kaplamaya başlamıştı. Aslında unutmamam gereken bir şeyi tümden unutmuştum. Doktorlar bana o filmleri izlettirirken hep Mozart, Beethoven, Bach çalıyorlardı. Müzikle filmler arasında ilinti kurduğumda midem bulanmaya, ağrılar, sızılar içinde kıvranmaya başladım. Özellikle o nefretlik Nazi filmi aklıma geliverdi. Orada Beethoven'ın *Beşinci Senfoni*'sini çalmışlardı. Mozart'ın bu mutluluk dolu senfonisi gözlerimin önünde o adi filmlerin canlanmasına neden oldu. Soğuk soğuk ter dökmeye başlamıştım. Bölmeden çıkıp dışarı fırladım.

— Keh, keh, keh... – diye güldü arkamdan tezgâhtar.

Sokağa çıkınca derin derin soluk alıp verdim. Hastalığım geçiyordu yavaş yavaş. Köşeyi dönüp Korova Sütbarı'na girdim. Beni ancak büyük bir bardak bıçaklı süt paklardı.

İçeride kimsecikler yoktu. Sabahın bu saatinde herkes uykudaydı zaten. Gece kuşları gündüz uyur gece azar! İçerisi değişmişti. Duvarlarda mööööʼleyen ineklerin resimleri vardı. Tezgâhın ardındaki adamı ilk kez görüyordum. Acemiydi galiba.

— Bıçaklı süt.

Ne dediğimi hemen anladı. Bardağı doldurup bana uzattı. Korovaʼnın dört bir yanında küçük bölmeler, odacıklar vardır. Bunların kapıları yoktur ama kırmızı bir perde çılgın gençlerle ilişkinizi kesebilir. Büyük, deri koltuğa gömülüp sütümü yudumlamaya koyuldum. Bardağın dibine vardığımda duygularım törpülenmiş, düşlere dalmaya hazırlanmıştım. Gözlerim birden kanser paketinin içinden çıkan yaldızlı kâğıda takıldı. Burayı süpüren adamın temizlikle ilişkisi olmadığından her yer çöp doluydu. Yaldızlı kâğıt gümüş rengiydi. Büyüdü, büyüdü, büyüdü. Pırıl pırıldı. Gözlerimi kıstım. Baktım. Güneş Amca odacığa girmişti sanki. Yerimden kalktım. Havalandım. Bölmeden çıkıp barın içinde döndüm dolaştım. Kapının üzerindeki pencereden bir duman gibi süzüldüm kent sokaklarına. Çok kalmadım bu lanetli kentte. Dünyayı dolaşmaya koyuldum. Evreni kapladım. Deniz oldum. Yıkadım tüm yaratıkları. Akça pakça oldular. Tertemiz, pırıl pırıl oldular. Günahlarını temizledim. Düşünürlerin beynini yıkadım; orospuların apış arasını temizledim; bebeklere süt verdim; tüm genç kızları yanaklarından öptüm; koltukları tuttum, sarstım, siyasileri düşürdüm yerlere.

— İşsizler, güçsüzler. Zavallılar, yoksullar sizi, bitip tükenmeyen acılarınızdan kurtarmaya geldim! – diye haykırdım dağ tepelerinden.

Renkler birbirine karıştı. Parlak, donuk, çığırtkan, sessiz renkler. Kimse böylesine muhteşem bir renk cümbüşünün ortasında kalmamıştır. Mavilerin, sarıların, kırmızıların, siyahların, beyazların oluşturduğu bir yelpazenin ortasından heykeller çıkıp yürümeye başladılar. Beyaz sakalları göbeğine değin uzanan Koca Yahudi; misket gözlü, fırça bıyıklı, apış arasında gamalı haç çizilmiş Avusturyalı onbaşı; kel kafalı, kazma dişli, kara gömlekli makarnacı... Bu üçlünün ardından da Koca Tanrı, azizler, koca koca kanatlı melekler ilahiler söyleyerek ilerliyorlardı. Üzerime üzerime geldiler. Yaklaştılar, yaklaştılar. Ezeceklerdi beni. Ellerimle yüzümü kapadım. Bağırdım, haykırdım... Ve birden giysilerim, tüm organlarım dört bir yana saçıldı. Kollarım, bacaklarım, kafam... Cennetteydim. Heykeller bana bakıyorlardı. Kafalarını salladılar. Sırıttılar pis pis. Koca Tanrı sağ ve sol yumruklarını havaya kaldırdı. Makarnacıyla fırça bıyıklı sağına, Koca Yahudi'yse soluna koştular. Yumruklarını indirdi Koca Tanrı. Yer yarıldı. Üçü de gittiler iblisin yanına. Sonra ellerini çırptı Koca Tanrı. Azizlerden ikisi geldiler. Aaa, aaaa! Aziz değildi bunlar. Koca göbekli, hâki rengi giysili, kel kafalı, badem gözlüydü biri. Diğeri de uzun burunlu, kovboy şapkalı. Gene kocaman yumrukları havalandı. Balyoz gibi indi beyinlerine. Yar yarıldı, onlar da gitti. Koca Tanrı bir kez daha çırptı ellerini. Diğer azizler geldiler. Bunların yüzleri sana, bana, ona benziyordu. Koca Tanrı'nın koluna girdiler. Birlikte uzaklaşmaya başladılar. Kocaman gümüş rengi ışık sönüyordu. Bense yavaş yavaş yerime indim havadan. Oturdum. Küçücük bölmedeydim. Önümde boş bir bardak...

Demek ölüm tek gerçekti. Doğum ve ölümün dışında başka hiçbir şey gerçek diye nitelendirilemezdi. Benim yapacağım bir tek şey kalıyordu. Ölmek. Nasıl becereceğimi kestiremiyordum ne yazık ki. Küçük çantamda gırtlak kesen bıçağım vardı. Onu düşününce birden midem bulandı. Hele kesilen boğazımdan kanların akacağını aklıma getirince gözlerim karardı, her yanım ağrımaya başladı. Başımı ellerimin arasına alıp iyi şeyler, mutluluk dolu insanlar düşündüm. Ağrılar, sızılar yavaş yavaş geçmeye başladı; rahatladım. Bu öyküyü sizlere anlatan zavallı Alex'in uykusunda ölmesi, kimseyi rahatsız etmeksizin göçüp gitmesi gerekiyordu. Köşedeki Ulusal Kütüphane'ye gidersem en acısız biçimde yaşamıma son vermenin bir yolunu bulabilirim. Gözlerimi yeniden kapadım. Kendimi bir tabutun içinde gördüm. Herkes üzgündü. Anam, babam, Joe denen hayvan, Doktor Brodsky'yle Doktor Branom, Aşağılık Yaratıklar Bakanı ve bir sürü tanımadığım kişi. Ha, göğsünü gere gere dolaşan, söylevler veren hükümet yetkilisi de oradaydı. Yerimden fırlayıp dışarı çıktım. Kış beni bekliyordu. Sulu karlar "hoş geldin" dedi. Kocaman meydan saatinden, öğleden sonra ikiye vardığımızı anladım. Demek bıçaklı sütün yarattığı düşler ülkesinde sandığımdan daha uzun bir süre kalmıştım. İlkeller Caddesi'ne saptım; biraz yürüdükten sonra Aydınlar Sokağı'na girdim. Ulusal Kütüphane'nin önünde durdum.

Eski püskü bir yapıydı burası. Yıllar önce bir kez gelmiştim. Ufacıktım; altı yaşında falan. Kütüphane iki bölümden oluşmuştu. Kitap almak için girilen, duvarları raflarla kaplı büyük bir salonla, yaşlı, yoksul, gözlüklü, avurtları çökmüş, gözlerinin feri sönmüş morukların gazete, dergi okudukları, tavanları örümcek ağlarıyla kaplı pis bir oda. Ayakta beş on kişi vardı. Gazetelerin dizi dizi durdukları geniş, boyaları soyulmuş masalara bakıyor, geğiriyor, fısıl fısıl konuşuyorlardı. Arada bir gözleri kendilerince üzüntülü bir habere takılıyor, dilleriyle çık çık çık edip, başlarını sallıyorlardı. Masalarda oturanların çoğu uykudaydı. Hele bir kişi vardı ki horul horul horluyordu. Çevremi böylece inceledikten sonra birden buraya neden geldiğimi hatırladım. Ağrısız, acısız, gürültüsüz, patırtısız biçimde yaşamıma son verebilmenin yolunu arayacaktım. Başvuru kitaplarının bulunduğu rafa yürüdüm. Sürüyle kitap vardı kardeşlerim. Ne var ki hiçbirinin adı yoktu. İçlerinden en kalınını göz kararı seçip aldım. Tıpla ilgiliydi yapıt. Sayfalarını karıştırdım. Hastalıklı, yaralı, mutsuz kişilerin resimlerinden başka bir şey göremeyince kitabı kapattım. Midem azdan azdan bulanmaya başlamıştı. Kitabı rafa koyduktan sonra onun yanındaki kara kaplı, kalınca bir başkasını çıkardım. İncil! Belki azgın ruhumu gemler umuduyla Koca Tanrı'nın öğretilerini açtım. Eskiden Dev-Tut'ta geçirdiğim günlerde de bu kara kaplı beni rahatlatırdı. Eskiden mi dedim? Daha dündü. Bana nedense çok eski gibi gelivermişti. Hayret! Koltuklardan birine çöküp okumaya koyuldum. Kavgalar, dövüşler; çarmıha gerilen kişiler, aslanlara yem olan yoksullar... Gene midem bulandı. Kapattım, attım kitabı. Gözlerim sulandı. Yanaklarımdan aşağı yaşlar süzülmeye başladı. Karşımda oturan ahı gitmiş vahı kalmış biri, başını kaldırıp bana baktı, ıhı ıhı ıhı'larımı duyunca.

— Neyin var oğlum? Ne oldu?

— Ölmek istiyorum, – dedim burnumu çeke çeke. – Bıktım artık. Yaşam, küfemde taşıyamayacağım kadar ağır bir yük oldu.

Yanımda oturan yüz yaşında bir moruk, "şşşşşşş" dedi. Susmamı isteyen pinponun elinde bir dergi vardı. İçinde de üçgenler, kareler falan.

— Neyin var? – dedi karşımda oturan. – daha yaşamının ilkbaharındasın!

— Yaşam ne aldatıcıdır biliyor musun? – dedim acı acı. – Takma göğüs gibi! Tam hedefe yaklaştığını sandığın anda eline kauçuk gelir!!

Dergi okuyan, "şşşşşş"ladı beni. Bu kez başını çevirip baktı. Göz göze geldik. Kafamda bir ampul yanıp söndü. O da tanımıştı beni. Dergiyi masanın üzerine fırlatıp bana döndü:

— Birini gördüm mü ömür boyu unutmam. Seni gidi genç serseri seni! Şimdi görürsün!

Kimdi biliyor musunuz? *Kristalografi*'ci! Elinden kitaplarını alıp yırttığımız; gözlüklerini kırdığımız, üstünü başını paraladığımız, kan revan içinde bıraktığımız yaşlı adam. Bu kütüphaneden bir an önce sıvışmanın yollarını bulmalıydım kardeşlerim. Ne var ki kitap meraklısı çoktan ayağa kalkmış, yolumu kesmişti. Bağırıyordu avaz avaz. Diğer emeklileri yardıma çağırıyordu. Öksüre öksüre, tıksıra tıksıra, inleye oflaya doğruldu seksenlikler ordusu yerlerinden.

— Elimize düştü, - diye, cırtlak cırtlak bağırıyordu. - Yakaladık! Kitap düşmanı avucumuzun içinde. O değerli yapıtları yırtan, sayfalarını lağım çukurlarına atan, kitap sevgisini suç sayan bu alçak, sağ çıkmamalı buradan! - Moruğun gözleri dönmüştü. Ağzından salyalar akıyor, bağırıp duruyordu. - Korkak gençliğin örneği işte karşımızda. Ne istersek yapabiliriz ona. Arkadaşlarıyla birlikte beni dövdüler, gözlüklerimi kırdılar, giysilerimi yırttılar. Çırılçıplak evime yolladılar.

İşte abartmaya başlamıştı kardeşlerim. Anımsayacağınız gibi donunu çıkarmamıştık!

— Aradan iki yıl geçti! - diye ben bağırdım bu kez. - O günden bu yana köprünün altından çok su aktı. Yeterince cezamı çektim. Dersimi aldım, bakın, bakın. Resmim tüm gazetelerde var.

— Ceza ha? - dedi asker emeklisini andıran biri. - Tümünüzün köküne kibrit suyu ekmeli. Hamamböceği bile sizden daha yararlıdır. Cezasını çekmişmiş! Hah, güleyim bari!

— Pekâlâ, pekâlâ, herkesin fikri kendine. Bu konuşmayı daha çok uzatmak istemediğimden gidiyorum. Herkesten özür dilerim. Allahaısmarladık. Hoşça kalın!

Kafadan kontak bir sürü yaşlı adamın arasından sıyrılıp gidebilmek umuduyla kapıya yöneldim. Aspirin! Tamam! Üç avuç dolusu aspirin yutarsam yaşamıma son verebilirdim. "Şimdi gidip eczaneden dört tüp aspirin alayım" diye düşünüyordum ki *Kristalografi*'ci ciyak ciyak bağırdı:

— Sakın bırakmayın. Bu katile cezanın ne demek olduğunu öğretelim. Yakalayın!

İster inanın ister inanmayın kardeşlerim, doksanar yaşında üç kişinin titreyen elleriyle kollarımdan tuttular beni. Kefen kokuyorlardı leş gibi. Midemi bulandırdılar. Ölüme ilk kez bu denli yaklaşıyordum. *Kristalografi*'ci alçak üzerime çullanıp Koca Tanrı ne verdiyse vurmaya başladı. Şurama, burama, orama rasgele yumruklar iniyordu. Kurtulmak için çırpındım. Ne var ki tüm çabalarım boşunaydı.

Moruklar göründüklerinden de güçlüydüler. Eski toprak ne de olsa! Gazeteleri biraz önce ölü gözlerle okuyan beş on emekli de gırtlaklarından hırıltılı, astımlı sesler çıkara çıkara zavallı küçük kardeşinize vurmaya geldiler. Deliye dönmüştü adamlar.

— Öldürün! Kafasını kesin! Kanını için! – diye bağıran bağıranaydı.

Her şeyi anlamıştım kardeşlerim. Yaşlılar gençlerden öç alıyorlardı böylece. Bazıları, "Zavallı Jack'i döven velet bu! Her yanını mosmor bırakan iblis" diye bağırıyorlardı. Sanki her şey dün olmuştu. Yaşlı'nın kitaplarını dün yırtmış, gözlüklerini dün kırmıştık. Ne var ki bir yaştan sonra yıl, ay, hafta gibi şeyler birbirine karışıyor; çorba oluyor. Us dengesinin bozulması, düne tırnak geçirip bir türlü kopamamak, beyaz saçları boyatmak, gençlik haplarına dadanmak...

Neyse, çevremde gittikçe daralan bir yaşlılar çemberi vardı. Güçsüz yumrukları, sararmış uzun tırnakları orama, burama, şurama uzanıyor, adamlar kan görme isteğiyle saldırıyorlardı. Önlerinde bütün bu belayı başıma saran emekli pezevenk yumruk vurmaktan güçsüz düşmüş olacak ki tekme atıyordu kabalarıma. Sadece kendimi korumak için ellerimi kaldırmıştım. Kimseye vurmuyordum korkudan. Kardeşlerim, bu yaşlılardan dayak yemek onlara dayak atıp da o acıları çekmekten çok daha iyidir. Ne var ki gene yabanlığın ortasındaydım. İçimdeki bir duygu "hastalığın" köşede beni beklediğini, saldırsam mı saldırmasam mı diye düşündüğünü söylüyordu.

Tam o sırada gençten biri girdi içeri. Hademeydi. Olanları görünce o da bağırmaya başladı:

— Ne yapıyorsunuz burada? Deli misiniz? Durun... Durun diyorum size. Burası kütüphane! – Kimse aldırış bile etmedi. – Polis çağıracağım... – Mutluluk tüm benliğimi sardı birdenbire. POLİS! Yaşamımda ilk kez bu sözcüğü duyup mutlu oluyordum.

— Evet, evet, polis çağırın. Bu delilerden koruyun beni! – Hademede bu manyakların arasına girip beni çıkartacak cesaret yoktu. Kısa bir süre bizi izledikten sonra koşar adımlarla yanımızdan ayrıldı. Polis kardeşlerimizi çağırmaya gidiyordu besbelli. Şimdi yaşlılardan çoğu inler gibi soluk alıp vermeye başlamıştı. Şöyle bir silkinip iki yumruk savursam o masalların ünlü terzisi gibi yedisini birden devirebilecektim yere. Kendimi frenlemek için olağanüstü bir çaba harcıyordum. Yumruklarımı sıkıp, gözlerimi yumdum; bıraktım kendimi sille, tokat, tekme seline. Önderleri alçak da soluk soluğa kalmıştı:

— Genç domuz... Genç katil... Serseri, it, kopuk... Öldürün, gebertin.

Tam burnumun üstünde öyle bir yumruk patladı ki kardeşlerim, sabrım tükendi. Sola bir, sağa iki silkindim, ellerinden kurtuluverdim. Ona dirsek, buna omuz atıp aralarından sıyrıldım; kapıya yöneldim. Ne var ki tüm yaşlıların intikamını benden almak isteyen bu kan davası güdücüleri ardıma düştüler. Can çekişiyormuşçasına inleyerek yürüyorlardı. Yabani bir hayvanın pençelerini andıran elleri titriyor, ağızlarından salyalar akıyordu. Ayağım paspasa takıldı. Düştüm. Çullandılar üstüme. Tam bu sırada genç bir ses duydum:

— Durun bakalım, durun!

Ohh! Koca Tanrı'ya şükürler olsun. POLİS gelmişti...

3

Aptallaşmıştım kardeşlerim. Gözlerim pek iyi seçemiyordu ama bu polislerden birkaçını önceden görmüşlüğüm vardı. Kolumu tutan, yaşlı delilere, "yeter, yeter" diye yumuşak bir sesle konuşan polis kardeşimi hiç tanımıyordum. Çok gençti. Bu yaşta kişileri nasıl oluyordu da polis yapıyorlardı. Alfabeyi yeni öğrenmişlere özgü yarı bilgili bir hali vardı.

Kapıya kadar gelemeyen diğer yaşlılar polis ağabeylerine direnmeye kalkmış, belalarını da bulmuşlardı. Mavi giysili polisler ellerindeki kamçıları şaklata şaklata sırtlarına indiriyordu emeklilerin. Mutluluğun doruğunda görünüyordu kardeşlerim, ağabeylerim.

— Sizi gidi yaramazlar sizi. Hükümetin, devletin huzurunu kaçırmak o denli kolay mı? Alın, alın, alın.

Davar sürer gibi bu yaşlıları okuma odasına soktular. Benim karşımda biraz önce kahramanlık taslayan bu moruklar şimdi ağlıyor, aman diliyorlardı. Yaşlıların tümü de okuma odasına tıkıldıktan sonra kamçılı polisler benden yana döndüler. Sırıtıyorlardı. Çok eğlenmişlerdi besbelli. Diğerlerine kıyasla daha yaşlı görüneni bana göz kırptı:

— Bak, bak, bak, bak, bak kim gelmiş! Kardeşimiz Alex. Nasılsın kardeş? Yıllardır görüşemedik.

Aptallığın dibinde boğulur gibi oldum. Mavi giysiler, pırıl pırıl parlayan miğfer gözümü alıyor, sesin sahibini tanımamı engelliyordu. Başımı çevirip öbür kamçılı polise baktım. O da sırıtıyordu. Bir ona, iki öbürüne baktım. Tanıdım. Dondum. Kalakaldım. Genç, bizim Koca Göbek'ti. Öbürü de Aptalof. Ya! İki eski düşman yan yana, aynı giysiler içinde, bana bakıyorlardı. Suratlarında yavan, anlamsız gülücükler, ellerinde yasaları uygulamak için kullandıkları kamçılar.

— Olamaz!

— Olur, olur... - dedi Aptalof gülerek. Anımsadığım o eşek anırmasını andıran kahkaha: - hiihahiihahiiha!

— Olamaz. Düş görüyorum.

— Düş değil gerçek. Büyücülük yapmıyoruz aslanım. İşe başladık. Polis olduk.

— Siz çok gençsiniz. Çok, çok genç. Sizin yaşınızdakileri polis yapmazlar.

— Gençtik, – dedi polis memuru Aptalof. Gözlerime inanamıyordum. – Artık büyüdük. Hem sen bizden iki üç yaş küçüksündür. Kendinle bizi bir tutma.

— Gene de inanamıyorum!

Koca Göbek, mavi giysili Koca Göbek, kapıdaki emeklileri savıp benim koluma giren genç arkadaşına döndü:

— Buna üç beş tokat atsak iyi olacak Rex. Biliyorsun gençler gençtirler. Delikanlılık ne de olsa. Bizim bu eski dostumuz gene serseriliğe vurmuş işi. Dayak atacak, adam dövecek, onun bunun canını yakacak. Gördün işte. Zavallı adamların canını çıkaracaktı yetişmeseydik. Yüce Devletimiz adına onun cezasını verelim, sonra da karakolda iyice ıslatırız.

— Neler diyorsunuz? – Dayanamayarak patladım. – Benim üzerime saldırdılar. Dövmeye başladılar. Onlardan yana çıkamazsınız. Sen, sen hatırlarsın Aptalof. Hani bir gece şu içerdeki yaşlılardan birini dövmüş, üstünü başını paralamış, kitaplarını yırtmıştık. Sen de gözlükleriyle, takma dişlerini ezmiştin ayağınla. İntikam almak için saldırttı morukları üstüme. Eskiden...

— EVET ESKİDEN... – diyerek sözümü kesti Aptalof. – O günleri hatırlamıyorum. Hem bana Aptalof deme artık. Adım "memur bey!"

— Ben iki yıl öncesini hatırlıyorum, – diye söze karıştı Koca Göbek. – Elinde sustalı, kimseye aman vermezdin... – Eskisi kadar şişman değildi. Av'lıktan kurtulup avcı olanlara özgü yırtıcı bir havası vardı. – Sana bir ders vermeliyiz.

Kollarıma girip beni yaka paça kütüphaneden çıkardılar. Kaldırımın yanında duran polis arabasına tekme tokat soktular. Adı Rex olan tüysüz öne geçti. Olanlara bir türlü inanamıyordum. Düşler ülkesine erken pasaport almışçasına şaşkındım. Her an Aptalof'un maskesini çıkarıp hiihahiiha gülmesini bekliyordum.

— Pete... Pete'e ne oldu. Zavallı Georgie'nin başına gelenleri okudum. Yazık iyi çocuktu.

— Pete, ah evet Pete, – dedi Aptalof, eski yoldaşımızın adını dilinde yuvarlayarak. – O adı bir yerlerden hatırlıyorum.

Araba büyük bir hızla kent dışına doğru yol alıyordu. Bu taraflarda bir karakol olduğunu bilmiyordum.

— Nereye gidiyoruz?

Koca Göbek ön koltuktan başını çevirip yüzüme baktı; sırıttı pis pis.

— Daha karanlık olmadı. Şöyle bir dolaşalım, hava alalım. Her ne kadar doğa kış giysilerine bürünmüşse de gözümüzü, gönlümüzü açacak bir şeyler buluruz. Hem sana göstereceğimiz... Daha doğrusu uygulayacağımız ön-ceza yöntemlerini sokaktaki serseri, aylak takımının görmesini istemiyoruz. Sende bir deneyelim, bakalım ne sonuç alacağız.

— Ne dediğini anlayamadım. Aradan tam iki yıl geçti. Olanları unutalım. Hem yaptıklarımın cezasını çektim ben. Tedavi edildim.

— Bize okudular sabahki gazeteleri, – dedi Aptalof. – Başkomiser her şeyi okudu.

— Okudular demek. Hâlâ okuma yazmayı beceremiyorsun Aptalof kardeşim!

— Böyle konuşmamalısın, – dedi Aptalof. – Sana vereceğimiz cezayı ağırlaştırıyorsun. Hem ben senin kardeşin değilim artık.

Tam kulaktozuna tokadı indirdi. "Ah"layarak kulağımı tuttum. Bu kez burnumda patladı yumruğu. Kan: Kıpkızıl, şıpır şıpır damlamaya başladı gömleğime.

— Kimseye güvenmemek gerek bu dünyada... – dedim elimin tersiyle burnumdan akan kanları silerek. – Arkadaş dedik bağrımıza bastık seni. Şimdi de kalkmış dövüyorsun.

— İşte geldik, – dedi önden Koca Göbek.

Koca Tanrı'nın bile sittir ettiği bir yerdeydik. Bomboş, göz alabildiğine uzanan bir ova, üç beş çırılçıplak ağaç. Çok uzaklardan büyükçe bir aygıtın çıkardığı uğultulu ses de olmasa kendimi yokla varın ortasından geçen küçük, ince çizginin üzerinde hissedecektim. Hava yavaş yavaş kararmaya başlamıştı. Soğuk elimde olmaksızın titrememe neden oluyordu. Çevrede in cin top oynuyordu. Ne birkaç sincap ne tavşan. Yalnız üç iriyarı, mavili ayı ve kardeşiniz.

— Çık dışarı Alex... - dedi Aptalof. - Eğlence başlayacak.

İşkence saati yaklaşmıştı. Önde oturan Rex hiç sesini çıkarmıyor, kanserini içip elindeki kitabı okuyordu. Arabanın içindeki ışığı da yakmıştı. Bu öyküyü sizlere anlatan zavallı kardeşinize başını çevirip bakmadı bile. Aptalof'la Koca Göbek'in yapacaklarınaysa hiç mi hiç aldırmıyordu. Uzun uzun, bana yaptıklarını anlatmayacağım saygıdeğer kardeşlerim. Fon müziği olarak aygıtın gır gır gır sesi, kuru dalların rüzgâra direnirken çıkardıkları çıtır çıtır'lar ve benim inlemelerim... Bir süre ağzımın, burnumun biçimini değiştirmek için uğraştıktan sonra Aptalof ya da Koca Göbek, "yeter artık" dedi. Son bir kez kaburgalarıma tekmeyi yapıştırdı. Yerde döndüm; sırtüstü çimlerin üzerine uzandım. Buz gibiydi hava, yer. Yarı aralık gözlerimle, üstlerine başlarına bulaşan tozu sildiklerini, ceketlerini giyip miğferlerini taktıklarını hayal meyal izleyebiliyordum.

— Gene görüşelim Alex! - dedi Koca Göbek kulağımın dibine değin eğilerek. İnledim cevap olarak. Aptalof her zamanki anırmalarından birini koyuverdi. Şoför koltuğunda oturan, kitabını kapadı, arabayı çalıştırdı. Artlarında büyükçe bir toz bulutu bırakarak kente yollandılar. Eski arkadaşımla eski düşmanım el salladılar. Kıpırdamadan yatmaya devam ettim bense...

Yağmur başladı. İyiden iyiye ayaz çıkmıştı. Çevrede ne bir âdemoğlu ne de onun barınmasını sağlayacak bir yer görebiliyordum. Nereye gidecektim? Ne evim, ne param, ne de beni düşünen insanlar vardı yeryüzünde. Ağladım bir süre ıhı ıhı ıhı! Ellerimi yere dayayıp yavaşça doğruldum; ayağa kalktım. Yürümeye başladım.

4

Yuva, yuva, yuva arıyordum kendime kardeşlerim. Ve YUVAMIZ'a vardım. Sallana sallana yürümeye koyuldum. Anacaddeden ayrılmış, çiftliklerin, tarlaların arasından geçen, eğri büğrü toprak bir yola sapmıştım. Dayak yerken uzaktan uzaktan kulağıma değin gelen makine homurtusuna doğru yürüyordum. Biraz sonra bir köye geldim. Burayı anımsıyordum bir yerlerden, ama nereden! Küçük evler vardı; bahçe içinde, tek kat. Bakımlı çiçek kümeleri, yeni kesilmiş çimler. Biraz daha yürüdüm. Beyaz boyalı bir evin önüne gelince elimde olmaksızın durdum. Ak renkli bir çitin üzerinde büyük harflerle YUVAMIZ yazılıydı. Yağmurdan sıçana dönmüştüm. Giysilerim vücuduma ikinci bir deri gibi yapışmıştı. Saçlarım hain rüzgârın etkisiyle dalgalı güzelliklerini yitirmişlerdi. Yüzüme gözüme yapışmışlardı. Suratımda polis kardeşlerin açtığı yaralar biber sürülmüşçesine yanıyordu. Dilim, ya da parmağımla dokunduğumda dişlerimden birkaçının sallandığını anladım. Midem ağrıyor, susuzluktan dilim damağıma yapışıyordu. Ağzımı açıp soğuk yağmur damlacıklarından birkaçını yakalamaya çalıştım. Kana kana su içmek istiyordum ne var ki. Midem de gurulduyordu açlıktan. Sabahtan bu yana tek lokma yememiştim.

YUVAMIZ yazılıydı kapıda. Nasıl olsa içeride Koca Tanrı'nın kulları yaşıyordu; bana iki parça ekmek, bir bardak su verirlerdi. Bahçe kapısını itip küçük bir deliğe giren yılan sessizliğiyle içeri süzüldüm. Hava iyiden iyiye soğumuştu. İliklerime değin ıslanmıştım üstelik. Ürkek adımlarla ön kapıya vardım, titreyen elimle kapıyı tıklattım. Ses gelmedi içeriden. Bu kez biraz daha güçlü vurdum. Terlik şıkırtısı, biraz sonra da kapı aralandı. Bir erkek sesi ne istediğimi sordu.

— Bana yardım edin iyi yürekli efendim. Polisten dayak yedim. Yol kenarına boş bir çuval gibi attılar gibi. Sıcak bir çorba, ısınmam için ocağın yanında bir döşek...

Kapı ardına değin açıldı. İçeriden, çıtır çıtır yanan odunların sesi kulağıma geliyordu.

— Gir içeri. Koca Tanrı yardımcın olsun. Zavallı düzen kurbanı. Gel, gel. Şu yaralarına bir bakalım.

İyi yürekli adam kolunu omzuma atıp beni içeri götürdü. Yavaş yavaş yürüyor, bayılmamak için olağanüstü bir çaba harcıyordum kardeşlerim. Bitiktim. Başımı kaldırıp bu iyi insana baktım. O da gözlerini benden yana çevirdi. Tanımıştım. Onun beni anımsamaması olağandı. Deli dolu günlerimde yüzüme maske takarak topluma zehir saçtığımı bilirsiniz. Yüzümü çok az kişi görürdü kurbanlarımın arasından. Kısa boyluydu. Orta yaşlı, otuz-kırk-elli!

— Ateşin yanına geç. Biraz viskiyle sıcak su getireyim. Ah zavallı, vah zavallı. Seni çok kötü dövmüşler.

Acıma dolu gözlerle yüzüme baktı.

— Polis, – dedim inler gibi bir sesle. – Polis beni böyle dövdü...

— Kurban kurban üstüne... – İçini çekip başını salladı. – Uygarlığın kurbanı. Neyse biraz viski getireyim. Yaralarını temizleyip sarmam gerekecek.

Başını sallaya sallaya odadan çıkıp gitti. Çevreme bakındım. Rahatlığa önem veren biri döşemişti bu odayı. Kitap, kitap, kitap. Dört bir yanım kitapla doluydu. Erkeğin elinden çıkmış bir dağınıklık bu eve kadın elinin uzun zamandan beri değmediğini tanıtlıyordu sanki. Büyükçe bir masanın üzerinde yazı makinesi, yanındaysa bir sürü kâğıt vardı. Anımsadım. Yazardı bu adam. OTOMATİK PORTAKAL diye bir şey yazmıştı. Ne garip. Bunca yıl sonra kafamda o ad takılıp kalmıştı. Gene de onu tanıdığımı belli etmemeliydim. Şu anda yardıma, iyiliğe gereğim vardı. O Koca Tanrı'nın belası hastane bozuntusu yerdeki beyaz giysili, sulanmış beyinli alçaklar beni bu biçime sokmuşlardı. Nerede olursam olayım sadece iyiliğe, yardıma gereksinen bir yaratık olarak sürdürebilecektim yaşamımı. İsa uzantısı bir kişiydim. Sağ yanağıma bir tokat indiğinde, hazır ola geçip sol yanağımı uzatacaktım.

— İşte geldim, – dedi adam.

Büyük bir bardağı yarısına değin içkiyle doldurup bana uzattı. Önce yudumladım, sonra lıkır lıkır içtim. Tatlı bir sıcaklık tüm benliğimi kapladı. Yazar önümde diz çöküp gazlı bezle yaralarımı sildi.

— Ben küveti doldurayım. Sıcak bir banyo yaparsın. Sen yıkanırken ben yemek hazırlarım.

Kardeşlerim gözlerim dolu doluverdi. İçlendim, boğazım düğümlendi. Dokunsalar salya sümük ağlayacaktım. Gözlerimin sulandığını görmüş olacak ki sırtımı sıvazladı. "Geçti artık. Üzülme" diye mırıldandı.

Neyse uzatmayalım, yerimden doğrulup banyoya girdim biraz sonra. Sıcacık suların içinde bir süre kıpırdamadan öyle yattım, dinlendim. Her yanımı sabunladım, duruladım kendimi, başımdan aşağı tas tas su boşaltarak. Yazar pijama, sabahlık ve terlik bırakmıştı kapıya. Onları geçirdim sırtıma, ayağıma. Ve kardeşlerim, tüm vücudumun ağrımasına karşın gene de iyi duyuyordum kendimi. Yavaş yavaş yürüyerek mutfağa girdim. Masayı kurmuştu iyi yürekli yazar. Tabaklar, çatallar, bıçaklar, büyük bir şişe domates salçası. İskemlelerden birine iliştim. Hemen önüme üç yağda yumurtayla beş on sosis koydu. Fincanımı da ağzına değin sıcak, sütlü çayla doldurdu. Dışım sıcacıktı; her lokmadan, her yudumdan sonra da içim ısınmaya başladı.

— Hay Koca Tanrı razı olsun sizden! Nasıl ödeyeceğim... Nasıl karşılığını verebileceğim bu borcun?

— Senin kim olduğunu biliyorum, – dedi. – Eğer sandığım daha doğrusu umduğum kişiysen tam yerine geldin arkadaşım. Bu sabahki gazetelerde resmin yok muydu? O insanlık dışı yeni yöntemin ilk kurbanısın değil mi? Eğer öyleyse Koca Tanrı elinden tutup getirmiş seni buraya. Hapishanede türlü işkencelere hedef olduktan sonra, sözüm ona özgürlüğüne kavuştun. Şimdi de bu "özgürlük" içinde polis sana işkence yapıyor. Sana acıyorum oğlum... – Makineli tüfek gibi konuştuğundan bir iki sözcük de ben sıkıştırabilir miyim araya umuduyla bekliyordum kardeşlerim. – Buraya yardım istemeye gelen ilk kişi sen değilsin. Polis kurbanlarını bizim bu küçük köyün kapısına değin getirip bırakmaktan hoşlanır. Senin ya da senin gibi zavallıların benim kapımı çalması gene de Koca Tanrı'nın işi. Adımı duymuşsundur?

Çok dikkatli olmam gerekiyordu kardeşlerim:

— OTOMATİK PORTAKAL'ı duydum efendim. Okuyamadım ne yazık ki. Gene de adını duydum.

— Güzeeeel! – Yüzü sabah güneşi vurmuş gibi aydınlandı. – Bana kendinden söz et.

— Anlatılacak pek bir şey yok efendim, – dedim kurumsuz, alçakgönüllü bir sesle. – Yıllar önce arkadaş edindiğim kişilerin üstelemelerine dayanamayarak yaşlı bir hanımefendinin evine girmiştim. Kimsenin canını acıtmak istemiyordum. Ne yazık ki zavallı kadıncağızın yüreği duruverdi beni görünce. Öldü. Cinayet suçuyla yargılandım. Hapse gönderdiler.

— Durma. Anlat, anlat, anlat.

— Sonra Aşağılık Yaratıklar Bakanlığı'yla İçişleri Bakanı ben fakiri yüzlerce kişi arasından seçip *Ludovico* Yöntemi'ne bağımlı tuttular.

— Her şeyi anlat! – Öne eğildi, ağzımın içine girecekti neredeyse. Dirsekleri yemek tabağımın içindeydi. Kulaklarını bekçi köpeği gibi dikmiş, gözlerini açmış, pür dikkat beni dinliyordu. Derin bir soluk alıp söze giriştim. Her şeyi tüm ayrıntılarıyla sayıp döktüm. Dinleyicim, "hımmm, hımmmm, hımmmmm" diyor, başını sallıyordu. Sözümü bitirdikten sonra yeniden kalkıp masanın üzerindeki kirli tabakları topladı; musluğun yanına bıraktı.

— Ben tabakları yıkarım efendim! – diye hemen atıldım.

— Sen dinlenmene bak. – Musluğu açtı. Buhar, "vuşşş" diye bir ses çıkararak püskürdü. – Günah işlediğini biliyoruz. Ne var ki cezan bu günahla kıyaslanamayacak denli büyük. Seni bir makine biçimine sokmuşlar. Seçme hakkını elinden almışlar. Toplumun kabullendiği davranış türlerine boyun eğmek zorundasın. Sadece iyilik yapmakla görevli küçücük bir makinesin. Buna göre müzik, cinsel ilişki, edebiyat ve her türlü sanat dinlendirici, zevk verici değil de, acı çektirici birer etken oluyorlar.

— Evet efendim.

Bu iyi yürekli adamın uçlu kanserlerinden birini yakıp dumanını üfledim.

— Seçme hakkına sahip olmayan kişi kişiliğini yitirmiş demektir.

— Hapishanedeki rahip de bunu söylemişti.

— Öyle mi? Aferin ona. Dinine bağlı olsa gerek. – Yıkadığı son tabağı da kuruladı. – Yarın seni görmek için birkaç kişi gelecek. Seni kullanabiliriz zavallı çocuk. Bu baskı yönteminden kurtulabilmemiz için sana ihtiyacımız olacak. Senin gibi bir delikanlıyı OTOMATİK PORTAKAL'a dönüştüren yönetime yaşam hakkı tanımamalıyız. Hükümetin yalan yere böbürlenmesine dur demenin zamanı geldi... – Biraz önce kuruladığı tabağı yerinden eline alıp havluyla ovuşturmaya başladı.

— Efendim o tabağı kurulamıştınız, – dedim. – Böbürlenme konusundaki fikrinize katılıyorum. Hükümet gerçekten kendini bir halt sanmaya başladı. Tepetaklak gidebileceğine hiç inanmıyor.

— Karım – dedi elindeki tabağa sanki ilk kez görüyormuş gibi bakarak, – yıkardı bulaşıkları. Bir türlü alışamadım... Ev işleri zor geliyor...

— Karınız nereye gitti efendim?

Kadına ne olduğunu gerçekten merak ediyordum. Bizim bıraktığımızda kanlar içindeydi.

— Gitti! – diye bağırdı. – Öldü. Irzına geçildi. Öldü. Burada oldu her şey. İçeride... – Elleri tir tir titriyordu. – Buradan ayrılmak istemedim. Anılarımız var. Birlikte yaşadığımız günlerin acı tatlı anıları burada, bu evde. Zavallı kızcağız.

Gözlerimin önüne o çılgın gecenin düşü oluşuverdi. Kadının üzerine eğilmiş, ona sahip oluyordum. Benden sonra Aptalof, Pete, Georgie... Midem bulandı. Başım mengeneye sıkıştırılmışçasına ağrımaya başladı. Yüzümden kanın çekildiğini, yanaklarımın bembeyaz, kül gibi olduğunu biliyordum. Karşımdaki de anlamıştı bunu.

— Sen git yat, - dedi yavaşça, beni ürkütmemeye çalışarak. - Konuk odasını hazırladım. Zavallı, zavallı delikanlı. Çok kötü günler geçirmiş olacaksın. Sen de zavallı karım gibi uygarlığın kurbanısın...

5

Düşsüz, karanlık bir kuyunun dibinde geçirdim geceyi. Gözlerimi açtığımda beyazdı camın dışı. Sabah. Kahvaltının hazırlandığını tanıtlayan yumurta, sosis, peynir kokuları burnuma değin geliyordu. Nerede olduğumu düşündüm birkaç dakika. Yavaş yavaş dün gecenin olaylarını anımsamaya başladım. Rahatladım. Güven dolu bir yerdeydim. Ne var ki bana bu denli iyiliği dokunan kişinin adını bilmiyordum. Kendisine sormak ayıp olacaktı en azından. Daha üç beş saat önce adama kitabını duyduğumu söylemiştim. Kitap! Tamam. OTOMATİK PORTAKAL'ın bir nüshasını bulduğum an yazarın da adını öğrenebilecektim. Hemen yataktan fırladım. Çıplak ayaklarımla yere basarak çevreme bakındım. Ama kitap mitap yoktu bu odada. Sadece bir yatak, iki koltuk ve yer halısı. Kapıyı sessizce açarak dışarı çıktım. Yattığım odanın bitişiğinde yazarın odası vardı. Hiç ses çıkarmadan içeri süzüldüm. Duvarda karısının büyük boy bir resmi vardı. İçim titredi o taze güzelliği görünce. Hemen gözlerimi kaçırdım. Duvara tutturulmuş üçlü bir kütüphane vardı sağ yanımda. Baktım. Hah tamam OTOMATİK PORTAKAL'ı bulmuştum. Sırtında adı yazılıydı. F. Alexander. Çok güzel. Onun adı da Alex'ti demek. Başım açık, ayağım çıplak, sırtımda da adamın pijamaları olmasına karşı üşümüyordum. Bu küçücük ev çok sıcaktı. Kitabı raftan indirip karıştırmaya başladım. Pek bir şey anlayamamıştım doğrusu. Garip bir anlatımı vardı F. Alex'in. Sürüyle gencin fabrikalara tıkılıp koşullandırıldıktan sonra düzen koruyucusu olarak sokaklara bırakılmalarından söz ediliyordu. Otomatikleştiriliyorlardı. F. Alex, *dünya bahçesi* diye pek sökemediğim bir şeyi anlatıyordu uzun uzun. Koca Tanrı'nın ektiği bu bahçede ağaçlar hep aynı tür meyveler veriyordu. Bu ağaçların meyveleri arada bir yere düşüyor, düşünce de hemen üzerine basılıyordu. Deliydi bu F. Alex hiç kuşkusuz. Belki de karısı öldükten sonra keçileri kaçırmıştı. Tam bunları düşünürken sesini duydum. Aklı başında kişilere özgü yumuşak bir sesle çağırdı beni. Sevecenlik doluydu, "Alex kahvaltı hazır" tümcesi. Bu öyküyü size dili döndüğünce anlatmaya çalışan kardeşiniz Alex merdivenlerden inip yanına gitti iyi yürekli ev sahibinin.

— İyi uyudun mu? – Cevabımı beklemeden büyükçe bir cezvenin içine çorba kaşığını sokup kaynamış bir yumurta çıkardı. – Saat on. Ben kalktığımda yediydi. Çalışıyordum.

— Yeni bir kitap mı yazıyorsunuz efendim?

— Hayır.

Yumurtaların kabuklarını soyup karşılıklı yemeye başladık. Kızarmış ekmeğin üzerini yağlıyor, bir kaşık yumurta, bir lokma ekmek yiyordum. Büyük fincanların içinde de sütlü çay vardı.

— Sağa sola telefon etmekle geçirdim zamanımı.

— Telefonunuz yok biliyordum, – dedim yumurtamı kaşıklayıp ne söylediğime dikkat etmeksizin.

— Nereden? – Gözlerini gözlerime dikmiş garip garip bakıyordu yüzüme. Nereden çıkardın telefonumun olmadığını?

— Bilmem. Ne bileyim. Öyle geldi...

Kardeşlerim, o korkunç gecenin ilk saatlerini anımsıyor muydu acaba bu yazar? Kapısını tıklatıp doktora telefon etmek istediğimi söylemiştim. Karısı da, telefonumuz yok diye cevap vermişti. Gözlerini kısarak yüzüme bakmaya devam etti. Sonra başını salladı, olamaz gibilerden. Yumurtasını kaşıklamaya devam etti.

— Seninle ilgileneceğini sandığım bazı kişileri aradım. Çok etkili bir silah olabilirsin. Seçimlerde bu kötü yürekli kişilerin oluşturduğu hükümeti devirmek için seni kullanabiliriz. Son aylarda suçluları nasıl alt ettiğinden bol bol söz ediyor büyük baş... – Gene gözlerini benimkilere dikti. Neden bunları bana söylüyordu? – Duygusuz genç hayvanları polis yapıyorlar. Gençleri yola getirmek için beyinlerini yıkıyorlar... – Gözleri delilerinkiler gibi parlıyordu. – Başka ülkelerde bu tür davranışların benzerlerini çok gördük. Ne olduğunu anlamadan, bütüncül bir yönetimin kucağında bulacağız kendimizi. Koca Tanrı korusun.

— Nasıl yardım edebilirim size efendim?

— Ancak iblisin kafasından çıkabilecek yepyeni bir yöntemin yaşayan tanığısın. Kamuoyu seni görmeli; anlamalı... – Yerinden kalkıp mutfağın içinde volta atmaya başladı. – Öz çocuklarını senin yerinde görmek isterler mi acaba? Hükümete karşı gelen herkes bu biçimde koşullandırılacak bundan böyle. Yazı yazdım sen uyurken. Senin fotoğrafınla birlikte gazetelerde yayımlanacak. Tabii, iktidara çanak tutanlarda değil. Sen de bir yazı yazacak, bunu imzalayacaksın. Sana yaptıklarını bir bir anlatacaksın.

— Sizin kazancınız ne olacak bütün bunlardan efendim? Yazı için alacağınız paranın dışında tabii. Neden bu yönetime karşı çıktığınızı anlayamadım. Belki aptalım ama kusurumu bağışlayın.

Masanın köşesini tutup elleri bembeyaz oluncaya değin sıktıktan sonra yavaşça kendini iskemleye bıraktı. Dişlerini gıcırdatarak konuşuyordu şimdi:

— Bazılarımız anadan doğma savaşçıyızdır. Özgürlüğümüzü korumamız gerek. Benim için siyasi partiler önemli değildir. Nerede bir kötülük görürsem ona karşı çıkarım. Parti adlarının bir önemi yoktur. Özgürlüktür önemli olan. Halk, özgürlüğü için başkaldırmaz, direnmez. Bir lokma ekmeğe, bir kaşık çorbaya değişir özgürlüğünü. Bunun için onların altına ateş yakmak, haklarını aramalarını sağlamak gerekir. Demokrasi istiyorlarsa onu kazanmak için savaşmaları gerekecektir. Bütüncül yönetimleri yıkıp, özgürlük, mutluluk içinde yaşamalarını ancak biz düşünürler sağlayabiliriz onlara... – Masanın üzerinde duran çatalı alıp duvara saplamaya başladı. Ucu kırılınca da öfkeyle fırlatıp attı. – Ye zavallı çocuk... – dedi bana üzüntülü bir sesle. – Çağdaş dünyanın, uygarlığın kurbanı, ye.

Fıttırmaya başladığını anlamıştım. Film kopmak üzereydi adaşımda.

— Peki benim kazancım ne olacak efendim? Sağlığıma kavuşabilecek miyim? *Dokuzuncu Senfoni*'yi hastalanmaksızın dinleyebilecek miyim?

Dediklerimi şöyle bir düşündü. O ana değin bunları aklına getirmediği belliydi. Özgürlük, yurt, halk gibi parlak sözcüklerin yanında benim durumum onu pek ilgilendirmiyordu anlaşılan. Bencil bir yaratık olduğumu düşünüyordu kuşkusuz.

— Dediğim gibi sen bir tanıksın. Canlı bir tanık. Hadi, hadi yumurtanı ye. Sonra da yazdıklarımı okursun. Haftalık *Trampet*'te yayımlanacak. Senin yazın da orada çıkacak. Zavallı kurban.

Yazdıklarını okurken ağlayacak gibi oldum kardeşlerim. Duygusal fırtınaların içinde başıboş dolaştım. Zavallı bir gencin bütüncül bir yönetimin kucağında neler çektiğini, nasıl koşullandırıldığını anlatmıştı adaşım yazar. Bu kötü yürekli yönetime son vermenin zamanı gelmişti. İnsanoğlunu böylesine yoğurabilen bir hükümete karşı direnmek gerekiyordu. Yoğurulan, koşullandırılan da, bu öyküyü size dili döndüğünce anlatmaya çalışan kardeşiniz Alex'ti.

— Çok güzel, – dedim. – Sizi kutlarım. Herkes ıhı ıhı ıhı ağlayacak.

Başını salladı bir aşağı bir yukarı. Aklına, yarım bıraktığını sandığı bulaşıklar gelmiş olacak ki mutfağa döndü. Ben de öyle kalakaldım ödünç verilen pijamaların içinde. Kendimi F. Alex'in ellerine bırakmaktan başka çıkar yol yoktu. Nasıl olsa bir başıma bu işlerin üstesinden gelemezdim.

Büyük yazar F. Alex mutfakta cebelleşirken kapı zırrrrrr diye çaldı.

— Tamam, – diye bağırdı yazar. Mutfaktan çıkıp ellerini havluyla kuruladı. – Arkadaşlarım gelmişler... – Havluyu kanepenin üzerine top yapıp fırlattı.

Kapıyı açtı. İçeride olduğumdan gelenleri görmedim. Sadece seslerini duyuyordum. Hahaha'lar, hoş geldiniz, hoş bulduk'lar, havalar da çok kötü gidiyor'lar. Odaya doluştular iki üç saniye sonra. Yazar yazısını eline alıp bir iki öksürdü, okumaya başladı. Herkes soluk almadan dinliyordu. Arada bir bana kaçamak bakanlar, başlarını sallayanlar da vardı. Okumayı bitirince F. Alex odadaki üç kişiyi bana tanıştırdı. Z. Dolin yaşlıca, kanser dumanı çekmekten hırlaya hırlaya konuşan bir adamdı. Ağzının kenarına sıkıştırdığı kanserin külleri üstüne başına dökülmüştü. Derbederlik simgesiydi anlayacağınız. Şişman, sarkık yanaklıydı. Gözlükleri vardı kapkalın camlı. Onun yanında duranın adıysa Bilmemne Bilmemne Rubinstein'dı. Upuzun boylu, iyi giyimli, beyefendi gösterişi içinde. Sonuncu konuk D.B. Silva ağır çekim görüntüsünü andırıyordu el kol davranışlarıyla. Ağır bir koku sürmüştü tıraştan sonra. Gözlerini kısarak baktı bana. Gördüğü kursağını doldurmuş olacak ki rahatladı; açtı gözlerini.

— Çok iyi, çok iyi, – dedi Z. Dolin. – Bu çocuk nefis bir makine. Daha güçsüz, daha renksiz olsa iyiydi. Neyse boyayla falan düzeltebiliriz.

Pek hoşuma gitmemişti bu sözler kardeşlerim. Bu heriflerin ne yapmak istediğini anlayamıyordum ama hayırlı bir işin izinde olmadıkları mutlaktı.

— Ne yapacaksınız? – diye sordum dayanamayarak. – Bu küçük kardeşiniz için ne gibi yöntemler uygulayacaksınız?

— Çok garip, çok garip, – dedi F. Alexander. – Bu sesi bir yerlerden anımsıyorum ama nereden? Seninle daha önce karşılaşmış olmamız gerek.

Kaşlarını çatıp önüne baktı. Anımsamaya çalışıyordu kardeşlerim ki bu iyiye belirti değildi. Dikkatli olmam gerekiyordu.

— Toplantılarda kullanacağız seni genellikle, – dedi D.B. Silva; bembeyaz dişlerini göstere göstere sırıttı. – Gazetelerde her gün boy boy fotoğrafların çıkacak. Yıkılan bir yaşamın öyküsü olarak anlatacağız seni. Ateşler yakılmalı...

Zeytin rengi yüzünde pırıl pırıl parlıyordu dişleri. Bizim ülkeden olmadığı belliydi hem konuşmasından hem de derisinin renginden.

— Kimse benim ne kazanacağımı söylemek istemiyor. Hapishanelerde işkence çeken, anası babası tarafından sokaklara atılan, yaşlı adamlarca dövülen, polislerce ölüme bırakılan zavallı küçük kardeşinize ne olacak? Kim bakacak ona?

— Göreceksin oğlum, partimiz seni bir başına bırakmayacaktır, – dedi Rubinstein. – Her şey olup bittikten sonra seni de mutlu kılmanın bir yolunu bulacağız. Sabırlı ol biraz. Beklemeyi öğren.

— Benim bir tek dileğim var. Sağlıklı bir kardeşiniz olarak aranıza katılmak. Bunu sağlayabilir misiniz?

Öhö öhö öhö öksürdü Z. Dolin.

— Özgürlük bizlerin yönetimine girdikten sonra her şey olur yavrucuğum. Sen, yeter ki sana söylenenleri kusursuz yap... – Elini uzatıp sağ yanağımı okşadı. Sanki geri zekâlı bir çocuğu yatıştırmaya çabalıyordu. – Sana kimse dokunamaz bizimle olduğun sürece.

— Sadece kullanılmak için elde bulundurulan bir aygıtmışım gibi davranmayın bana, – diye bağırdım. – Saçmalıklarınızı, söylevlerinizi pekiştirecek başka bir kanıt bulun kendinize. Dilediğinizi yerine getirmek zorunda olan bir aptal değilim. Of, aptal değilim! Of, of, of... Bıktım sizden... Anlıyor musunuz, bıktım!

— Of Aptal... – dedi yazar. – Aptalof! Neydi bu? Aptalof, Aptalof! Birinin adıydı.

— Ne! Bunların Aptalof'la ne ilgisi var be! Hem sen Aptalof'u nereden tanıyorsun? – Birden kafama Koca Tanrı'nın yumruğu dank etti: – Her şeyi berbat ettim... – diye mırıldandım kendi kendime elimde olmaksızın. F. Alex'in gözlerinde okuduğum yabansı bakışlar beni iyiden iyiye ürkütmüştü. Kapıya yöneldim. Bir an önce yukarı çıkıp üstümü başımı değiştirerek buradan gitmeliydim.

— İnanabilsem, – diye hırıltılı bir sesle konuştu yazar. – Bir inanabilsem bu çocuğun karımı öldüren serseri tayfasının üyesi olduğuna... Gebertirdim... Parça parça ederdim...

— Dur, dur, – dedi Silva, yazarın sırtını sıvazlayarak. Evcil bir hayvanın sinirini yatıştırıyordu sanki. – Onlar geçmişte kaldı. Bu zavallı kurbana yardımcı olmalıyız. Şimdilik tek görevimiz bu. Hem, geleceği ve amacımızı unutuyorsun!

— Ben eşyamı alayım, – dedim. – Giysilerimi yani. Hemen giderim. Size teşekkür borçluyum ama yapacak çok işim var. Hem izin verirseniz kendi yaşamımı dilediğimce sürdüreyim.

— Bir yere gidemezsin arkadaşım, – dedi Z. Dolin. – Biz git demedikçe burada kalmak zorundasın. – Üzerime yürüdü. Kolumu yakaladı. Bunlarla dövüşmeyi göze almıştım. Ne var ki "dövüş" sözcüğü aklıma gelir gelmez ellerim titremeye, başım ağrımaya, midem bulanmaya başladı. Kıpırdamadan olduğum yerde durdum. F. Alex'in gözleri yuvalarından fırlamıştı şimdi.

— Nasıl isterseniz öyle olsun. Ben zaten tutsağım elinizde. Ne yapacaksanız bir an önce yapın da bu iş bitsin.

— Güzel, – dedi Rubinstein. – Hadi giyin de başlayalım.

— Aptalof... Of... Aptal... – diye saçmalıyordu F. Alex kısık bir sesle. – Kimdi Aptalof... Kimdi...

Anımsamasına meydan bırakmadan fırladım yukarı; çabucak giyindim. Aşağı indim, üç arkadaşımla birlikte evden çıkıp bir arabaya bindik. Arkaya oturduk: Sağ yanımda öhö öhö öhö öksüren Z. Dolin, solumdaysa Rubinstein vardı. Silva da sürücümüzdü. Küçük evi ardımızda bırakıp büyük bir hızla kente vardık. Uzun yapıların önüne gelince araba durdu. Bu çok katlı, upuzun yapılar bizim evi anımsatmıştı bana.

— Hadi bakalım, – dedi öhö öhö öhö Z. Dolin.

Öksürürken ağzının sağ yanına sıkıştırdığı cigaranın ucu kıpkırmızı yanıyor, gözümü alıyordu.

— Yeni evine geldik.

Büyükçe dış kapıdan içeri girdik. Duvarlarda, "İşçilerin Zaferi"ni yücelten sözler yazılıydı. Doğru asansöre girdik, yukarı katlardan birine çıktık. Tüm kentteki işçi apartmanlarının bir benzeriydi burası. Küçücük iki yatak odası, oturma-çalışma-yemek odası vardı. Bu odanın sağ duvarına dayanmış uzunca bir masanın üstünde kitaplar yığılıydı. Onun yanındaki küçük bir sehpanın üzerindeyse kâğıtlar, mürekkep şişeleri, dolmakalemler, tükenmezler, boya kalemleri.

— Yuvanı beğendin mi? – diye sordu Silva. – Burası senin. Dolaplar yiyecek dolu. Yatak odasında da pijama, sabahlık falan var. Dinlen, kendine gel.

— Olur.

— Pekâlâ, – dedi Rubinstein. – Biz gidiyoruz. Çok işimiz var. Sonra uğrarız yanına. Dinlen, kitap oku...

— Sormak istediğim bir şey var... – Öksürükler, tıksırıklar arasında kesik kesik konuşabiliyordu Z. Dolin. – Ruhu cehennem alevleriyle yanan arkadaşımız F. Alex'in anılarında kıpır kıpır etmeye başlayan bir şey vardı. Acaba bu ateşleri yakan... Yani sen miydin?

— Cezamı çektim. Koca Tanrı biliyor neler çektiğimi. Yalnız kendi günahlarımı değil, bir zamanlar "kardeşim" dediğim kişilerin de günahlarını ödedim... – Sinirlenmiştim. Başım dönüyor, midemde katırlar çifteleşiyordu. – Ben yatsam iyi olacak. Çok kötü günler geçirdim.

— Haklısın, – dedi Silva, bembeyaz dişlerini göstererek. – Yat, uyu, dinlen.

Kapıyı artlarından çekip gittiler kardeşlerim. İşleri vardı: Siyaset falan olsa gerek. Yatağa uzandım bir başıma. Ayakkabılarımı çıkarıp, boyunbağımı gevşettim. Şaşkınlık içindeydim. Ne olacağını, ne yapacağımı, başıma neler geleceğini bir türlü kestiremiyordum. O güne değin okulda, sokaklarda, Dev-Tut'ta gördüğüm, tanıdığım, geçici bir süre için bile olsa arkadaş dediğim kişilerin yüzleri gözlerimin önünde canlandı. Bunlardan bir tanesine bile dönemezdim, yardım isteyemezdim. Şu kavanoz dipli dünyada beni kucaklayacak bir Koca Tanrı'nın kulu yoktu...

Gözlerimi kapadım... Uyumuşum.

Uyandığımda, kulaklarıma nefis bir müzik sesi geliyordu. Duvardan çıkıyordu bu ses sanki. Danimarkalı Otto Sladeling'in *Üçüncü Senfoni*'si. Çok iyi bilirdim bu parçayı. Ne var ki uzun zamandır ilk kez duyuyordum. Özellikle ilk *muvman*'ında yabansı vurgulamaların yer aldığı, duygu coşkunluğu içinde soluklu sazların doruğa eriştiği bir senfoniydi. Kendimden geçmiş biçimde gözlerimi yumdum, dinlemeye koyuldum. Ne var ki kardeşlerim, mutluluğum tam tamına iki saniye sürdü. Dalga dalga gelen acılar, sızılar özümü sarıp sarmaladı. İnlemeye başladım. Ve ben, müzik âşığı Alex kardeşiniz, dizlerimin üzerine çöküp başımı taştan taşa vurmaya başladım, MÜZİK acısına dayanamayarak. Kısa bir süre kafamı parçalamaya uğraştım. Başaramayacağımı görünce titreyen dizlerimin üzerinde doğrulup duvarı yumruklamaya, "durdurun, kapatın, Koca Tanrı aşkı için" diye bağırmaya başladım. Sesimi duymuyordu kimse. Müzik kesileceğine daha da büyük bir coşkuyla çalmaya başladı. Yumruklarımı birbiri ardına vuruyordum duvara. Ellerim kan içindeydi. Bu sesten kurtulmalıydım. Kapıdan çıkmayı denedim. Ne yazık ki siyasiler beni kilitlemişlerdi bu üç odalı eve. Ve her geçen dakika müziğin sesi yükseliyordu. Parmaklarımla kulaklarımı tıkamaya çalıştım. Olmadı. Kapıyı omzumla kırmaya çabaladım. Başaramadım. "Cennetteki Koca Tanrı bana yardım et" diye ağladım. Duyuramadım. Ağrılar, baş dönmeleri içinde deli gibi koşuşturuyordum evin içinde. Üzeri kitap dolu masanın yanından geçerken gözüme bir sözcük iliști. Sabahtan beri yapmak istediğim şeyi tanımlıyordu bu sözcük. Yaşlılardan dayak yememe neden olan şey: ÖLÜM. Bu acımasız dünyaya veda etmenin zamanı gelmişti. Başka çıkar yol yoktu kardeşlerim. Kader, üzerinde ölüm sözcüğü yazılı kitabın yanına bir başka elkitabını koyuvermişti. Üzerinde, "pencereyi açıp odanıza temiz hava, temiz fikir doldurun" yazılıydı. Böylece yaşamıma nasıl son vereceğimi anlamıştım. Aşağı atacaktım kendimi pencereden. Çok kısa süren bir acıdan sonra sonsuzluğa değin uyumak, sadece uyumak...

Kemanlar, soluklu sazlar, duvardan fışkırıp binbir iğne ucu gibi her yanıma batıyordu. Yatak odasındaki pencere kilitli değildi. Açtım. Sarkıp aşağı baktım. Otobüsler, arabalar, yürüyen Koca Tanrı kulları. Derin bir soluk alıp bağırdım:

ELVEDA ELVEDA. KOCA TANRI İNTİHARA İTTİĞİNİZ BU ZAVALLI İÇİN SİZLERİ BAĞIŞLASIN...

Pencerenin kenarına tırmandım. Sol yanımdan müzik tüm gücüyle haykırıyordu. Soğuk rüzgâr saçlarımı dağıttı. Gözlerimi yumdum, atladım...

6

Atladım kardeşlerim. Ve pattt diye kaldırıma düştüm. Ne var ki ölmedim. Hayır; ne yazık ölemedim. Ölseydim zaten bunları yazamazdım. Sonradan öğrendiğime göre atladığım yer ölümü gerçekleştirecek denli yüksek değilmiş. Gene de bacaklarım kırıldı, el bileklerim, kaburgalarım çatladı. Büyük bir acı içinde bayıldım. Gözlerimi yummadan önce çevremde daralmaya başlayan kişilerin yüzlerindeki şaşkınlığı unutamıyorum. Aydınlıktan karanlığa geçerken, bu dünyada benden yana kimsenin olmadığını, o müziğin yeni "dost"larımca beni intihara sürüklemek için kullanıldığını anlar gibiydim. Kişisel çıkarlar, iktidar hırsları için beni harcamışlardı.

Gözlerimi açtığımda milyonlarca yıl karanlıklarda gezindikten sonra ışığa kavuşan bir âmâ gibiydim. Hastanede uyandım. Bembeyazdı dört bir yanım. Hastanelere özgü o buruk ilaç kokusuyla kendime geldim. Hiçbir duygu yoktu vücudumda. Yavaş yavaş gözlerimi açıp kapadım, açıp kapadım. Ağrı, sızı, hiç ama, hiçbir duygu yoktu. Başım, kollarım sarılı, bacaklarım havada asılı, burnuma tüpler, küçücük hortumlar bağlı. Parmaklarıma tahta parçaları bağlıydı. Hani dimdik büyüsün diye çiçeklere bağlarlar ya! Sağ yanımda içi kıpkırmızı kan dolu bir kavanoz vardı havada asılı duran. Ona bağlı hortumcuklardan ikisi burnuma, ikisi de koluma uzanıyordu. Ama ben hiçbir şey duymuyordum kardeşlerim. Yanı başımda bir hemşire iskemleye oturmuş kitap okuyordu. Bulanık görüyordum sözcükleri. Ne var ki bir öykü kitabıydı. Sürüyle noktası, virgülü, noktalı virgülü vardı. Derin derin soluk alıp veriyordu hemşire. Hı ıh hı ıh hı ıh'larını duyunca kitabın git-gel git-gel'le ilgili olduğunu anladım. Fuhuş yani kardeşlerim! Çok güzel bir yaratıktı. Kıpkızıl dudakları, upuzun kirpikleri, yemyeşil gözleri, ipiri güğümleri vardı.

— Neler okuyorsun güzel kız. Bırak onu da gel erkeğinin yanına uzan, – dedim. Dedim ama sözcüklerden hiçbiri doğru dürüst çıkmadı ağzımdan. Dişlerimden birçoğu kırılmıştı. Ne dediğimi anlamadı iri güğümlü. Sadece elinden kitabı atıp ayağa kalktı.

— Kendine geldin demek!

Ona ne denli güzel olduğunu söylemek istiyor ama bir türlü beceremiyordum, "gümsek mumsek bump" gibi karman çorman sözcükler çıkıyordu ağzımdan. Hemşirecik dolgun arka yanaklarını sallaya sallaya dışarı çıktı; bir başıma bıraktı beni. Özel bir oda vermişlerdi bana. Yıllar önce, difteriye tutulup hastanede yatmıştım. O zaman upuzun bir koğuşun en köhne, en yayları bozuk karyolası benim olmuştu. Çevremde sürüyle öksüren, ölümle pençeleşen yaşlı hasta vardı.

Çok güçsüzdüm kardeşlerim. Uzun süre gözlerimi açık tutamıyordum. Gene uyumuşum; daha doğrusu kendimden geçmişim. Ne var ki bulutların arasından o iri güğümlü hemşirenin, yanında beyaz ceketli birkaç kişiyle odama girdiğini görür gibi oldum. Hemşire ellerini kollarını sallayarak bir şeyler anlatıyordu. Beyazlılar da onu dinleyip kafalarını sallayarak, "hımmmm, hımmmm" diyorlardı. Arada bir içlerinden teki eğilip yüzüme bakıyor, alnını kırıştırıyor, dudağını büzüyor, gene, "hımmmmm" diyerek arkadaşlarına dönüyordu. Doktorların yanı sıra Dev-Tut'un ayyaş rahibi de vardı galiba, "oğlum, evladım" gibi sözcükleri mırıldanarak söylüyor, eğilip eğilip yüzümü yakından inceliyordu. Leş gibi, dün gecenin viskisi kokuyordu. Bayat içki kokusu kadar kişinin midesini hiçbir şey ayağa kaldırmaz.

— O hapishanede kalamazdım, – diyordu rahip efendi. – Bu zavallılara yapılanları gördükten sonra bir saniye daha geçiremezdim o dört duvar arasında. Kaçtım ben de. Herkese anlatıyorum o işkenceleri. Sevgili İsa'cığımın öğretilerini yayıyorum dört bir yana.

Gene bayılmışım. Bu kez kendime geldiğimde beni o eve tıkan üçlü, yatağımın çevresindeydi: Silva, Bilmemne Bilmemne Rubinstein ve Z. Dolin.

— Arkadaşım, – dedi üçlüden biri. Ne var ki seçemiyordum kimin konuştuğunu. – Arkadaşım, küçük arkadaşım, kamuoyu ayaklandı. O kötü ruhlu yöneticilerin bir kez daha seçimi kazanmalarına engel oldun. Özgürlük için büyük bir adım bu.

— Ölseydim siz kötü yürekli siyasiler için daha iyi olurdu, – demeye çalıştım. – Halk sizin için bir kukla yığını. Yeter ki iktidar sizin olsun...

Ne var ki sayın kardeşlerim, ağzımdan, "hır hır hır" seslerinin dışında hiçbir sözcük doğru düzgün çıkmıyordu. Üçlüden biri cebinden kocaman bir gazete çıkardı. Açtı; ikinci sayfayı gösterdi bana. Küçük kardeşiniz sedyeye uzatılmış, gözleri kapalı yatıyordu dört sütunluk fotoğrafta. Kan, kan, kan... Her yanım kan içindeydi. Yarı aralık gözlerimle sadece iri puntolu manşeti okuyabiliyordum.

"REFORM DEĞİL CİNAYET DERLER BUNA...
HÜKÜMET CİNAYET İŞLEDİ..."

Sağ alt köşede fotoğrafını tanıdığım birinin ağzından balon çıkarmışlar, içine de, "DEFOLUN" yazmışlardı. Bizim Aşağılık Yaratıklar Bakanı'nın fotoğrafıydı bu. Fıstık hemşire kırıtarak içeri girdi.

— Hastamızı heyecanlandırıyorsunuz ama, – dedi. – Çıkın dışarı.

— Defolun, defolun, defolun! – diye bağırmak istedim ben de arkalarından ama, "hır hır hır"dan başka bir şey çıkmadı ağzımdan.

Gene bayılmışım kardeşlerim. Garip düşler gördüm bu kez. Sanki tüm vücudum organlarından arıtılmış, içi suyla doldurulmuştu. İçim yıkandıktan sonra organlarım temizlenmiş, birer birer yerli yerine konmuştu... Çılgın gibi araba sürüyordum. Küçük bir kasabaya geldim. Adamlar vardı sağımda solumda. Dövdüm onları, kan revan içinde bıraktım... Git-gel, git-gel yapıyordum kızlarla. Sevişiyordum deliler gibi. Giysilerini yırtıyordum kızların; kadınlık armağan ediyordum onlara. Hastalanmıyordum ne var ki bunları yaparken. Dipdiri, sapasağlamdım...

Kendime geldiğimde bir de ne göreyim: Yatağımın yanı başında anamla babam durmuyor mu? Anam ıhı ıhı ıhı ıhı ağlıyordu salya sümük. Konuşabilecek denli ağzım yerine gelmişti.

— Bakın, bakın, bakın kimler gelmiş! –dedim alaylı alaylı: – Size hoş geldiniz diyeceğimi sanıyorsanız aldanıyorsunuz ana baba bozuntuları.

— Fotoğrafını gazetelerde gördük oğlum, – dedi babam utangaç utangaç. – Sana büyük kötülük yapıldığını yazmışlar. Hükümetin seni intihara sürüklediği anlatılıyor. Bizim de suçumuz büyük. Yuvan senindir. Özür dilerim oğlum.

Anam hiç durmadan motor gibi ağlıyordu. Öyle çirkindi ki mübarek kadın, hani anam olmasa kovacaktım odadan.

— Yeni oğlunuz Joe nasıl? İyi, sağlıklı ve zengindir inşallah.

— Alex, Alex ıhıhıhıhıhıhı...

— Polis onu alıp götürdü evladım – dedi babam. – Başı belada anlayacağın.

— Öyle mi? Onun gibi iyi yürekli bir delikanlının başına nasıl böyle bir şey geldi. Mutlak bir yanlışlık olmuştur. Çok şaşırdım doğrusu, çok.

— Kimsenin işine burnunu sokmazdı. Kız arkadaşlarıyla buluşacakmış köşe başında... Polisler gelmiş, çekip gitmesini söylemiş. O da bu ülkenin yurttaşı olarak dilediği yerde dilediği biçimde durabileceğini savunmuş. Polisler de koluna girip arabaya attıkları gibi götürmüşler onu.

— Çok yazık, – dedim. – gerçekten üzüldüm. Şimdi nerede?

— Ihıhıhıhıhı, gitti...

— Evet, – diyerek anamın ağlamalarını örtecek perdeden konuştu babam. – Geldiği kente döndü. Buradaki işini de başkasına verdiler.

— O zaman eve dönebilirim. Her şey eskisi gibi olacak mı?

— Evet, – dedi babam. – Her şey senin istediğin gibi olacak.

— Düşüneyim bir. İyice düşünmeden karar vermek istemiyorum bu kez.

— Ihıhıhıhıh.

— Kapa çeneni be! – diye bağırdım kulak tırmalayan sesli anama: – Yeter artık. Şimdi şuradan kalkar gözünün üzerine iki çekerim gerçekten zırlamaya başlarsın.

Bu sözcükler ağzımdan çıkar çıkmaz tüm benliğimi bir mutluluk kapladı, bir mutluluk kapladı, sormayın gitsin! İçimde uzun süredir altı sönmüş bulunan kin tenceresi yeniden kaynamaya başladı fokur fokur. Çok garipti doğrusu. Neler oluyordu bana böyle? Bunu enine boyuna, uzun uzun düşünmeliydim. Galiba iyileşmek için önce kötüleşmem gerekecekti.

— Ananla böyle konuşman yakışık almaz evladım – dedi babam. – Ne de olsa bu dünyaya seni o getirdi.

— Evet, – dedim. – Evet, bu boktan dünyaya beni getirdiği için onu dövmek geçti içimden. – Acı çekiyormuşum gibi iyice yumdum gözlerimi: – Gidin artık. Düşünmeliyim. Karar verince bildiririm size, gelip alırsınız beni. Her şey dediğim gibi olmazsa başınıza gelecekleri siz düşünün.

— Nasıl istersen öyle olacak evladım.

— Evin yöneticisi, ailenin reisi ben olacağım.

— Sen olacaksın, yalnız sen. Yeter ki aramıza dön.

— Ihıhıhıhı...

Odadan çıkıp gittikten sonra anamla babam, sırtüstü öyle yatıp düşündüm. Gözlerimin önünden değişik olaylar, değişik kişiler geçip duruyordu. Kısa bir süre sonra yavru hemşire geldi; çarşafları düzeltti, yastığımı değiştirdi.

— Ne kadardır buradayım?

— Bir haftayı geçti.

— Ne gibi sağaltıcı yöntemler uyguladılar?

— Kemiklerin kırılmıştı, iç kanamalar vardı, çok kan kaybetmiştin. Seni yeniden dünyaya getirdiler anlayacağın.

— Peki ama kafama, başıma ne oldu? Yani beynimle oynadılar mı?

— Her ne yaptılarsa senin iyiliğin içindir.

Aradan birkaç gün geçtikten sonra iki doktor geldi yanıma. Gençtiler. Suratlarına gülücükler yapılmıştı yağlıboyayla. Verniklenmişti de üstelik, hiç bozulmuyordu. Ellerinde bir kitap vardı, içi resim dolu.

— Bu resimlere bakmanı istiyoruz. Ne düşündüğünü de söylersen mutlu kılarsın bizleri.

— Nedir bu resimler küçük kardeşlerim benim? Ne gibi iblislikler düşünüyorsunuz gene?

Utangaç utangaç bakıştılar, yatağın iki yanına oturup kitabı elime tutuşturdular. İlk sayfada küçük bir kuş yuvası vardı, içi yumurtayla dolu.

— Evet? – diye sordu doktorlardan sağımdaki.

— Kuş yuvası, – dedim. – Yumurta dolu. Çok, çok güzel.

— Ne yapmak geliyor içinden onlara bakarken?

— Kırmak, parçalamak. Tümünü alıp uçurumdan aşağı atmak ya da duvara çarpmak. Sonra da kırılıp kırılmadıklarına gidip bakmak...

— Güzel, güzel... – dediler bir ağızdan. Sayfayı yine çevirdiler. Koskocaman bir tavuskuşunun resmiydi gördüğüm. – Ya bunu ne yapmak istersin?

— Tüylerini yolmak, boynunu koparmak. Acı içinde bağırmasını izlemek.

— İyi, – dediler bir ağızdan. – Çok, çok iyi.

— Sayfaları çevirmeye devam ettik. Güzel kızlar vardı. Git-gel git-gel yapılır bunlara sadece dedim. Sonra da yenir, içilir, yutulur. Mutluydular ben bunları söyledikçe. Kavgalar, yaralılar, kan içinde inleyenler gördükçe, güzel dedim, çok güzel. Doktorlar da el çırptılar, birbirlerini kutladılar.

— Nedir bütün bunlar? – diye sordum dayanamayarak.

— Derin *hipnopediya*, – dedi solumdaki beyaz ceketli. Hiçbir şey anlamamıştım. – Sağlığına kavuştun demektir.

— Deli misiniz? Sargılar içinde yatarken nasıl sağlığıma kavuşmuş olabilirim?

— Bekle birkaç gün. İyileşiyorsun küçük kuş, iyileşiyorsun.

Ben de bekledim kardeşlerim. Yumurtalar, bol yağlı kızarmış ekmekler, sütlü çaylar içerek, gücümü yeniden kazanarak bekledim. Bir gün, çok ama çok önemli birinin beni görmek istediğini söylediler.

— Kim? – dedim, yatağımda doğrulup oturarak. Güzel, lepiska saçlarımı taradım. Sargıları çıkaralı iki ay oluyordu. Saçlarım uzamaya başlamıştı.

— Görürsün, görürsün.

Ve gördüm kardeşlerim. Saat tam iki buçukta gazeteciler, televizyoncular, ellerinde mikrofon bir sürü adam odayı doldurdu. Alkışlar, bağırtılar, "yaşa, var ol" sesleri geliyordu penceremin altından. Bu öyküyü sizlere dili döndüğünce anlatmaya çabalayan kardeşinizin konuğu geliyordu. Ve tabii gelen Aşağılık Yaratıklar Bakanı'ydı. Soylu sınıfına özgü gülücükler dağıtarak girdi içeri. Fotoğrafçılar eğiliyor, bükülüyor, yerlere yatıyor, her açıdan fotoğrafımı çekmeye uğraşıyorlardı.

— Vay, vay, vay, vay bakın kim gelmiş. N'aber arkadaşım? – dedim.

Ses mes, flaş mılaş, gürültü mürültü kesiliverdi. Herkes soluğunu tutmuş, olacakları merakla, biraz da korkuyla bekliyordu.

— Sayın bakanımızla konuşurken saygılı ol piç... diye fısıldadı kulağımın dibinden biri...

— Hastir – dedim. – Senin bakanının da senin de.

— Sinirlenme kardeşim, – dedi bakan efendi. – Biz onunla eski dostuz. Öyle değil mi?

— Ben düşmanlarımdan başka herkesin dostuyum.

— Düşmanların kim senin?

Gazeteciler ha babam yazıyorlardı ağzımızdan çıkanları.

— Bana kötülük yapan herkes düşmanımdır.

— Haklısın, – dedi Aşağılık Yaratıklar Bakanı, yatağımın kenarına ilişerek. – Ben ve üyesi bulunduğum hükümet bizi dost olarak görmeni istiyor senden. Arkadaşız seninle. İçlidışlı hem de. Sana elimizden gelen iyiliği yaptık, bundan böyle de yapacağız. Bak bu hastanede bakılıyorsun, yiyorsun, içiyorsun. Sana kötülük yapmak istemedik hiçbir zaman. Ama seni kendi çıkarlarına alet etmek isteyenler oldu. Sen de biliyorsun bunların kim olduğunu değil mi? Evet, evet, evet. Siyasi çıkarları için seni kullandılar. Ölseydin mutluluklarına mutluluk katardın. Sonra da ölümünü hükümetimizin üzerine yıkarlardı. Bu adamları tanıyorsun.

Hiç cevap vermiyor, söylediklerini dinlemekle yetiniyordum.

— Hele aralarında yıkıcı, bölücü fikirlerini başkalarına aşılamak için kalem gücünden yararlanan biri vardı. Adı da F. Alexander. Senin kanını içmek için uğraşıp duruyordu. Ama biz onu ortadan kaldırdık.

— Arkadaşımdı sözüm ona, – dedim. – Bana analık etti bir ara.

— Senin yıllar önce ona yaptıklarını öğrenmiş. Aslında kötü bir şey yapmış değilsin ha! O aklınca seni görmek istediği biçimde görmüş. Kötü demiş senin için. Karısını öldürdüğünü söylüyordu son kez gördüğümde. Yalan tabii, yalan...

— Öyle mi söylüyordu gerçekten?

— Boş ver onu şimdi. Delinin biriydi. Onu ortadan kaldırdık. Hem kendi iyiliği hem de toplumun iyiliği için sesini kıstık. Tabii senin de iyiliğin söz konusu.

— Çok iyi yüreklisiniz. Sağ olun.

— Buradan çıkınca artık çalışman, üzülmen gerekmeyecek. Elimizden geleni yapacağız senin için. İyi bir iş, bol para... Sana her istediğini vereceğiz. Bize yardım ediyorsun çünkü.

— Ben mi?

— İnsanlar arkadaşlarına yardım etmez mi? – Elimi tutup havaya kaldırdı. Fotoğrafçılardan biri, "gülümseyin" diye bağırdı. Flaşlar patladı. Aşağılık Yaratıklar Bakanı'yla bendeniz arkadaş olmuştuk, kardeş olmuştuk. – Aferin. Aferin küçük Alex. Şimdi sıra, sana küçük bir armağan vermeye geldi.

Ellerini çırptı bakan ve içeriye, elinde büyük bir paketle biri girdi. Onun ardından iki kişi daha yürüyordu. Onların da ellerinde kocaman paketler vardı. Hemen anladım üzerindeki cicili bicili etiketten ne olduklarını. STEREO PİKAP. Yere bıraktılar kutuları. İyi giyimli biri kalabalığın arasından çıkıp kutuları açtı; on dakika kadar kabloları falan bağladı, fişi prize soktu. Başka bir adam da elinde otuz üç devirli albümlerle yanıma geldi.

— Hangisini isterseniz onu koyalım. Mozart? Beethoven? Schoenberg? Carl Orff?

— *Dokuzuncu*, – dedim. – Harika *Dokuzuncu.*

Ve *Dokuzuncu* başladı kardeşlerim. Herkes ayaklarının ucuna basa basa birer ikişer çıkmaya başladı odadan. Gözlerimi kapayıp kendimi müzik selinin ortasına bırakıverdim. Sayın bakan başımı okşadı: "İyi çocuktur" dedikten sonra gitti. Gözlüklü biri yanıma yaklaşıp, üzeri kargacık burgacık yazılarla dolu bir kâğıt uzattı. "İmzalayın lütfen" dedi. Umurumda mıydı ne olduğu! Bastım "A L E X"i. O da gittikten sonra bir başıma kaldım dünyadaki tek gerçek dostum Ludwig'le.

Kemanlar, mutluluk, mutluluk diye haykıran kemanlar. Buluttan buluta sıçrıyor, gırtlak kesen bıçağımla dünyayı kana boyuyordum. Tek gözümü açıp plağa baktım. Daha başındaydık, başında. En az bir saatlik mutluluk dolu müzik vardı kardeşlerim. Tedavim büyük bir başarıyla sonuçlanmıştı, büyük başarıyla...

7

— Söyleyin bakalım ne yapacağımızı? Ha?

Bu soru Kulunuz Alex'ten çıktı. Korova Sütbarı'nda oturmuşuz arkadaşlarla. Arkadaşlar? Len, Rick ve Öküzof. Öküzler gibi kalın ensesi ve möauuu diye böğüren kalın sesi olduğu için Öküzof. Düşünüyoruz ki ne yapacağız bu gece? Dışarısı kuru ayaz. Kış! Bütün etraf süt, afyon, esrar, eroin gibi ne varsa içip uçuşa geçmiş, onları, bunları, şunları görmeye başlamış heriflerle dolu. Şu lanet ve gerçek dünyadan kopmuşlar, yanında on iki melekle arp çalıp şarkılar söyleyen, el çırpan Koca Tanrı'nın önüne çıkmışlar. Bizse eskiden dediğimiz gibi bıçaklı sütleri kafaya dikiyoruz ki şöyle bir kendimize gelelim, eğlenceye hazır olalım. Ama zaten bunların hepsini size daha önce de anlatmıştım.

Modaya uygun giyinmişiz. O günlerde modayı izleyenler bilir bunun ne demek olduğunu. Feci halde bol pantolonlar var ayağımızda. Gömleklerimizin bağrını açıp içine eşarbı tıkmışız. Onun üstünde siyah parlak deri yeleklerimiz sırtımızda. Bir de kafayı usturaya vurmak moda olduğundan başın büyük kısmı cavlak. Saçlar sadece kellenin yanlarında. Ayaklarda surat dağıtmaya yarayan aynı harika koca kalın çizmeler.

— Söyleyin bakalım ne yapacağımızı? Ha?

Dördümüzün en yaşlısı gibi duruyorum, onlar da beni öncüleri görüyor. Ama bazen bana öyle geliyor ki iri biri olduğundan ve tepesi attığında vücudundan kalın böğürme sesleri çıktığından Öküzof'un aklından öncülüğü ele almak geçiyor. Ama kardeşlerim, bütün fikirler Kulunuz Alex'ten geliyor. Bir de ünlü olmuşum, fotolarım, yazılarım, bir sürü bok püsürüm gazetelere çıkmış. Üstüne üstlük Ulusal Ses Kayıt Arşivi'nin müzik kısmında çalışıyorum ve açık arayla dördümüz arasındaki en iyi işe sahibim. Haftanın sonu geldiğinde cebimde bir sürü harika mangırlar ve kendi küçük rafımda bir sürü güzel plaklar oluyor.

Bu akşam Korova'da bol miktarda herif, oğlan, karı, kız var. Kafaları çekiyor, bağıra çağıra gülüp konuşuyor, uzayda yörüngeye çıkmışlar gibi ağızlarından tükürükler saça saça saçma sapan laflar ediyor, pikapta çalan tüm o bok püsürü dinliyorlar. Barın önünde modaya uygun giyinip kuşanmış üç piliç var. Uzatıp beyaza boyattıkları tarak görmemiş saçlarıyla, bir metre ileri fırlamış sahte güğümleriyle, dapdar kısa etekleriyle ve alttan görünen köpük gibi beyazlarıyla duruyorlar. Öküzof habire, "Hadi üçümüz takılalım şunlara. Len aldırmaz. Len'i Tanrısı'yla başbaşa bırakalım" diyor. Len de "Ulan taşaksızlar, hani hepimiz birimiz, birimiz hepimizdi?" diyor. Birden kendimi feci feci yorgun hissettim. Ama bir yandan da içimi yakan bir enerjiyle doluyum. "Dışarı dışarı dışarı" dedim.

Rick, "Nereye?" diye sordu. Yüzü kurbağaya benzer Rick'in.

"Görelim bakalım dışarıda karşımıza ne çıkacak" dedim. Ama kardeşlerim, bir yandan feci bıkmış ve hayli de umutsuz vaziyetteyim. Zaten son günlerde sık sık böyle hissediyordum. En yakınımdaki adama döndüm. Arkadaş sırtını maroken duvara verip kafayı bulmuş, uzaya çıkmış, ağzından salyalar akıtarak bir şeyler anlatıyor. Karnına hızlı hızlı pat pat pat yumruğu çaktım. Herif tınmadı bile kardeşlerim, "Erdem, tepede toplanmış saçlarda mı bulunur?" diye saçmaladı. Biz de sütbarın kapısını açıp soğuk kış gecesine daldık.

Umutsuzluk Caddesi'nden aşağı doğru yürüdük ve o yönde devriye gezen polis görmedik. Bunun üzerine gazeteciden gazete almış, bize doğru yürüyen yaşlı bir adamla karşılaşınca Öküzof'a, "Hadi bakalım Öküzof, istediğini yap" dedim. Bugünlerde genellikle emir veriyor, sonra da yapılanı seyretmek için kenara çekiliyorum. Öküzof pata küte girişirken ötekiler de kahkahalar içinde çelme takıp tekme atarak herifi yere indirdiler. Sonra da bıraktılar oturduğu binaya kadar emekleye emekleye gitsin. Adam sessiz sessiz ağlıyordu.

Öküzof, "Şöyle bizi soğuktan koruyacak bir kadeh götürsek nasıl olur Alex?" dedi. New York Dükü'nden fazla uzakta değildik. Diğer ikisi de evet evet evet diye baş sallayıp bana baktılar. Ben de baş sallayınca gittik. Bizim yaşlı karılar, haminneler, kokonalar oradaydı. Hep bir ağızdan yine başladılar "İyi akşamlar çocuklar, Allah sizden razı olsun, siz ne iyi gençlersiniz" tekerlemelerine. Bekliyorlar ki, "Canınız ne çeker kızlar?" diyelim. Öküzof zile basınca ellerini kirli önlüğüne sile sile bir garson geldi. Öküzof, "Haydi beyler, mangırlar masaya" dedi ve kendi paralarını ortaya yığdı. Hışır hışır eden, tıngır tıngır öten bozukluklar, kâğıt paralar. "Bize viski. Hanımlara da aynısından."

İşte o anda, "Canları cehenneme. Kendi içkilerini kendileri alsınlar" dedim. Bu neydi, anlamadım ama bugünlerde pintinin biri olup çıktım. Paracıklarımın hepsini kendime saklayayım, bir güzel istifleyeyim gibisinden bir istek gelip yerleşti kafama, kim bilir hangi nedenden.

"Hayırdır birader? Ne oluyor sana?" diye sordu Öküzof.

"Canın cehenneme" dedim. "Bilmiyorum, bilmiyorum. Ne mi oluyor, onca zorlukla kazandığım paracıklarımı har vurmak istemiyorum. Bu oluyor işte."

"Kazanmak mı?" dedi Rick. "Ne kazanması? Senin de iyi bildiğin gibi hiç de kazanmak zorunda değilsin sevgili dostum. Elini uzatıp alacaksın, hepsi bu." Sonra da öyle bir kahkaha attı ki bir-iki dişinde çürük olduğunu gördüm.

"Öf" dedim, "benim biraz düşünmem lazım." Ama kocakarıların beleş içki aranarak hevesle baktığını görünce omuzlarımı silktim, kâğıt, bozuk, ne varsa pantolonumun cebinden çıkardım, hışırdata tıngırdata masanın üstüne yığdım.

Garson, "Herkese birer viski veriyorum, tamam mı" dedi. Ama ben nedense, "Yok, bana küçük bira ver" dedim.

Len, "Bu kadarına da pes doğrusu" deyip sanki yalancıktan ateşime bakacakmış gibi elini kafama uzattı ama ona itler gibi öyle bir hırladım ki o eli çabucak çeksin. "Tamam dostum, tamam" dedi. Öküzof'un gözü paracıklarımla birlikte pantolonumun cebinden çıkan bir şeye takılmış, ağzı açık kalmıştı.

"Vay vay vaay" dedi. Hiç de farkına varmamışız."

"Ver onu bana" diye hırlayıp hemen elime aldım. Onun oraya nasıl geldiğini ben de açıklayamam kardeşlerim. Eski bir gazeteden kestiğim bebek fotoğrafıydı. Ağzının kenarından süt damlayan, herkese gülücükler saçan, çıplak yatan, hayli tombul olduğundan etleri bıngıl bıngıl bıngıldayan, agucuk mugucuk gugucuk bir bebekti. Fotoğrafı benden almak için harala gürele biraz uğraştılar, onlara yine hırlamam gerekti. Sonunda fotoğrafı elime geçirdim, yırtıp ufacık minicik parçalara bölüp attım, kar taneleri gibi yere yağdı. O sırada viskiler gelince kokonalar, "Sağlınıza gençler, Allah sizden razı olsun, tuttuğunuz altın olsun" laflarını ettiler yine. İçlerinden, bütün suratı kırışıklarla, buruşuklarla dolu, büzüşmüş ağzında tek diş olmayan biri, "Para yırtılmaz oğlum. Eğer paraya ihtiyacın yoksa tam haliyle birine verirsin" gibi hiç de ondan beklenmeyecek kadar cesur bir laf etti.

Rick hemen, "Zaten para değildi o, haminne. Agucuk mugucuk gugucuk bir bebeğin fotoğrafıydı" dedi.

"Sıkıldım ben bundan. Bebek olan sizsiniz, hepiniz. Bütün gün tıkınıp sırıtıyor, habire gülüyorsunuz. Tek yaptığınız karşı koyamayacak insanları dövmek" dedim.

"Öyle mi? Biz de seni bu işlerin hem kralı, hem de hocası sanırdık. Ama sana bir şeyler olmuş eski dostum" dedi Öküzof.

Masada önümde duran bulanık biraya baktım ve sanki içinde kusmuk varmış gibi hissettim. Öğğğleyip o kokmuş köpüklüyü olduğu gibi yere boca ettim. Yaşlı karılardan biri, "İçmeyeceksen israf etmeseydin" dedi.

"Bakın dostlar, beni dinleyin" dedim. "Bu akşam pek havamda değilim. Neden oldu, nasıl oldu bilmem ama böyle oldu. Bu akşam siz üçünüz kendi yolunuza gidin. Ben yokum. Yarın aynı saatte aynı yerde buluşuruz. Umarım daha iyi olurum."

"Öyle olsun" dedi Öküzof, "üzüldüm." Ama gözlerinin parladığını görebilirdiniz çünkü bu gece emirleri o verecekti. Güç, güç, herkes güç istiyor. "Aklımızdaki şeyi yarına erteleyelim o zaman" dedi Öküzof, "Hani Gagarin Sokağı'ndaki dükkânı patlatacaktık ya... Almasını bilene ne vahşi güzellikler, ne ilginç şeyler var orada dostlar."

"Hayır" dedim, "hiçbir şeyi ertelemeyeceksiniz. Bildiğiniz gibi yapacaksınız. Ben şimdi gidiyorum." Sandalyemden kalktım.

"Nereye peki?" diye sordu Rick.

"Bilmiyorum" dedim. "Biraz kendimle kalıp kafamı toparlamak istiyorum sadece." Benim her zamanki gibi gülüp eğlenen bir velet olarak değil de böyle suratımı asmış halde gitmemin kokonaların kafasını karıştırdığını görebilirdiniz. "Aman be, canınız cehenneme" deyip oradan çıktım ve yalnız başıma sokaklara daldım.

Karanlıktı, sanki insanı kesiyormuş gibi sert bir rüzgâr esiyordu ve sokakta pek kimseler yoktu. Gaddar polisler arabalarının içinde devriye geziyordu. Sağda solda gepegenç polislerin köşelerde çifter çifter durduğunu, dondurucu soğuğa karşı ayaklarını yere vurduğunu ve serin kış havasına karşı nefeslerini saldığını görebilirdiniz kardeşlerim. Tahminimce o eski vurup kırmalar, dükkân patlatmalar falan bayağı azalmıştı. Çünkü polisler, sanki savaştaymış gibi, yakaladıkları azgın gençlere iyice acımasız davranıyor, bıçak, ustura, sopa ve hatta silahla korkunç şeyler yapıyordu. Ama aldırdığım yoktu. Sanki içime yumuşak bir şey girmişti ve ne olduğunu anlamıyordum. Ne istediğimi ben de bilmiyordum. Kendi küçük inimde bile dinlemek istediğim müzik, eskiden kahkahalarla güleceğim müzikti kardeşlerim. Artık yatağımda büyük orkestraların kemanlarının, trombonlarının, timballerinin arasında yatmıyor, ondan çok farklı, bir piyano ile vokalden oluşan, lied dedikleri son derece sakin ve özlem dolu küçük romantik Alman şarkıları dinliyordum. İçimde bir şeyler oluyordu ve ben bir tür hastalığa mı yakalandım, yoksa bir zamanlar kafamı altüst etmek için yaptıkları şeyler yüzünden deliriyor muyum diye merak ediyordum.

Ellerim ceplerimde, kafam önümde böyle kara kara düşünerek kentin içinden yürüdüm kardeşlerim. Sonunda çok yorulduğumu ve şöyle koca bir fincan güzel sütlü çaya ihtiyacım olduğunu hissettim. Bu çayı düşünürken birden büyük bir ateşin başındaki koltukta oturup çayımı içtiğim bir görüntü belirdi gözlerimin önünde. İşin komik ve de çok çok acayip tarafı şuydu ki çok yaşlı bir adam olmuşum, yetmiş yaşına falan gelmişim. Kendi saçımı görebiliyordum, bembeyaz olmuştu. Sakalım da vardı, o da beyazdı. Kendimi ateşin başında oturan yaşlı bir adam olarak görüyordum. Sonra görüntü kayboldu. Ne kadar tuhaftı.

Derken kardeşlerim, çay ve kahve içilen mekânlardan birine denk geldim. Uzun uzun pencerelerden içerinin ruhsuz, basit insanlarla dolu olduğunu, duygusuz ve ifadesiz yüzleri olan bu kişilerden kimsenin ötekine zarar verici bir şey yapmadığını, hepsinin orada öylesine oturup sakin sakin konuşarak çaylarını ve kahvelerini güzel güzel yudumladıklarını gördüm. İçeri girdim, tezgâha yanaştım, kendime bol sütlü güzel bir sıcak çay aldım, masalardan birine gidip oturdum. Bu masada oturan genç çift filtreli kanserlerini içiyor, kendi aralarında sakince konuşup gülüşüyorlardı ama benim onlarla işim yoktu. Çayımı içip içimde ne olup bittiğini, ne değiştiğini, bana ne olacağını düşünüyordum. Yine de masadaki adamla oturan kızın gerçek güzellik olduğunu gördüm. Ama yere atıp her zamanki git-gel git-gel yapmak isteyeceğiniz türden değildi. Güzel bir vücut ve yüz, gülümseyen bir ağız, çok çok güzel saçlar gibi tüm o bok püsüre sahip bir güzellikti. Onunla birlikte oturan ve yüzü öbür yana dönük olan şapkalı adam mekânın duvarındaki büyük çalar saate bakmak için bu tarafa dönünce kim olduğunu gördüm. O da benim kim olduğumu gördü. Pete idi; Georgie, Aptalof, o ve ben beraber olduğumuz zamanlardaki üç arkadaştan biri olan Pete. Gerçi hayli yaşlanmış görünüyordu ama en fazla on dokuz küsur olabilirdi. Bıyık bırakmıştı, üstünde takım elbisesi vardı, şapkası da başındaydı.

"Vay vay vaay dostum, ne var ne yok? Çok çok uzun zamandır görüşmüyoruz" dedim.

"Ooo, bizim Alex değil mi bu?"

"Ta kendisi. O güzel günler geçip gideli çok çok çok uzun zaman oldu. Duyduğuma göre zavallı Georgie toprağın altındaymış, Aptalof ise gaddar bir polis olmuş. İşte senle ben de buradayız. Ya sende ne var ne yok, eski dostum?"

"Bu" dedi Pete yanındaki kıza, "eski bir arkadaş. Adı Alex." Sonra bana döndü. "Eşimi takdim edebilir miyim?"

Ağzım düştü resmen. "Eşin mi?" diyebildim sadece alık alık. "Eş, eş, eş mi? Hayır, böyle bir şey olabilemez. Evlenmek için henüz çok gençsiniz yavrucum. İmkânsız, mümkün değil." Pete'in karısı (imkânsız, mümkün değil) olan kız kıkırdayıp Pete'e, "Amma komik konuşuyor. Eskiden sen de böyle mi konuşurdun?" diye sordu.

"Eh işte" dedi Pete ve gülümsedi. "Neredeyse yirmi yaşıma geldim. Başımı bağlamak için iyi yaş. İki aydır da evliyim. Ya sen, ne kadar gençtin, ne kadar haşarıydın, hatırlasana."

Hâlâ alık alık ona bakıyordum. "Vaay be. Hâlâ aklım almıyor. Pete evlenmiş ha... Vay vay vaaay."

"Küçük bir dairemiz var" dedi Pete. "Devlet Denizcilik Sigortası'nda ufak bir maaşa çalışıyorum. Ama her şey düzelecek, bundan eminim. Georgina..."

"Şu ismi bir daha tekrar eder misin?" dedim. Ağzım hâlâ yerlerdeydi. Pete'in karısı (karısı, kardeşlerim) kıkırdadı yine.

"Georgina" dedi Pete. "Georgina da çalışıyor. Dizgici. İdare ediyoruz, geçinip gidiyoruz." Kardeşlerim, gözlerimi gerçekten adamdan alamıyordum. Büyümüştü, sesi de, her şeyi de yetişkinlere benzemişti. "Bir ara bize gelsene" dedi Pete. "Hâlâ çok genç görünüyorsun. Halbuki başından bir sürü kötü şey geçti. Evet evet evet, hepsini okuduk. Ama sen var ya, hâlâ çok gençsin."

"On sekiz" dedim. "Yeni bitirdim."

"On sekiz ha? O kadarcık demek. Vay vay vay. Neyse artık bizim gitmemiz gerek." Sonra da Georgina'ya âşık bakışıyla bakıp elini tuttu, o da ona benzer şekilde baktı, kardeşlerim. "Evet" dedi Pete, bana dönerek, "Greg'in evinde küçük bir partiye gidiyoruz."

"Greg?"

"Öyle ya, sen Greg'i tanımazsın. Greg senden sonra resme dahil oldu. Küçük partiler veriyor. Çoğunlukla bir kadeh şarap ve kelime oyunları. Ama çok hoş, çok keyifli oluyor. Yani senin anlayacağın zararsız şeyler."

"Evet" dedim. "Zararsız. Evet, evet, ne büyük güzellik olduğunu görüyorum." Georgina denilen kız yine kıkırdadı. Sonra da her kimse kokmuş Greg'in evine, kelime oyunlarına gittiler. Ben giderek soğuyan sütlü çayımla tek başıma kaldım, oturup düşündüm.

Belki diyordum, belki de önderlik ettiğim hayat için artık fazla yaşlıydım, kardeşlerim. On sekizimi yeni bitirmiştim. On sekiz, az bir yaş değildir. Wolfgang Amadeus, on sekizinde konçertolar, senfoniler, operalar, oratoryolar ve daha bir sürü bok püsür, hayır hayır, bok püsür falan değil, ilahi müzikler yazmıştı. Sonra *Yaz Gecesi Rüyası* uvertürüyle Felix M. vardı. Başkaları da vardı. Bizim Benjy Britt'in esin aldığı o Fransız şair on beşine vardığında en güzel şiirlerini yazmıştı, kardeşlerim. Adı Arthur idi. Demek ki on sekiz o kadar da genç bir yaş sayılmazdı. Peki ben ne yapacaktım?

Bu çay ve kahve mekânından çıktıktan sonra kış sokaklarının kuru ayazında yürürken gözlerimin önünden görüntüler geçip duruyordu. Kulunuz Alex güzel bir tabak yemek yiyeceğim diye işten eve gelmiş. Evde onu sevgiyle karşılayıp ağırlayan bir yavru. Bu güzelliğin hepsini göremedim kardeşlerim, yavrunun kim olabileceğini kestiremiyorum bir türlü. Ama birden kuvvetle aklıma gelen fikre göre ateşin yandığı, sıcak yemeğimin beni beklediği yan odaya geçersem asıl istediğimi bulacaktım. İşte gazeteden kestiğim fotoğraf, Pete ile bu şekilde rastlaşmamız falan her şey şimdi aydınlanıyor. Çünkü o yan odada bir bebek karyolası var ve içinde, benim agucuk mugucuk gugucuk oğlum yatıyor. Evet, evet, evet kardeşlerim, benim oğlum. Sonra vücudumun içinde koca bir boşluk hissettim ve kendime çok şaşırdım. Ne olduğunu anladım kardeşlerim. Büyüyorum.

Evet, evet, evet olan bu. Evet, gençlik, gençliğini yapacaktır. Ama gençlik, hayvanlar gibi davranmaktır. Hayır, tam olarak hayvanlar gibi değil de, daha çok şu küçük oyuncaklar gibi davranmaktır. Hani sokaklarda satarlar ya, içinde mekanizması, dışında da anahtarı olan küçük teneke adamlar vardır, anahtarını grr grr grr kurarsın, bırakırsın yürür gider ya kardeşlerim. Ama düz çizgide gider ve tabii bir şeylere toslar, düz gider tos tos toslar, yaptığından vazgeçemez. İşte genç olmak, bu küçük makineler gibi olmaktır.

Oğlum, oğlum. Oğlum olduğunda ve anlayacak çağa geldiğinde tüm bunları ona anlatacağım. Ama bileceğim ki anlamayacak ya da anlamak istemeyecek ve benim yaptığım şeyleri o da yapacak. Hatta belki de miyav miyav kedileriyle birlikte yaşayan zavallı bir kocakarıyı öldürecek ve ben onu engelleyemeyeceğim. O da kendi oğlunu engelleyemeyecek ve dünya sonuna kadar hep böyle dönecek, dönecek, dönecek. Sanki kocaman devasa biri, mesela Koca Tanrı, dev elinde kokmuş, pis bir portakalı döndürüyor, döndürüyor, döndürüyor.

Ama her şeyden önce, kardeşlerim, bir kız bulmak, yani bu çocuğun anası olacak kadını bulmak gibi bir iş var önümde. Düşündüm de hemen yarın bu işe başlarım. Yapacak yeni bir şey bu. Sanki bir kitabın yeni bir bölümüne başlıyorum.

Kardeşlerim, işte böylece bu masalın sonuna geldiğimde yapacağım şey de bu. Dostunuz Alex'le birlikte her yeri gördünüz, onunla birlikte çile çektiniz, Koca Tanrı'nın yarattığı en pislik puştların bazılarını tanıdınız. Gençlikte oldu onlar. Şimdi kardeşlerim, bu öyküyü bitirirken artık genç değilim, hem de hiç. Alex artık büyüdü.

Kardeşlerim, bundan sonrasına ben tek başıma gideceğim, siz gelemezsiniz. Yarın hoş çiçekler açacak, kokmuş dünya dönecek, bizim moruk Aydede yıldızlarla birlikte yine yukarıda olacak ve eski dostunuz Alex tek başına kendine bir eş arayacak. Gerçekten de kokmuş, pis bir dünya bu kardeşlerim. Neticede küçük dostunuz size veda ediyor. Bu öyküdeki diğer herkeseyse, kocaman bir caaart kaba kâğıt. Kıçımı öpsünler. Ama siz kardeşlerim, arada sırada da olsa kulunuz Alex'i hatırlayın. Amen. Bok püsür.

Etchingham, Sussex
Ağustos 1961